Alain Claude Sulzer

*Ein perfekter Kellner*

Roman

Edition Epoca

Der Autor dankt der ProHelvetia für die
großzügige Unterstützung.

2. Auflage, November 2004
© Copyright by Edition Epoca AG Zürich
Alle Rechte vorbehalten

Satz und Gestaltung: Tatiana Wagenbach-Stephan, Zürich
Umschlag: Gregg Skerman, Zürich
Die Fotos wurden freundlicherweise vom Parkhotel Giessbach
zur Verfügung gestellt.
Druck und Bindung: fgb · Freiburger Graphische Betriebe
ISBN 3-905513-36-6

*Getrennt – wer will es scheiden?*
*Geschieden – trennt es sich nie.*

(Richard Wagner, Götterdämmerung)

1

Am 15. September 1966 erhielt Erneste zu seiner Überraschung einen Brief aus New York. Aber es gab niemanden, dem er seine Empfindungen hätte mitteilen können. Erneste war allein, es gab niemanden, dem er hätte anvertrauen können, wie groß das Erstaunen und wie unbändig die Freude war, von seinem Freund Jakob zu hören, dem Freund, den er seit 1936 nicht gesehen hatte. Ernestes innigster Wunsch, Jakob möge eines Tages von dort zurückkehren, wohin er vor dreißig Jahren gegangen war, hatte sich nie erfüllt. Jetzt stand er vor dem Briefkasten und hielt Jakobs Brief in der Hand. Er drehte und wendete ihn und betrachtete die Briefmarke so eingehend, als müsse er sich die Anzahl der Linien einprägen, die sie durchkreuzten, bis er ihn endlich in die Innentasche seines Jacketts steckte.

Erneste erhielt nur selten Post. Von Jakob einen Brief zu erhalten, von Jakob, den er vollständig aus den Augen verloren, aber nicht vergessen hatte, war mehr, als er sich in den letzten Jahren zu erhoffen gewagt hätte. Jakob war nicht tot, wie er manchmal befürchtet hatte, Jakob war am Leben, Jakob lebte noch in Amerika, Jakob hatte geschrieben.

In all den Jahren war kein Tag vergangen, an dem Erneste nicht an Jakob gedacht hatte. Er hatte ihn zwar aus den Augen verloren, aber niemals aus seinem Gedächtnis gestrichen. Die Vergangenheit war in der weitläufigen Erinnerung an Jakob verschlossen wie in einem dunklen Schrank. Die Vergangenheit war wertvoll, aber der Schrank wurde nicht geöffnet.

Erneste wischte mit seiner Serviette schnell über das Tischtuch, die Krümel stoben davon, kein einziger landete auf dem Kleid der jungen Frau, die in ein von gegenseitiger Verlegenheit geprägtes Gespräch mit einem etwas älteren Mann im dunkelblauen Anzug vertieft war, mit dem sie sich, davon war Erneste überzeugt, zum ersten Mal in der Öffentlichkeit zeigte. Hier, wo Erneste seit sechzehn Jahren fester Bestandteil des ansonsten ständig wechselnden Personals war, der Zuverlässigste von allen, der niemals abwesend, niemals krank gewesen war, der im Lauf der Jahre unzählige Kellner und Kellnerinnen, Köche und Küchenhilfen, Untergebene und Vorgesetzte an sich hatte vorüberziehen sehen, war er, wie man sagte, und er hatte nichts dagegen, daß man es sagte, ein Fels in der Brandung. Er war ein unzugänglicher, mittelgroßer Mann ungewissen Alters mit den tadellosen Umgangsformen eines geduldigen und vorausschauenden Bediensteten, ein Herr beinahe, ein wenig blaß, der das Trinkgeld mit unparteiischer Würde entgegennahm, um es verläßlich zu verwahren. Ein Mann, der nicht in Versuchung kam, über seine Verhältnisse zu leben.

Er war ein Schatten, wenn es sein mußte, zugleich ein fürsorglicher Beobachter, der im richtigen Augenblick herbeieilte, vom Scheitel bis zur Sohle aufmerksam, von schneller Auffassungsgabe, mit mehr als nur ausreichenden Kenntnissen in deutscher, italienischer, englischer und natürlich französischer Sprache, denn er war ja Franzose, die Augen überall, unauffällig und allgegenwärtig, ein Mann, über den man wenig wußte. Die Gäste kamen nicht einmal auf den Gedanken, Monsieur Erneste nach seinem Familiennamen zu fragen. Er lebte in einer kleinen Wohnung, zwei Zimmer, möbliert, 280 Franken Miete.

Erneste war gerne Kellner, er hatte sich nie einen anderen Beruf gewünscht. In diesem Augenblick entdeckte er einen winzigen hellen Punkt am feuchten Nacken des Mannes, nur wenige Millimeter über dem Kragen, angeekelt, aber ohne es sich anmerken zu lassen, wandte er sich ab, er verzog keine Miene. Irgendwo hatte sich eine Hand erhoben, eine Stimme rief: «Monsieur Erneste!» Erneste eilte dorthin, wo er verlangt wurde, machte eine kleine Verbeugung und begann abzuräumen. Die Runde, bestehend aus zwei Ehepaaren, wünschte noch Wein und Käse. Ein Architektenehepaar mit unbekannten jungen Freunden.

Er bediente seit Jahren ausschließlich im blauen Saal, in jenem Teil des Restaurants am Berg, der sich deutlich vom verqualmten vorderen Raum unterschied, in dem sich die Künstler und Studenten, die jungen Leute trafen, die Schauspieler und deren Bewunderer, die Bier- und Beaujolaistrinker. Keiner seiner Vorgesetzten, nicht einmal der Chef persönlich, hätte es gewagt, Erneste zu bitten, im braunen Saal zu bedienen, er war allein für den blauen Saal zuständig, für den Saal mit den hellblauen Vorhängen, wo täglich außer sonntags von sieben bis Punkt zehn Uhr abends, keine Sekunde früher, keine Sekunde später, Essen serviert wurde. Vor zehn Uhr abends hatte hier niemand Zutritt, der nicht zu speisen beabsichtigte. Da konnte selbst Monsieur Erneste unfreundlich werden.

Monsieur Erneste gehörte zu einer aussterbenden Gattung, das wußte er, aber ob jene es wußten, die er mit der erforderlichen *courtoisie* bediente, wußte er nicht, sich darüber Gedanken zu machen, wäre wahrlich verschwendete Zeit gewesen. Doch nicht nur er, auch sie gehörten einer aussterbenden Gattung an, ob sie das wußten, wußte er nicht, vielleicht spürten sie nur, daß sie allmählich älter wurden. Noch nicht gebrechlich zu sein, gab ihnen den nötigen Halt, noch waren sie nicht wie ihre in die Jahre kommenden Eltern, die irgendwo auf dem Land oder in den Vororten, wo man sich nur sonntags hinbemühte, dahinvegetierten, das ging Erneste gerade durch den Kopf, als er sich zum Gehen wandte, um den Château Léoville Poyferré 1953, vier Gläser und *les fromages* zu bestellen, Camembert und Reblochon, kein anderer Käse hätte besser zu diesem Wein gepaßt. Auch hierzulande wird sich vieles ändern, wenngleich vermutlich etwas moderater als anderswo. Er war nicht blind, im Gegenteil, er hatte gute Augen, er hatte ein hervorragendes Gedächtnis, nicht nur für die Bestellungen, die er entgegennahm.

Erneste ging in seinem Beruf völlig auf. Mit sechzehn war er von zu Hause weggegangen. Er konnte das Dorf, seine Eltern und seine Geschwister, die schon frühzeitig irgend etwas an ihm entdeckt hatten, was ihnen fremd war und was sie abstieß, nicht schnell genug verlassen. Er ging nach Straßburg und wurde Kellner. Er liebte seinen Beruf, weil dieser ihm die

Befreiung brachte, nach der er sich so lange gesehnt hatte, die Freiheit, unbeobachtet zu tun und zu denken, was ihm beliebte. Daran hatte sich seit seiner ersten Stelle vor fünfunddreißig Jahren nichts geändert. Er war frei. Er war nicht reich, aber er war erlöst. Ob seine Geschwister noch lebten, wußte er nicht, vermutlich lebten sie noch, sie waren kaum älter, kaum jünger als er. Eines Tages hatten sie ihm mitgeteilt, daß der Vater gestorben war, wenige Monate später starb die Mutter, er antwortete nicht, er erschien nicht zur Beerdigung. Ihr Bild war längst verblaßt. Er hatte auf die Todesanzeige nicht geantwortet. Wie viele Jahre war das her?

Niemand wußte, wer er war, niemand interessierte sich dafür, niemand kümmerte sich um sein Privatleben. Wenn die Gäste ihn fragten, wie es ihm ging, gehörte das zur Begrüßung. Wie geht es *Ihnen*, gab er dann zurück, während er ihre Mäntel entgegennahm, eine Frage, die im Grandhotel völlig unzulässig gewesen wäre, ein Kellner unterhält sich nur auf ausdrückliche Nachfrage mit den Gästen, am besten aber gar nicht. Doch ein Restaurant ist kein Hotel, im übrigen hatten sich die Zeiten geändert, man achtete vielleicht etwas weniger auf die Regeln.

Die Gäste des Restaurants am Berg wußten nur, daß er Elsässer war, weil das nicht zu überhören war, aber man sagte nicht etwa, er sei Elsässer, man sagte, er sei Franzose, obwohl er einen unverkennbar alemannischen, keinen französischen Akzent hatte. Wie alt mochte er sein? Älter als vierzig, jünger als sechzig, doch gehörte er so selbstverständlich zum Inventar des Restaurants, daß man sich darüber ebensowenig Gedanken machte wie über das wahre Alter oder die Echtheit der verschiedenen Möbelstücke, die schon immer hier gestanden hatten und bei denen es sich natürlich um Kopien handelte. Louis Quinze und Biedermeier. Und er fühlte sich ja selbst dem Inventar zugehörig, kannte er nicht jeden Teller, jede Gabel, jedes Messer, jede Serviette, jede Unebenheit des Parketts, jede Franse jedes Teppichs, jedes Bild, jede Vase? Er war für den Blumenschmuck verantwortlich. Er habe einen Sinn für schöne Dinge, hieß es.

Ihm waren die Wochentage gleichgültig, sie vergingen, während er arbeitete, er arbeitete, während sie vergingen, jeder Tag hatte dasselbe Gewicht. Von den Jahreszeiten nahm er kaum Notiz, im Frühling tauschte er den schweren gegen den leichten, im Winter den leichten gegen den schweren Mantel, und damit hatte es sein Bewenden, erst kam der Frühling, dann kam der Winter, in der Zwischenzeit begnügte er sich mit wechselnden Jacketts, zwei dunklen, einem hellen. Strickjacken trug er nicht. Sonntags schlief er lange aus, das war sein einziger freier Tag, er schlief oftmals bis mittags, er genoß die Stille und dachte an seinen nächsten Arbeitstag, er hörte Radio, klassische Musik, Südwestfunk und Radio Beromünster, am liebsten Arien und Lieder, mit weniger Behagen Chöre, aber er schaltete nie aus, er hörte alles bis zum Ende. In der Oper war er nie gewesen, obwohl sein Lohn ihm erlaubt hätte, sich hin und wieder eine Theaterkarte zu leisten. Im Restaurant hatte er Sängerinnen und Sänger kommen und gehen sehen, ihre Namen hatte er sich gemerkt, doch waren sie Gäste, die nicht lange blieben, denn sie vertrugen keinen Zigarettenqualm, sie rauchten nicht, tranken bloß Mineralwasser und redeten wenig.

So begnügte er sich mit dem *Postillon de Lonjumeau, ah qu'il était beau* aus dem Radio, er war zufrieden, im Bett war es warm, er war allein, aber er fühlte sich nicht einsam. Nur manchmal. Dann durchzuckten ihn zerstörerische Gedanken. Sie verschwanden, wie sie gekommen waren. Er hing ihnen nicht nach, und sie verfolgten ihn nicht. Urlaub machte er selten, meistens fuhr er in die Berge. Einmal war er auch an der Loire gewesen, ein anderes Mal in Venedig, einmal in Biarritz. Die schöneren Zimmer des kleinen Hotels waren leider besetzt gewesen, so daß er keinen Blick aufs Meer gehabt hatte, das aber Tag und Nacht zu hören war.

Samstags ging er nach der Arbeit manchmal aus, dann lief er aber Gefahr, zuviel zu trinken. Er legte Wert darauf, sich nicht lächerlich zu machen, was in seinem Alter nicht immer einfach war. Wenn er getrunken hatte, fühlte er sich weniger lächerlich und jünger. Wenn er einmal angefangen hatte zu trinken, konnte er nicht aufhören. Dagegen konnte er nichts tun. Oft träumte er, Schulkinder verlangten von ihm einen Ausweis, den er nicht besaß oder nicht bei sich hatte, und wenn sie merkten, daß er nichts vorzuweisen hatte, wurden sie böse, und niemand hielt sie zurück. Er konnte sich nicht wehren. Er war froh, wenn er aufwachte.

Wenn er ausging, kamen nur zwei Lokale in Frage. Dort begegnete er nur selten Gästen aus dem Restaurant am Berg. Wenn es doch vorkam, grüßte man sich, vermied aber eine Unterhaltung. Freizeit und Beruf sollten nicht vermischt werden. Begegnete er ihnen später im Restaurant, tat er, als erkenne er sie nicht wieder, aber ihre Blicke sagten mehr. Es kam vor, daß er in einer der beiden Bars, die erst um drei Uhr morgens schlossen, zwei, drei Zigaretten rauchte und sich mit Fremden oder flüchtigen Bekannten unterhielt, manchmal sprach er niemanden an, manchmal sprach ihn niemand an, danach machte er sich allein auf den Heimweg. Wenn er ins Freie trat, umfing ihn der kalte Morgen wie eine intime Umarmung, eine feuchte, wohltuende Dämmerung, die ihn an Paris erinnerte, auch wenn es hier ganz anders roch. Langsam ging er am See und dann am Fluß entlang, und ganz allmählich drang die Nässe durch seine Kleider bis auf die Haut. Auch das mochte er, er war frei, er hatte keinerlei Verpflichtungen außerhalb seines Berufs. Er blieb nie stehen, er ging immer weiter. Er versuchte, an nichts zu denken. Dann träumte er.

Er hatte Zeit, er wartete. Er ließ sich zwei Tage Zeit, bevor er sich endlich entschloß, den Brief in der Nacht vom Samstag auf den Sonntag zu öffnen. Während er die Gäste bediente, ließ er seinen Phantasien freien Lauf. Er dachte an den Brief. Indem er ihn nicht öffnete, hielt er die Zeit an. Er las ihn weder am Freitag noch am Samstag. Die Zeit, die er anhielt und die sich im Briefumschlag verbarg, brannte durch das gestärkte Hemd hindurch auf seiner Brust, zwei Tage lang trug er ihn bei sich, nachts stellte er ihn auf den Nachttisch und schlief über seiner Betrachtung ein. Es war ein erregendes Vergnügen. Er hielt die Zeit an, indem er den Brief nicht öffnete, noch nicht, er wartete, er malte sich aus, was er enthielt.

Die Briefe, die er in den letzten zehn Jahren erhalten hatte, konnte er an zehn Fingern abzählen, Gäste schrieben nicht, Kollegen schrieben an die gesamte Belegschaft, Freunde hatte er keine. Wenn er Post erhielt, dann waren es Rechnungen oder Reklamesendungen, an Weihnachten der bunte Katalog von Franz Carl Weber, die Aquarelle behinderter Künstler, manche unbeholfen, andere mit erstaunlicher Fertigkeit mit den Füßen gezeichnet oder mit dem Mund gemalt, hin und wieder eine Karte aus Paris, von seiner Cousine.

Er schob die Lektüre so lange hinaus, bis er den Inhalt des Briefs, den er nicht kennen konnte, zu kennen glaubte. Um den ungeöffneten Brief aus Amerika, um diese seltene Aufregung in seinem an Aufregungen so armen Leben, kreisten zwei Tage lang, von Freitagmorgen bis Sonntagfrüh, fast alle seine Gedanken, sämtliche Empfindungen waren auf diesen Umschlag und auf dessen Inhalt gerichtet, was er auch tat, er tat es mechanisch, er dachte dabei an das Papier in dem Kuvert, an die längst niedergeschriebenen, noch ungelesenen Worte, geschrieben von derselben Hand, die seine Adresse in Blockschrift geschrieben hatte, in einer Schrift, die ihm unbekannt war, denn jener Jakob, den er kannte, hatte ihm nie geschrieben, im Grandhotel war das nicht nötig gewesen, und später hatte er es nicht für nötig gehalten, Erneste zu schreiben. Sie hatten sich ein Zimmer geteilt, der Giessbach hatte alle Geräusche verschluckt, er hörte ihn noch, nach all der Zeit.

«Monsieur Erneste!» wurde gerufen, Erneste eilte

an den Tisch und brachte die Rechnung. Er nahm das Geld entgegen und das Trinkgeld. Er schob den Stuhl der Dame zurück und trat zur Seite, er half ihr in den Mantel, dann ihm.

Wenn der Anflug eines Lächelns unvermittelt seine Miene erhellte, so fiel es sicher nicht auf. Die Gäste waren mit sich selbst beschäftigt, und so sollte es auch sein, man durfte den Gästen unter keinen Umständen Anlaß geben, sich mit jenen zu beschäftigen, deren Aufgabe es war, für ihr Wohl zu sorgen. Daß seine Gedanken abschweiften, weil sie ununterbrochen um Jakobs Brief kreisten, blieb sein Geheimnis, er konnte und wollte es mit niemandem teilen. Der Brief war eine Hand, die nach ihm griff, nicht schwer, nicht leicht. Zwei Tage Warten, zwei Tage Aufschub waren keine verlorene Zeit, nicht Ausdruck seines Zögerns, nein, Ausdruck freudiger Erwartung. Er fürchtete sich nicht, noch nicht, eine unbestimmte Bangigkeit überfiel ihn erst kurz vor dem Öffnen des Briefs. Noch nährte die Ungewißheit über den Inhalt seine Vorstellungskraft wie den Hungrigen ein in Aussicht gestelltes Stück Fleisch.

Zwei Tage waren genug, länger hielt er es nicht aus, er griff nach dem Happen, er mußte ihn verschlingen.


In der Nacht von Samstag auf Sonntag verlor er keine Zeit mit Barbesuchen. Er sah schlecht in der Dunkelheit, aber er trug keine Brille. Er war ein wenig außer Atem. Jakob hatte ihm etwas zu sagen, jetzt wollte er wissen, was es war. Während er ging, fragte er sich: Was schreibt er, wem schreibt er, schreibt er *mir* oder bleibt er allgemein, schreibt er aus seiner neuen Welt in unsere alte Welt, um ihr etwas zu geben, was sie nicht hat, würdest du mich auf der Straße wiedererkennen, jetzt, wo unsere Jugend längst vorbei und eigentlich ganz uninteressant geworden ist, und würde ich dich wiedererkennen, wahrscheinlich nicht, wir würden aneinander vorbeigehen, ohne einander zu erkennen, zwei Herren, die sich nie zuvor gesehen haben. Und er war voller Erinnerungen an einen jungen Mann. Das Glück war leicht zu erwerben und schnell verloren.

Um Viertel vor eins war er zu Hause. Er schloß die Wohnungstür auf und öffnete eine Flasche Whisky.

Seine Hände zitterten. Er schenkte sich ein zweites Glas ein, füllte es bis zum Rand und trank es in zwei Zügen leer. Die Flasche stellte er hinter sich auf die Ablage des Küchenschranks. Er saß oft in der kleinen Küche, wo es nichts gab, was ihn ablenken konnte. Einen Fernseher besaß er nicht, wann, außer sonntags, hätte er Zeit gehabt, Gebrauch von dieser kostspieligen Anschaffung zu machen (er hatte fünfhundert Franken auf dem Sparbuch, das reichte nicht für einen Fernseher).

Ungeduld und Neugier waren das eine, doch der Mut, sie zu befriedigen, erforderte Übermut. Den hatte er sich inzwischen angetrunken, als ginge es darum, einem Fremden gegenüberzutreten, einem Direktor oder einem unerwünschten Besucher, der auch dann weiter an seiner Tür klingeln würde, wenn er ihm nicht öffnete. Er mußte ihm öffnen, er konnte nicht anders. Ja, jetzt fürchtete er sich.

Als es Zeit war, den Brief endlich zu lesen, fragte er

sich, ob es nicht besser wäre, ihn zu vernichten, ihn ungelesen wegzuwerfen, so wie er war, als inhaltslose Hülle? Ein Brief von Jakob verhieß nichts Gutes, nach all den Jahren, in denen er ihn nicht vergessen hatte. Zuversicht war also fehl am Platz, fehl am Platz und unbegründet war die Freude gewesen, die ihn zwei Tage lang geradezu emporgetragen hatte. Ein Brief von Jakob verhieß nichts Gutes, Punkt. Noch einen Schluck, ein halbes Glas, ein ganzes Glas. Nach kurzem Zögern füllte er das Glas bis zum Rand und stellte die Flasche neben sich. In diesem knisternden Kuvert lauerte Gefahr, gleich würde sie ihn anspringen, und er war nicht vorbereitet. Aber was nützte es, länger zu warten? Sobald die Neugierde über den gesunden Menschenverstand gesiegt haben würde, der ihm sagte: Öffne ihn nicht, wirf ihn weg, schau ihn dir nicht an, würden die alten Wunden wieder aufreißen, das wußte er, aber er war nicht imstande, der Vorsicht zu gehorchen, der Brief würde die Narben wieder aufreißen, ein Schreiben ist dazu imstande, vor den Worten, die ihn erwarteten, fürchtete er sich weit mehr als vor der nutzlos verstreichenden Zeit.

Er saß in der Küche, hemdsärmelig, lebendig und dennoch innerlich wie ausgelöscht, in diesem Aufzug war er ein Mensch. Erst im weißen Jackett erkennt man den Kellner, ohne weißes Jackett ist der Kellner ein Individuum, als Kellner ist er ein Niemand, so soll es auch sein. Das Jackett muß ordentlich gebügelt und sauber sein. Er sah auf, sein Blick verharrte auf dem einzigen Fenster im Mietshaus gegenüber, das noch erleuchtet war, es war bereits halb zwei. Im Licht bewegte sich ein Schatten, er schnellte zur Decke und fiel in sich zusammen, er schoß hoch und verschwand im angrenzenden Zimmer. Dort brannte kein Licht, niemals hatte Erneste dort Licht brennen sehen, dort war vermutlich das Schlafzimmer. Das war, wie immer, die schlaflose Frau, deren hin und her eilenden, auf und ab springenden Schatten er kannte, ihren Namen kannte er nicht, ihr Gesicht hatte er nie gesehen, was sie trieb, wußte er nicht, ob sie las oder strickte, auf der Straße sah er sie nie, er hätte sie gar nicht erkannt, einen Fernseher besaß sie nicht, Nacht für Nacht brannte das Licht, immer wenn er von der Arbeit nach Hause kam, war das Fenster des einen Zimmers erleuchtet, auch jetzt, das Licht erlosch erst Tage nachdem sie gestorben war, aber das ereignete sich Wochen später.

Ein Foto von Jakob? Die wenigen Fotos, die er von Jakob besaß, Fotos mit gezackten Rändern, hatte er so gut versorgt, daß sie beinahe vergessen waren, er hatte sie in einer Schachtel versenkt und die Schachtel im Keller deponiert, sie waren außer Reichweite, so fern wie Jakobs Atem und ferner, noch ferner als die Erinnerungen an ihre gemeinsame Zeit in Giessbach. Fotos von früher sah er sich nie an, Fotos von früher gaben nur Anlaß zu trüben Gedanken an die Gegenwart.

Insgeheim aber erhoffte er sich doch mehr als Worte, ein Porträt, ein Foto von Jakob. Hatte die Zeit in Jakobs Gesicht gewütet, war sie ungerecht, unerbittlich und unbestechlich gewesen, wie sie eben ist, wie sie in seinem eigenen Gesicht gewütet hatte, so daß er lieber wegschaute als hinsah, wenn ihm sein Spiegelbild entgegenschlug? Was auch immer sich in dem

Umschlag befand, der vor ihm auf dem Tisch lag, eine Fotografie mit Sicherheit nicht, eine Fotografie hätten seine Finger durch das Papier hindurch ertastet.

Und dann machte er sich endlich daran, ihn zu öffnen. Er benutzte dazu weder Messer noch Schere, er riß den Brief mit seinem rechten kleinen Finger auf. Das Papier war dünn, der Umschlag ließ sich mit einer einzigen Bewegung öffnen, es knisterte ganz leise und zerriß. Woher Jakob seine Adresse kannte, war ihm ein Rätsel, darüber hatte er sich bereits Gedanken gemacht. Er zog den Brief, ein Blatt, dreimal gefaltet, aus dem länglichen Kuvert. An manchen Stellen hatten sich die scharfkantigen Schrifttypen durch das Papier gebohrt und auf der unbeschriebenen Rückseite winzige Risse und Erhebungen hinterlassen. Im Unterschied zur Adresse auf dem Kuvert hatte Jakob den Brief mit der Schreibmaschine getippt. Nur die Unterschrift war von Hand gezeichnet, aber anders als auf dem Absender stand hier nicht Jakob, sondern *Jack*, schwunglos, klein und schräg, abfallend, mit einem kleinen, albernen Kringel am Ende des Namens. All das erfaßte Erneste mit einem einzigen Blick, nachdem er den Brief auseinandergefaltet und bevor er eine einzige Zeile gelesen hatte. Ihm war, als wäre bislang alles nur ein Traum gewesen, und nun wäre er gerade dabei aufzuwachen.

Was er dann las, war genau das Gegenteil dessen, was er sich in den letzten zwei Tagen insgeheim erhofft hatte: Daß Jakob sich verändert hätte. Das war nicht der Fall. Jakob war noch immer derselbe, ob er sich Jakob oder Jack nannte, er interessierte sich nur für seine Belange. Während Erneste die niederschmetternd unpersönlichen, unmißverständlichen Zeilen immer wieder las, wurde seine Kehle immer trockener, aber er trank nichts, er konnte nicht, er dachte nicht einmal daran, nach der Flasche zu greifen, die neben ihm stand, er las und las die an ihn gerichteten Worte wieder und wieder und verstand sie nicht und verstand sie bald allzu gut, und während er sich noch einzureden versuchte, daß dieser Jack unmöglich jener Jakob sein könne, dem er einst so nahegestanden hatte, mit dem er in Giessbach dasselbe Zimmer unter dem Dach geteilt hatte, war ihm natürlich längst klar, daß niemand anderer als ebendieser ferne Jakob, in Jack verwandelt, seine Worte, seine Bitten zu dem tödlichen Geschoß verdichtet hatte, das ihn, Erneste, jetzt traf, als hätte wirklich jemand geschossen. Er sah den See vor sich, eisblau und schieferkalt. Das Wasser umfing ihn und stieg, nein, er sank. Er war verloren. Er war und blieb allein, er war und blieb ein lächerlicher Mensch. Der an ihn gerichtete Appell rief ihn um Hilfe, aber nicht nach einem Freund. Aus Gründen, die Erneste nicht kannte, war Jakob auf seine Unterstützung angewiesen.

Er schrieb:

*Lieber Erneste*
*Ich habe lange nichts von mir hören lassen. Du auch nicht. Hast Du meine Adresse nicht? Ich schreibe Dir aus New York, wo ich seit vielen Jahren lebe. Hast du hin und wieder an mich gedacht? Wir sind so weit voneinander entfernt. Hier zu leben ist schwer, nicht zuletzt deshalb, weil alles anders gekommen ist, als ich es mir gedacht hatte. Ich brauche dringend Deine Hilfe, eine andere wüsste ich jetzt nicht*

*mehr. Ich bitte Dich, in meinem Auftrag zu Klinger zu gehen und ihn um einen Gefallen zu bitten, sonst bin ich verloren. Meine finanzielle Lage ist sehr prekär, und nicht nur die. Du kannst mir helfen. Du musst mir helfen! Gehe bitte zu Klinger und bitte ihn, mir Geld zu schicken. Sage ihm nur, es geht mir schlecht, in jeder Beziehung geht es mir schlecht. Ich bin ihm damals gefolgt und frage mich heute, ob es ein Fehler war. Einerseits habe ich hier den Krieg überlebt, andererseits ist es mir nicht gelungen, nach Europa zurückzukehren. Es heisst, K. sei für den Nobelpreis nominiert, also hat er genug Geld. Ich wollte alles hinter mir lassen, aber es ist mir nur teilweise gelungen. Ich denke oft an Köln, an meine Mutter, die umgekommen ist. Du weisst ja, wo du K. findest, er wohnt in derselben Stadt, in der Du lebst, Du hast sicher davon gehört. Lass bitte von Dir hören, wenn Du mit ihm gesprochen hast. Ich werde wohl nie mehr zurückkehren. Ich könnte nur dann nach Deutschland zurück, wenn ich genug Geld hätte, aber wer ausser ihm hat Geld? Hast Du Geld? Bist Du wohlhabend? Halte mich bitte auf dem Laufenden. Es ist nur recht und billig, dass er mir zahlt. Könnte ich vielleicht in die Schweiz?*
*Mit herzlichen Grüssen*
*Dein Jack!*

2

Erneste hatte weder seine Ankunft in Giessbach am 2. April 1934 noch seinen ersten Arbeitstag vergessen. Er hatte auch Jakobs Ankunft ein Jahr später im Mai 1935 nicht vergessen, den Beginn jenes Aufenthalts in

Giessbach, dem Jakob vermutlich sein Leben verdankte, denn der Arbeitsaufenthalt in der Schweiz bewahrte den jungen Deutschen vor der Einberufung in die Wehrmacht, die unweigerlich erfolgt wäre, hätte er sich vier Jahre später in seiner Heimat aufgehalten. 1935 brauchte man nicht viel von Politik zu verstehen, um zu ahnen, was von Deutschland zu erwarten war, wenn es weiterhin von Hitler regiert würde. Es genügte, hin und wieder eine der Zeitungen aufzuschlagen, die im Hotel auslagen, oder die eine oder andere Bemerkung eines deutschen oder österreichischen Gastes aufzuschnappen. Gleichgültig, wie die einzelnen Gäste sich zur neuen Regierung in Deutschland verhielten, ob sie sie gutheißen oder verurteilten, ob sie sie zu verstehen, zu verharmlosen, zu ignorieren oder zu bekämpfen versuchten, alle Anzeichen deuteten darauf hin, daß sich der eigentliche Umsturz, von dem so oft die Rede war, mit Hitlers Machtantritt noch gar nicht ereignet hatte, in Wahrheit stand er erst bevor, das Feuer war entfacht, aber noch nicht ausgebrochen. Immer wieder fiel das Wort Krieg. Es hieß, die deutsche Politik führe unweigerlich zum Chaos und wieder würden Millionen sterben.

Einige der Gäste sah Erneste noch dreißig Jahre später vor sich, einige Namen und Gesichter hatten sich ihm eingeprägt. Er sah sie vor sich, wie sie morgens – schlaftrunken und oftmals ungewaschen, vom Licht geblendet – im Frühstücksraum erschienen, und wie sie abends – hellwach, begierig nach Aufmerksamkeit und Bestätigung, erlebnishungrig, wo es kaum etwas zu erleben gab – den großen Saal mit Blick auf den Giessbach betraten oder sich, wenn die Temperatur es erlaubte, auf der Seeblickterrasse auf den leise quietschenden Korbstühlen niederließen, ihre Zigarren oder Zigaretten anzündeten oder anzünden ließen, sofern ein Kellner in der Nähe war, ihre Cocktails bestellten, Gläser mit Eiswürfeln an ihre Lippen führten und dann die erste Flasche Wein entkorken ließen, erst weißen, dann roten. Die Kellner hatten alle Hänen voll zu tun, und wenn mehrere Gäste am Tisch saßen, wurden im Lauf des Abends weitere Flaschen geöffnet.

Es wurde diniert und geredet, getrunken und gelacht, wer hinzutrat, wurde willkommen geheißen, wer auf sich aufmerksam machen konnte, wurde registriert, man blickte sich nach Bekannten um, winkte ihnen zu, doch galt es als unfein, während des Essens, ja selbst danach, den Tisch zu wechseln, also blieb man sitzen, man konnte sich später am Rand der Terrasse oder in der Hotelbar unterhalten.

Erhöhtes Interesse wurde jenen zuteil, die allein aßen, besonders am ersten Abend ihres Aufenthalts. Sie anzustarren war taktlos, sie zu übersehen unhöflich, wer den Vorzug eines guten Beobachtungspostens genoß, konnte seinem Tischnachbarn eine Menge über den Neuankömmling erzählen. Die meisten waren schon etwas älter, die einen tranken auf geradezu provozierende Weise ausschließlich Wasser, die anderen tranken sichtlich zuviel Portwein oder Sherry, manche blätterten vor oder nach dem Essen oder zwischen den einzelnen Gängen in Zeitungen oder Büchern, und die meisten waren bemüht, sich den Anschein leichtfertiger Zerstreuung zu geben. Nur wenige aber schafften es, die verstohlenen Blicke der anderen Gäste hochmütig zu übersehen. Viele dieser Einzelgänger wurden im Verlauf eines Essens immer unsicherer und durchsichtiger. Arroganz ist ein durchlässiger Panzer, wenn man allein essen muß.

Je wohlhabender die Gäste waren, desto mehr Aufmerksamkeit durften sie beanspruchen, desto mehr Aufmerksamkeit widmete man zugleich aber auch jenen Seiten ihrer Existenz, die der Aufmerksamkeit der Öffentlichkeit unbedingt entzogen werden sollten. Manchmal war das Privatleben der Alleinreisenden ein wenig anrüchig, man unterstellte ihnen, irgend etwas zu verbergen, und ließ sie deshalb nicht aus den Augen. So lernte Erneste die feine Welt und ihre Eigenheiten kennen, jene Gesellschaftsklasse, die hier, unbehelligt von Politik und Geschäften, erholsame Tage in gehobener Atmosphäre verbrachte, doch handelte es sich selten um die allerhöchste Gesellschaft, das entging ihm nicht, denn die große Zeit des Grandhotels war vorbei. Der Adel, der sich in Giessbach blicken ließ, war von geringem Rang.

Man neigte dazu, sich voneinander abzugrenzen, die einen glaubten sich den anderen überlegen und ließen sie es spüren, je unaufdringlicher, desto wirkungsvoller. Innerhalb dieses Rahmens, den bunte Exzentriker und unscheinbare Langweiler ausfüllten, wurden die allgegenwärtigen und unerläßlichen Hotelangestellten nur aus den Augenwinkeln, am Rande des Blickfelds wahrgenommen. Da die Mehrzahl der meist jungen Angestellten aus Südeuropa stammten und dunkelhäutig waren, kam es fast täglich zu Verwechslungen. Es mußte einer schon ein außergewöhnlich ansprechendes oder abstoßendes Äußeres haben, wenn er auffallen wollte. Für die meisten Gäste sahen alle Kellner gleich aus.

Es empfahl sich, die alleinreisenden Gäste besonders zuvorkommend zu behandeln, nicht zuletzt deshalb, weil sie die besten Trinkgelder gaben. Im Gegensatz zu den Ehepaaren, die tagsüber meist mit der Beaufsichtigung ihrer Kinder beschäftigt waren, pflegten sich jene häufiger mit dem Personal zu unterhalten, man wechselte freundliche Worte auf den Korridoren, im rund geschwungenen Treppenhaus, morgens auf der Terrasse, nachmittags im Garten. Da sich die Unterhaltungen nicht selten in die Länge zogen, mußte man sich danach beeilen, seinen sonstigen Verpflichtungen nachzukommen, ohne gehetzt zu wirken und ohne die Gästen spüren zu lassen, daß sie einen unnötig aufgehalten hatten. Diese kurz bemessenen Begegnungen, die fast immer in der Öffentlichkeit stattfanden und von dieser neugierig beobachtet wurden, brachte Personal und Gäste einander etwas näher, wenngleich die eigentliche Distanz zwischen ihnen stets gewahrt blieb. Niemand nahm an diesen unvorhergesehenen Zusammentreffen, an diesen kleinen Plaudereien Anstoß, im Gegenteil, das Personal wurde von der Direktion ausdrücklich dazu angehalten, seine Zeit, wann immer möglich, auch jenen Gästen zu widmen, die allein waren.

Ein Nicken oder eine leichte Drehung des Körpers genügten als Hinweis, daß der Gast die Unterhaltung zu beenden wünschte, danach war es am Hotelangestellten, in angemessener Form, weder überstürzt noch zu bedächtig, darauf zu reagieren. All das lernte man nach den üblichen Fauxpas durch Erfahrung und Einfühlungsvermögen. Es lag an einem selbst, das richtige Gefühl für die Wünsche der Gäste zu entwickeln.

Am liebsten unterhielten sich die einsamen Gäste während der Mahlzeiten im Speisesaal mit den Kellnern. Hier ließ sich die gespielte Ungezwungenheit, die die anderen Gäste darüber hinwegtäuschen sollte, wie schutzlos man sich ohne Begleitung fühlte, durch hingeworfene Worte am besten demonstrieren. Den wißbegierigen Kellnern wiederum erlaubten diese Begegnungen, mit Menschen zu sprechen, die einer anderen Welt angehörten, über die man nicht genug erfahren konnte, denn alles, was man hier erfuhr, diente dazu, jenen, die sich auf das natürlichste in dieser anderen Welt bewegten, künftig noch verständnisvoller zu begegnen. Je genauer man ihre Gewohnheiten kannte und ihre Zeichen erkannte, desto schneller und besser konnte man auf ihre Wünsche eingehen.

Wenn sie in seltenen Fällen dazu aufgefordert wurden, durften ausnahmsweise sogar die Kellner persönliche Dinge berühren, darüber sah die Direktion großzügig hinweg, wenn sie es überhaupt bemerkte. Meist erkundigten sich die Gäste zuerst nach Herkunft und Alter, dann mit Vorliebe nach dem Werdegang, nach Zukunftsplänen, familiären Verhältnissen und danach, ob man demnächst zu heiraten gedenke oder vielleicht gar nicht heiraten wolle, Erkundigungen mit halbausgesprochenen Fragezeichen. Wenn solche Fragen gestellt wurden, die freimütig zu beantworten sich für einen Angestellten eigentlich nicht ziemte, bedurfte es schon einiger Routine, um nicht zu erröten, vor allem aber durfte man nicht zittern, nichts verschütten, lautes Lachen war unangebracht, kein Kündigungsgrund, aber Grund genug, von der Direktion getadelt oder wachsamer als erwünscht beobachtet zu werden.

All das lernte man schnell, das hatte Erneste ebenso schnell gelernt, wie Jakob es auch bald lernen würde, man lernte es gewissermaßen nebenbei, und am Ende machte es sich fast immer bezahlt, denn bei der Abreise flossen die Trinkgelder der einsamen Gäste meist reichlich und manchmal sogar Tränen. Jawohl, auch Tränen hatte Erneste gesehen, solche, die unterdrückt wurden, und andere, die mehr oder weniger hemmungslos flossen, Tränen in den Augen nicht nur jenes Junggesellen, dessen Gesicht und Namen er im Gegensatz zum Gewicht seines Körpers vergessen hatte, eines Belgiers, *un homme d'un certain âge*, der dem Hof nahestand, dessen Antrag Erneste nicht abgelehnt hatte, weil er sich dafür nicht schämen mußte. Klare, kalte Tränen auch von Witwen, die nicht notwendig einer bestimmten Person, schon gar nicht einem kleinen Hotelangestellten galten, sondern einfach der Tatsache, daß der Abschied unumgänglich war, daß jeder Abschied, jede Veränderung einen Abschluß bedeutet, das Ende des Sommers, das Ende der angenehmen Abende auf der Terrasse, das Ende der Spaziergänge bei den Kaskaden des Giessbachs, das Ende der gemächlichen Fahrten auf dem Brienzersee nach Interlaken, das Ende des Feriendaseins, denn das, was den Ferien folgte, war noch viel schrecklicher als diese Einsamkeit. Denn auch dort, wohin sie zurückkehrten, erwartete sie niemand, erwartete sie jedenfalls niemand mit Ungeduld und einem üppigen Vorrat an Zärtlichkeiten, bloß der alltägliche Ärger, das immer gleiche, fortdauernde Alltagsleben, die Dienstboten. Doch darüber sprachen die Gäste höchstens in Anspielungen. Wer wollte schon hören, wie ihr Verdruß beschaffen war? Die meisten hatten genug Feingefühl, den Hotelangestellten ihre Unannehmlichkeiten zu ersparen, deren Ursache vielleicht gerade jener Wohlstand war, nach dem weniger Wohlhabende sich sehnten.

Erneste hatte sich nichts vorzuwerfen, und er hatte sich nichts vorgemacht. Der Belgier hatte nicht um ihn, sondern um sich selbst geweint. Die Tränen, die an jenem frühen Frühlingsmorgen vergossen wurden – es waren nicht viele –, hatten nicht Erneste, sondern Ernestes Jugend und damit seinem eigenen Alter gegolten, sie rührten von der biologischen Tatsache, daß zwischen ihm und Erneste ein Abgrund klaffte, der durch nichts zu überwinden oder wettzumachen war, weder durch Worte noch durch Berührungen und auch nicht durch Geld. Erneste war zwanzig, vielleicht dreißig Jahre jünger, und diese Jahre trennten die beiden Männer, die das gleiche Geheimnis teilten, in diesem Augenblick noch entschiedener als der Reichtum. Daß der junge Kellner nichts besaß, der Ältere hingegen alles, womit sich das Leben angenehm gestalten ließ, wog Erneste durch seine Jugend hundertmal auf, wohingegen die Abwesenheit der Jugend durch Reichtum weder erkauft noch zurückgeholt werden konnte. Hatte der Belgier sie vielleicht ungenutzt verstreichen lassen? Erneste wußte es nicht. Er sah, daß er weinte, mehr nicht. Er leistete sich die Nostalgie wie den Ring an seinem Finger und das Parfum auf seinem Körper. Alter ließ sich nicht wiedergutmachen wie eine Fehlspekulation, erkaufen ließ sich kurzfristig nur dessen Abbild, es hieß in diesem Fall Erneste. Blickte man in den Spiegel, wurde man nicht jünger, im Gegenteil, je jünger das Gegenüber, desto älter erschien man sich selbst. Gewiß machte der Belgier sich keine Gedanken darüber, wie viele Jahre seines Lebens Erneste, der junge Kellner, für einen Bruchteil seines Geldes hingegeben hätte, das interessierte ihn nicht. Er lieferte sich dem süßen Schmerz der Melancholie aus, bevor er einige Stunden später aufbrach, um sich an seinen schönen Königshof zurückzubegeben.

Als der adelige Belgier abreiste, war Erneste einen kurzen Augenblick versucht gewesen, dem aberwitzigen Impuls zu folgen, den Gast, der sich in der Hotelhalle mit einem Händedruck vom Hoteldirektor verabschiedete, vor aller Augen zu umarmen. Statt dessen nahm er den Geldschein entgegen, den man ihm in die Hand drückte, und machte einen Diener. Aber als sich ihre Blicke trafen, war es Erneste, der triumphierte. Er war jung, der andere alt. Merkwürdigerweise vergaß er ihn nicht. Es genügte ein einziger Gedanke, und er sah den Körper des Belgiers vor sich, an sein Gesicht erinnerte er sich nicht. Der Eindruck, den der Belgier hinterlassen hatte, stand in krassem Widerspruch zur Kürze ihrer Beziehung.

Während die Gäste, Junggesellen, Witwen oder Ehepaare, jederzeit abreisen konnten, hatten Erneste und seine Kollegen keine andere Wahl, als im Hotel der Ankunft neuer Gäste entgegenzusehen, die während der

Hochsaison nicht auf sich warten ließen und in Ernestes Erinnerung dreißig Jahre später zu einer gesichtslosen Masse zusammengeschmolzen waren, die hauptsächlich aus Kleidern bestand, deren Träger damit beschäftigt waren, sich zu erholen, im Park zu liegen, auf und ab zu gehen, kleine Ausflüge zu machen, zu essen und zu trinken, in der Hotelbar zu rauchen und viel zu reden.

Erneste hörte nur mit halbem Ohr oder gar nicht zu. Politik interessierte ihn nicht, er konzentrierte sich auf die Wünsche der Gäste. Die Aufgabe des Hotelpersonals, nach dessen politischer Meinung zu fragen ohnedies niemandem in den Sinn kam, bestand ausschließlich darin, die Gäste bei Laune zu halten, ungeachtet der Zustände andernorts und ihrer eigenen Lage, die von einer Veränderung dieser Zustände gewiß nicht unberührt bleiben würde. Doch die Aufgabe der Angestellten bestand nun einmal einzig und allein darin, mit den Wänden und Tapeten zu verschmelzen, vor denen sie geschäftig und so leise wie möglich auf und ab eilten. Mit eigenen Ansichten tat man sich nicht hervor, das hätte dem Ansehen des Hotels geschadet. Aber natürlich hatten viele Angestellte eine mehr oder weniger ausgeprägte Vorstellung davon, wie ihre Zukunft aussehen würde, falls es zum Krieg käme. Die meisten hofften, eines Tages nach Hause zurückkehren zu können, wo sie mit dem Ersparten ein neues Leben beginnen wollten, ein Leben, das ganz anders verlief als das ihrer Nachbarn, die weiterhin und bis ans Ende ihrer Tage ihr Leben in Armut verbrachten. Erneste waren solche Träume fremd. Sein Traum war schon erfüllt, er würde nicht nach Hause zurückkehren, er verspürte nicht das geringste Verlangen, sein jetziges Leben gegen ein anderes einzutauschen. Nur selten sprachen die Angestellten über ihre Zukunftspläne, vielleicht fürchteten sie, die Erfüllung ihrer Wünsche nicht zu erleben, wenn sie vorweg zu viele Worte darüber verloren. Sie arbeiteten und schliefen, morgens holte sie das Schrillen des Weckers aus dem Tiefschlaf, damit begann der Tag.

Da er fließend Deutsch und Französisch, auch etwas Italienisch und Englisch sprach, wurde Erneste von der Direktion immer dann ausgeschickt, wenn an der Schiffanlegestelle Gäste oder neues Personal erwartet wurden. In der Hauptsaison war das oft mehrmals täglich der Fall. Während je nach der Anzahl der neuen Gäste ein oder zwei *commis d'étage* oder, wenn diese anderweitig beschäftigt waren, ein oder zwei *boys* das Gepäck mit der Standseilbahn ins Hotel beförderten, widmete sich Erneste den Fragen und Wünschen der Gäste. Während man am Ufer auf die Ankunft der gegenläufigen Seilbahnkabine wartete, mit der das hochgelegene Grandhotel auf beeindruckende Weise bei jedem Wetter bequem und geschützt erreichbar war, bewunderte man die Landschaft, und man bewunderte insbesondere den smaragdgrünen See, dieses unvergleichlich klare Gewässer, das einen zu jeder Jahreszeit verlockte, darin zu schwimmen. Das war allerdings außer im August nicht zu empfehlen, denn das Wasser war eiskalt, und darin zu schwimmen war nur etwas für abgehärtete oder unempfindliche Männer. Die meisten zogen es vor, sich unter die Bäume zurückzuziehen, wo kühle Getränke serviert wurden, leichte Weine oder bunte Cocktails. Hin und wieder, wenn einen die Langeweile übermannte, raffte man sich auf und unternahm eine Wanderung entweder zum Giessbach oder hinunter zum Brienzersee, zu Fuß zum See, mit der Seilbahn zurück, das war die kleine Anstrengung stets wert, es war ja ein Vergnügen.

Am letzten Sonntag im Mai 1935 fuhr Erneste ohne Begleitung zum See. Der Himmel war klar, doch über dem Wasser schwebte trüber Dunst, es war viel kälter als am Vortag, morgens hatte es ausgiebig geregnet. Hotelgäste wurden an diesem Sonntag nicht erwartet, die letzten Besucher, eine russische Familie samt Großmutter und zwei Bediensteten, waren am vergangenen Abend eingetroffen. Sie kamen aus Paris.

Erneste wartete auf den Dampfer. Sein Leben verlief planlos, und er vermißte nichts. Wenn jemand Pläne für ihn machte, dann waren es andere, die sich darin auskannten und denen er sich gerne unterwarf. Die Arbeit im Hotel gab ihm mehr als nur ein Gefühl von Sicherheit, er fühlte sich geborgen. Daß er einsam war, nahm er kaum wahr, er war es immer gewesen. Wenn er abends müde ins Bett sank, fühlte er sich sicher, und diese Sicherheit wiegte ihn sofort in den Schlaf. Er hatte keinen Grund, sich eine andere Situation zu wünschen.

So hätte er noch viele Jahre weiterleben können. Der Krieg, von dem alle sprachen, war eine entfernte Bedrohung, noch bestand sie nur aus Worten, und solange sie nicht greifbar war, gab es keine Veranlassung, sie ernsthaft zu fürchten.

Erneste stand am See, der kleine Dampfer näherte sich, auf dem Vordeck machte er drei allmählich größer werdende Gestalten aus, vor denen zwei Angestellte der Schiffahrtsgesellschaft, kleine, kräftige Männer in Uniform, auf und ab gingen. Der eine hielt das Tau fest, das er auswerfen und am Ufer festmachen würde, nachdem er an Land gesprungen war.

Erneste erwartete einen jungen Lernkellner aus Köln und zwei Mädchen aus Sumiswald. Der Empfangschef hatte ihm einen Zettel übergeben, auf dem ihre Namen notiert waren: Jakob Meier sowie Trudi und Fanny Gerber, die künftig in der Hotelwäscherei arbeiten sollten. Erneste sah auf seine Uhr. Das Schiff war pünktlich, es war halb fünf, als es gegen den Landesteg stieß und diesen erschütterte.

Solange sie noch auf dem Schiff standen, hielten sich die Mädchen stumm und verschüchtert hinter Jakob, als könnten sie sich hinter dem Jungen aus Deutschland verbergen, dann nannten sie artig ihre Namen, sie sprachen aber so undeutlich, daß man sie kaum verstand, wahrscheinlich waren sie zum ersten Mal alleine unterwegs, vielleicht hatten sie ihr Dorf bislang nie verlassen. Sie trugen abgenutzte Kleider und vergilbte Spitzenhandschuhe, niemand hatte ihnen gesagt, daß Spitzenhandschuhe bei Angestellten unangebracht seien, im Gegenteil, wahrscheinlich hatte ihnen irgend jemand, der es gut mit ihnen meinte, das Tragen dieser Handschuhe ans Herz gelegt, Gott weiß, woher sie stammten, vielleicht aus dem Ganthaus.

Jakob erbot sich, das Gepäck der beiden Mädchen zu tragen, und während er sich danach bückte und dabei ein wenig in die Knie gehen mußte, weil er so groß war, blickte er auf, und sein Blick traf Erneste von unten, eine Strähne seines dunklen Haars fiel ihm über das rechte Auge, das Auge war grau. Sein Blick war so offen und aufrichtig, daß Erneste ihm standhalten mußte, er sah nicht weg, er sah ihn auch an. Ängstlich betraten die beiden Mädchen den Steg und gingen an Land, Jakob folgte ihnen. Als Erneste den schmalen Steg betrat, um das restliche Gepäck vom Schiff zu holen, kam er Jakob so nah, daß sie einander beinahe berührten.

Seine Empfindungen waren eindeutig und deshalb bedrohlich, aber es gelang ihm, sich auf die Dinge zu konzentrieren, die jetzt zu tun waren. Während die beiden Mädchen hilflos am Ufer standen und zu Boden blickten, trug er Jakobs Gepäck über den Steg, und so fiel es nicht auf, daß er zitterte, weil er nervös war. Nie zuvor war er einem Mann begegnet, der so aufrecht wirkte. Der junge Mann aus Deutschland bewegte sich zielstrebig und locker, als habe er sich schon lange in den Kopf gesetzt, es weit zu bringen und alle in den Schatten zu stellen, die ihm im Weg standen, zugleich aber ging etwas sanftmütig Träges von ihm aus. Bei aller Entschiedenheit hatte er es nicht eilig, er ließ seiner Umgebung genügend Zeit, ihn zu betrachten und zu bewundern.

Am letzten Sonntag im Mai 1935 also stand Erneste dem damals neunzehnjährigen Jakob Meier zum ersten Mal gegenüber, in Gegenwart zweier stummer Mädchen, deren Lippen auch im weiteren Verlauf ihres halbjährigen Aufenthalts im Grandhotel verschlossen blieben, sie nickten lediglich mit den Köpfen, wenn sie

Erneste begegneten. Es war, als hätten Trudi und Fanny ihre Sprache jenseits des Sees in ihrem Dorf gelassen.

Erst als sie alle vier am Ufer standen, gab Jakob Erneste die Hand und stellte sich vor: «Jakob Meier», sagte er schlicht, und der Händedruck, der diese formelle Vorstellung begleitete, schien auszudrücken: Jetzt bin ich da, einzig und allein für dich bin ich hierhergekommen. Die kleine Welt, in der sich Erneste so sorglos eingerichtet hatte, ging im Schutz von Jakob Meiers Schatten unter, er trat in diesem Augenblick für immer – er wußte es: für immer, das wußte er! – aus dieser alten Welt hinaus, ohne Widerstreben und ohne Bedauern verließ er sie. Er betrat Neuland, und Neuland war etwas, wonach er sich gesehnt hatte, ohne es zu wissen. In Jakobs feines Netz gegangen, fühlte er sich darin sicherer als in jenem endlos weiten Meer, in dem er bislang gedankenlos und ohne Ziel herumgeschwommen war. Es war die Hand, die diese Veränderung mit einem Schlag bewirkte, die kühle Festigkeit der schmalen, langen Finger, die sich um seine Finger schlossen.

Jakob betrachtete ihn ungeniert, vielleicht hatte er ihn durchschaut. Hatte er ihn tatsächlich durchschaut? Über alles, fast alles, hatten sie später geredet, aber darüber nicht, es gab auch Dinge, über die man nicht sprach, und je länger sie sich kannten, desto zahlreicher wurden die Dinge, über die sie nicht mehr sprachen. In diesem Augenblick schwor sich Erneste, dem jungen Mann zu helfen, ihm wie einem Bruder beizustehen, ihm aus jeder Verlegenheit zu helfen, alles Übel von ihm abzuwenden, ihn selbst dann vor dem Tode zu bewahren, wenn die Verteidigung den eigenen Tod bedeutete. Die Dinge, die Erneste in diesem Augenblick durch den Kopf gingen, hatten so viel Gewicht gehabt, daß sie noch dreißig Jahre später ganz gegenwärtig waren. Jakob erschien ihm als der Sohn, den er nie haben würde, als der verständnisvolle Bruder, den er nie gehabt hatte, als Vater und Mutter, die er sich gewünscht hätte, und ebenso als viele andere Dinge, die er sich gar nicht eingestehen konnte.

Jakob erzählte ihm offenherzig, daß dies nicht nur seine erste Anstellung in einem richtigen Hotel, sondern seine erste richtige Anstellung überhaupt sei, er war ja erst neunzehn. Er war als einziger Sohn einer Witwe in bescheidenen Verhältnissen in Köln aufgewachsen. Sein Vater war kurz vor dem Ende des Krieges in Frankreich gefallen. Es gab Fotos und Briefe, die die Mutter eifersüchtig hütete, aber Jakob hatte seinen Vater nie vermißt. Er war bislang nicht weit herumgekommen, wenngleich ein bißchen weiter als die beiden Mädchen, die sich jetzt eng aneinanderschmiegten. Sie sahen sich nicht um, starrten auf ihre Füße und auf ihre Koffer und gaben nicht zu erkennen, ob sie bemerkten, was um sie herum geschah.

Wenn Jakob auch nicht weit herumgekommen war, so war er doch in einer Großstadt aufgewachsen und, wie Erneste vermutete, davon geprägt. Er würde in Giessbach ganz unten beginnen, doch Erneste war überzeugt, daß einem schnellen Aufstieg nichts im Wege stand. Sein Talent war offenkundig. Unvermittelt lächelte Jakob, obwohl Erneste nichts gesagt hatte, das war der sicherste Weg, sich keine unnötigen Feinde zu schaffen.

Während das Schiff schwerfällig vom Ufer ablegte und sich entfernte, verstauten sie das Gepäck auf der vordersten Bankreihe der Standseilbahn. Die beiden Mädchen setzten sich auf die hinterste Bank und blieben bewegungslos sitzen. Vor lauter Angst, von einem der beiden jungen Männer angesprochen zu werden, schauten sie während der kurzen Fahrt zum Hotel scheu und ernst auf ihre Hände. Sie sahen nicht, wohin sie fuhren, sie blickten nicht hinaus. Ganz anders Jakob, der sich für alles Neue, Ungewohnte interessierte. Er stellte Fragen, er wollte wissen, wann diese Bahn, die nebst einer Abbildung in *Meyers Konversationslexikon* Eingang gefunden hatte, gebaut worden war. «Schon 1875», antwortete Erneste, und als das Grandhotel in Jakobs Blickfeld geriet, erzählte ihm Erneste bereits, wer der Erbauer dieses gewaltigen Gebäudes gewesen war: «Horace Edouard Davinet, 1879 war es fertig, und seither sind viele wichtige Leute gekommen, Fürsten, Industrielle und Großgrundbesitzer aus allen Ländern Europas.» Er zählte auf, was er jedem erzählte, doch er sprach leiser als sonst. Ungezwungen war sein Ton nicht.

Jakob war nie zuvor mit einer Seilbahn gefahren, ihn interessierte, wie oft sie benutzt wurde und ob es je zu einem Unglück gekommen war, und da Erneste all diese Fragen schon Dutzende von Male gehört hatte, war es für ihn ein leichtes, sie auch diesmal zu beantworten, und er war glücklich darüber, es tun zu dürfen, und froh, es mit solcher Routine tun zu können, denn jedes Wort aus Jakobs Mund erfreute ihn, und er hatte nichts dagegen, wenn das Glück, das er bei seinem Anblick und seinem ungeheuchelten, fast kindlichen Interesse empfand, Jakob nicht entging, der ihm während dieser Fahrt, die nicht länger als sechs oder sieben Minuten dauerte, auch erzählte, daß er zum ersten Mal in seinem Leben Berge nicht nur auf Bildern sehe und daß er sich auf seine Arbeit freue, denn was er bislang getan habe, sei nicht der Rede wert, er sei zur Schule gegangen und habe sie vorzeitig verlassen und dabei immer davon geträumt, in die Welt hinauszukommen. «Und das ist jetzt endlich der Fall.» – «Wie ich», sagte Erneste, «genau wie ich, so war es auch bei mir, die Welt erobern.» Er hatte einen Gleichgesinnten gefunden.

3

Die Zuweisung der Schlafplätze lag außerhalb von Ernestes Kompetenz. Es war Zufall, daß sich die beiden jungen Männer ein Zimmer teilten. Die Angestellten schliefen entweder zu zweit in winzigen Kammern unter dem Dach des Hauptgebäudes oder in den Schlafsälen, die sich in einem Nebengebäude befanden. Am Morgen nach Jakobs Ankunft klingelte der Wecker pünktlich um sechs, und kaum waren sie aufgestanden, wies Erneste, der schlecht geschlafen hatte, seinen neuen Zimmergenossen in seine Pflichten ein. Zunächst waren es niedrige Arbeiten, die er zu verrichten hatte, für die weder besondere Fähigkeiten noch Intelligenz, nur ein gewisser Sinn für Ordnung und Sauberkeit erforderlich waren.

Es war noch kühl, als Erneste Jakob eine halbe Stunde später einen Reisigbesen in die Hand drückte, mit dem sämtliche Terrassen und Außentreppen zu fegen waren, eine Arbeit, die mehrere Stunden, vielleicht den ganzen Morgen in Anspruch nehmen würde. Erneste wies Jakob ausdrücklich an, sich Zeit zu lassen, denn der Anblick nervöser Unrast mußte den Hotelgästen, die von ihrem Frühstück oder von ihrer Lektüre aufblickten oder sich nach dem Erwachen über ihren Balkon beugten, unbedingt erspart bleiben. Es durfte nie der Eindruck entstehen, das Grandhotel hätte zu wenig Angestellte, und diese wenigen wären deshalb ständig in Eile. Erneste erklärte Jakob: «Nimm alles leicht, tu so, als ob du sehr viel Zeit hättest. Arbeite nicht zu schnell und nicht zu langsam, arbeite mit gleichmäßigen Bewegungen, dann fühlen sich die Gäste wohl, vergiß eines nie, sie wollen hier nicht daran erinnert werden, daß es noch eine andere Welt außerhalb von Giessbach gibt. Schau dann und wann von deiner Arbeit auf, und wenn dein Blick zufällig auf den eines Gastes trifft, schau nicht weg, lächle zurück, nicke, aber schau nicht zu lange, denn dadurch bringst du sie in Verlegenheit. Sei niemals überheblich, bleibe immer bescheiden. Ein arroganter Angestellter ist eine Zumutung.»

Im Verlauf der ersten zwei Stunden sah Erneste zweimal kurz nach Jakob, der mit seiner Arbeit gut vorankam. Gegen zehn bat Erneste Jakob, ihm zu folgen. «Du hast Hunger, nicht wahr? Um diese Zeit hat jeder Hunger.» Jakob nickte und folgte Erneste, nachdem er den Reisigbesen an die Mauer gelehnt hatte. Sie betraten das Hotel durch einen der Hintereingänge und durchquerten die Küche, in der das Mittagessen vorbereitet wurde. Es herrschte reger Betrieb, das Gebrüll des Küchenchefs übertönte alle weiteren Geräusche. Vor und hinter ihnen strömten andere Angestellte in Richtung Kantine, einige kamen ihnen entgegen. Der Korridor war eng, während man einander auszuweichen versuchte, wurde man gegen die Wand gedrückt, die an manchen Stellen feucht war.

In der Kantine tranken sie Kaffee und aßen in aller Eile, was die Gäste vom Frühstück übriggelassen hatten, Brot und Hörnchen, Butter, Konfitüre, Schinken, Käse, alles, was auf den beiden langen Tischen stand. Mittagessen gab es erst, wenn die letzten Hotelgäste den Speisesaal verlassen hatten, das war nicht selten erst nach drei. Also mußte man sich jetzt verproviantieren, denn die nächsten Stunden waren anstrengend.

In der Kantine herrschte während kurzer Zeit eine hektische Betriebsamkeit, die sich auffallend von der zur Schau getragenen Gelassenheit unterschied, auf die man so viel Wert legte, solange Hotelgäste anwesend waren. Diese Hektik wiederholte sich jeden Morgen zur gleichen Zeit, zwischen zehn und halb elf.

Erneste ging voraus und deutete auf zwei freie Plätze. Sie setzten sich nebeneinander an einen der beiden Holztische, die fast den ganzen Raum einnahmen. Die Kantine wirkte düster, das einzige Fenster, vor dem eine vergilbte Gardine hing, war klein und schmutzig und völlig überflüssig, die Bank, auf der sie saßen, hatte keine Rückenlehne.

Erneste stellte den Kollegen, die ihnen am nächsten saßen, und denen, die neu hinzukamen, nachdem die anderen aufgestanden und davongeeilt waren, Jakob vor, aber Jakob war überzeugt, daß sich keiner seinen Namen merkte, ebensowenig, wie er sich ihre Namen merkte. Es kamen und gingen zu viele Leute, es war zu laut, und da die Namen fremdartig klangen, hätte er sie sich auch unter günstigeren Bedingungen nicht einprägen können. Im übrigen schienen viele, trotz des Lärms, fernab in Gedanken versunken zu sein, einige sahen einfach über Jakob hinweg, andere machten Gesichter, als verstünden sie nicht, was Erneste von ihnen wollte. Nie zuvor hatte Jakob an einem einzigen Ort so viele Ausländer gesehen, nicht einmal auf dem Kölner Hauptbahnhof. Während sein linker Ellbogen den Ellbogen eines Italieners berührte, legte sich die Hand eines Serben auf seine Schulter, während er einem Spanier zunickte, wandte sich ein Portugiese zum Gehen. Alle waren ungeduldig, keiner sah ihm in die Augen.

Keiner der Angestellten, die während dieser kurzen Frühstückspause in der Kantine ein- und ausgingen, war älter als fünfunddreißig, die meisten waren zwischen sechzehn und fünfundzwanzig. Die älteren Hotelangestellten verließen ihren Arbeitsplatz um diese Zeit nur ausnahmsweise. Auch waren es ausschließlich Männer, die sich hier versammelten, die Stubenmädchen waren mit der Reinigung der Zimmer beschäftigt.

Obwohl ihm nicht entging, daß man dem jungen Deutschen nicht mehr Beachtung schenkte als jedem anderen Anfänger, erfüllte es Erneste mit Stolz, so selbstverständlich neben Jakob zu sitzen. Obwohl die anderen seine Bewunderung offenbar nicht teilten, suchte er in ihren Augen dennoch nach kleinsten Anzeichen von Neid, er fand keine, noch nicht, ein zweiter Blick auf Jakob würde sie eines Besseren belehren, denn er war schön, und das konnte auf Dauer niemandem verborgen bleiben, ihn jedenfalls ließ Jakobs unbefangene Art nicht unberührt. Den anderen mochte das Gefühl einer Freundschaft zwischen Männern nicht unbekannt sein, mit dem Gefühl, das ihn mit diesem Jungen verband, sah es ganz anders aus, das konnten sie nicht kennen. Es fehlte wenig, und er hätte Jakobs Hand ergriffen und gedrückt, aber das unterließ er natürlich. Zum einen fürchtete er eine Zurückweisung, zum anderen wußte er ganz genau, wie wenig sich solche Gesten in der Öffentlichkeit schickten, selbst hier, wo weniger strenge Gesetze als draußen herrschten.

Erneste konnte seinem neuen Freund helfen. Er zeigte ihm, was ein Kellner wissen mußte, und während er ihn instruierte, konnte er ihn beobachten, zunächst unauffällig, später etwas ungenierter. Es war, als wollte er in ihn hineinschlüpfen, und bald war es ihm egal, ob Jakob das merkte. Eines stand fest, er würde einen perfekten Kellner aus ihm machen.

Erneste unterwies ihn in allen Verhaltensregeln, er zeigte ihm, was ein vollkommener Kellner können mußte, und das beanspruchte viel Zeit, er korrigierte und ermutigte ihn. Bald fiel ihm auf, daß Jakob gar nichts dagegen hatte, beim Schuheputzen und Polieren, beim Serviettenbrechen und Tischdecken beobachtet zu werden, Jakob nahm es Erneste nicht übel, er schien schnell zu begreifen, daß ihn Erneste nicht schikanieren, nein nur begleiten und betrachten wollte, betrachten wie ein Bild, begleiten wie ein Kind. Es war ein unerlaubtes Begehren, das Erneste trieb, doch Jakob schienen Ernestes Blicke weder lästig noch peinlich zu sein, weshalb Erneste vermutete, daß Jakob es gewohnt war, von seinen Mitmenschen angestarrt zu werden, und er wunderte sich nur, daß sich nicht alle Blicke auf ihn richteten. Er war nicht eifersüchtig, im Gegenteil, er hatte nichts dagegen, die Blicke mit anderen zu teilen. Jakob hatte ein Anrecht darauf, bewundert und geliebt und angestarrt zu werden. Seine Art, sich zu bewegen, zu sprechen und zugleich zu träumen, alles erschien Erneste geradezu vollkommen, Jakobs Perfektion als Kellner stand nichts im Wege.


Bereits nach zwei Wochen, in deren Verlauf sich Jakob – um nur einige seiner zahlreichen Beschäftigungen zu nennen – abwechselnd als Laufbursche, Gärtnergehilfe, Autowäscher, Schuhputzer und Kofferträger betätigt hatte, erhielt er auf Betreiben Ernestes, der sich mit Monsieur Flamin, dem *maître sommelier*, ins Benehmen gesetzt hatte, die Erlaubnis, sich im Speisesaal nützlich zu machen. Endlich eine Arbeit, die seinen Talenten entsprach. Es war eine außergewöhnliche Auszeichnung, denn üblicherweise wurden Anfänger erst nach mehreren Monaten niedrigster Dienste in die Nähe speisender Gäste gelassen. Erneste hatte sich erfolgreich für ihn eingesetzt, woran Jakob nicht ganz unschuldig war, denn er hatte Erneste abends vor dem Zubettgehen mehrfach gedrängt, sich bei Flamin für ihn einzusetzen, er langweilte sich draußen, er wollte den Gästen nahe sein. Was blieb Erneste anderes übrig, als sich an Flamin zu wenden, der seine Zustimmung nicht bereuen sollte. Jakobs Begabung entfaltete sich schnell.

Jakob arbeitete zunächst im Hintergrund, in unmittelbarer Nähe der Anrichte, an der Wand, wo es nie sehr hell war. Hier führte er alle Handreichungen aus, um die Monsieur Flamin, Erneste und all die anderen Kellner ihn baten, jeder Ranghöhere hatte das Recht, ihn jederzeit und in der geringsten Kleinigkeit zu bemühen.

Während er tat, womit man ihn betraut hatte, ließ Jakob die anderen nie aus den Augen, weder Monsieur Flamin, den *maître sommelier*, noch die *garçons*, noch die *chefs de rang*, deren jeweilige Stellung sich eindeutiger am Tempo ihrer Bewegungen als an ihrer Kleidung ablesen ließ, je schneller sie zwischen den Tischen hin und her eilten, desto untergeordneter war ihre Position innerhalb der Hierarchie. Jede Position aber war auf ihre Weise von Bedeutung. Je gemessener einer einherschritt, desto wichtiger war er, je deutlicher er sich dem Habitus der Gäste angeglichen hatte, desto vertraulicher durfte er mit ihnen verkehren, wobei jede Vertraulichkeit im Rahmen des Statthaften bleiben mußte, am vertraulichsten natürlich Herr Dr. Emil Wagner, der Direktor des Hotels, der sich oft tagelang nicht blicken ließ, mit dessen Erscheinen man aber besser zu jeder Zeit rechnete, denn wer sich dann gerade nicht korrekt verhielt, bekam dessen ganze Macht zu spüren. Mit Herrn Direktor Dr. Emil Wagner war nicht zu spaßen, und mit voreiliger Versöhnung durfte man schon gar nicht rechnen, denn er war nachtragend und konnte sehr ungehalten werden, jedoch nie vor den Gästen.

Jakob war voller Bewunderung für die Eleganz und Leichtigkeit, mit der die Kellner Hindernissen auswichen. Er staunte, mit welcher Gewandtheit sie in aufrechter Haltung mit vollen Tabletts über der Schulter den ganzen Saal durchqueren und zugleich ein Auge auf die von ihnen betreuten Gäste und auf mögliche Zeichen ihrer Vorgesetzten hatten. Laut Erneste waren vor allem die weiblichen Gäste schwankende Wesen, die ihre einmal getroffenen Entscheidungen oft schon nach wenigen Sekunden rückgängig machten, um andere Wünsche zu äußern, die kurz darauf erneut geändert werden konnten. Dieses zögerliche Verhalten in irgend einer Weise zu kommentieren, sei unangebracht, sagte Erneste. Dem Bedürfnis der Gäste nach freiem Entschluß und Unentschiedenheit konnte man nicht anders als mit einer verständnisvollen Miene begegnen, das gehörte zum Beruf wie saubere Fingernägel und frische Socken.

Jakob nahm die unterste Stellung eines *commis de rang* ein, er goß Selterswasser in die schweren Kristallkaraffen, entzündete Kerzen für die Leuchter und Rechauds und polierte Messer, Gabeln und Löffel. Währenddessen hatte er Gelegenheit, jede Bewegung, jede Miene und jeden Handgriff der Kellner aus der Nähe wie aus der Ferne zu studieren, so daß er sich schon nach wenigen Tagen imstande glaubte, es ihnen gleichzutun. Daß er förmlich darauf brenne, äußerte er auch gegenüber Erneste. Doch es dauerte noch eine Weile, bis man ihn in die Nähe eines besetzten Tisches ließ.

Drei Wochen lang verrichtete er im großen Speisesaal, der etwa fünfundzwanzig Tische unterschiedlicher Größe umfaßte, untergeordnete Dienste. Er tat dies zur Zufriedenheit nicht nur Monsieur Flamins, auch von anderer Seite wurden keine Klagen laut. Wortlos kümmerte er sich um all die Dinge, die auf der Anrichte landeten, ob es sich um benutzte Servietten, volle Aschenbecher, geknickte Zahnstocher, schmutziges Geschirr oder benutzte Gläser handelte.

Eines Abends wurde ihm die Ehre zuteil, Herrn Direktor Dr. Emil Wagner persönlich vorgestellt zu werden, der ihm ein wohlwollendes Lächeln schenkte. Der Direktor klopfte ihm auf die Schulter, sagte: «Gut, mein Junge» und ging weiter. Dann sah Jakob ihn tagelang nicht mehr, aber noch am selben Abend erfuhr er den Grund, weshalb sich der Direktor, im Gegensatz zu seiner Frau, so selten zeigte. Herr Dr. Emil Wagner litt unter heftigen Anfällen erdrückender Schwermut, und wenn diese ihn heimsuchte, wenn die Schwermut über ihn kam, schloß er sich bei zugezogenen Vorhängen oft tagelang in seinem Büro ein, dort hatte niemand Zutritt außer seiner Frau, dort schlief er in seinen Kleidern, wusch sich nicht und mußte zum Essen gezwungen werden.

Jakob wußte, daß man als *commis de rang* nur dann mit erhobener Stimme sprechen durfte, wenn Gäste sich direkt an einen wandten und kein übergeordneter Kellner in der Nähe war, der dem Gast zu Hilfe eilen konnte, wenn dieser zum Beispiel nach der Garderobe fragte, worunter selbstverständlich nicht die Garderobe, sondern jene Kommodität verstanden wurde, die dahinter lag, die Toilette nämlich, zu welcher man den ortsfremden Gast zu geleiten hatte. Den Weg zur Toilette mit einem Handzeichen oder gar mit einer Kopfbewegung zu weisen, wäre für den Direktor, hätte er es gesehen, ein Kündigungsgrund gewesen. Und so bemühte sich jeder um die richtigen Umgangsformen, was offenbar keinem der in Giessbach beschäftigten Kellner schwerfiel, denn wer keine Manieren hatte, bewarb sich nicht um eine Kellnerstelle, der wurde Maurer oder Metzger.

Jakob lernte auch, daß es äußerst unhöflich war, wenn Kellner, gleichgültig welchen Ranges, sich in Gegenwart von Hotelgästen miteinander unterhielten. Eine Unterhaltung zwischen Angestellten war nur dann gestattet, wenn die Frage eines Gastes, die man selbst nicht beantworten konnte, die Nachfrage bei einem Kollegen unumgänglich machte. Solche Kenntnisse erwarb sich Jakob im Lauf der nächsten Wochen dank Erneste, aber auch durch eigene Anschauung, durch die aufmerksame Beobachtung immergleicher Gepflogenheiten und Szenen. Jakob war, das hatte Erneste schon am ersten Tag begriffen, wachsam, flexibel und kaltblütig. Alles tat er auf Anhieb korrekt. Er schien alles Wesentliche zu sehen und zu hören, ohne je den Eindruck zu machen, als schaue und horche er aus purer Neugier. Er wirkte niemals indiskret, er nahm auf, was er sah, er verarbeitete und vergaß nicht, was er einmal gelernt hatte. Und wie bei jedem tüchtigen Kellner hatte man bald auch bei ihm das Gefühl, er interessiere sich nicht wirklich für die Dinge, die um ihn herum geschahen, er interessierte sich lediglich dafür, den Gästen alles recht zu machen, was auch bedeutete, niemanden zu bevorzugen oder zu benachteiligen.


Am Morgen seines zweiten Arbeitstages hatte Erneste Jakob zur Schneiderei begleitet, die im ehemaligen Badehotel untergebracht war, das seinen Betrieb bereits um die Jahrhundertwende eingestellt hatte. Die etwas heruntergekommene *dépendance* lag zweihundert Meter vom Hotel entfernt und war von dort aus nicht zu sehen. Hier wohnten die kurzfristig beschäftigten *saisonniers*, hier war die *lingerie* untergebracht, hier war die Kleiderkammer, in der alle möglichen Kleidungsstücke aufbewahrt wurden, die – immer wieder aufgetrennt, neu angepaßt und neu vernäht – Generationen von Kellnern und Zimmermädchen als Arbeitskleidung gedient hatten und weiter dienen würden. Während jene in schneller Folge kamen und gingen, sahen die Schürzen, Blusen und Hemden, die Hosen und Jacketts auf Regalen und Bügeln gelassen ihrer Wiederbelebung durch die jungen gelenkigen Körper entgegen, die sie für länger oder kürzer mit Fleisch und Leben erfüllen würden.

Verantwortlich für die Kleiderkammer war Frau Adamowicz aus Genf, sie leitete auch die Hausschneiderei. Die gebürtige Polin, die in der Schweiz aufgewachsen und in Paris zur Schneidermeisterin ausgebildet worden war, herrschte über das Reich der ruhenden

Kleider mit ebensolcher Umsicht und Unbestechlichkeit wie über die drei Näherinnen, die ihr von morgens früh bis abends spät – den Nacken gebeugt, die Finger flink – zu Diensten waren. Sie ließ sie nicht aus den Augen, und trotz ihrer vielleicht nur äußerlichen Kälte liebten diese sie wie eine ältere Schwester, die sich jeder Kritik entzog. Sie waren überglücklich, wenn ein Lob über ihre Lippen kam, aber sie erwarteten es nicht, sie nahmen es demütig hin, wenn der Tadel sie traf, er überraschte sie nicht, sie wußten, daß Frau Adamowicz in ihren Gedanken stets bei ihnen war, weil sie ungern, vielleicht nie an sich selbst dachte. Ihr einziges Kind, so erzählte man sich, sei im Säuglingsalter gestorben, doch sie sprach niemals darüber. Was man wußte, waren Gerüchte.

Daß Frau Adamowicz' Näherinnen gute Arbeit leisteten, war augenfällig. Tag für Tag besserten die drei Frauen, von denen die älteste bereits seit neunzehn Jahren in Giessbach beschäftigt war, beschädigte Servietten, Tischtücher, Bettbezüge und Leintücher aus, und sie änderten die Ausstattung der neuen Angestellten nach den Anweisungen von Frau Adamowicz. War sie nicht anwesend, wurden die neuen Angestellten zurückgeschickt und zu einem späteren Zeitpunkt bestellt, denn außer ihr durfte niemand Maß nehmen. Auch nahm sie höchstpersönlich jede Serviette, jedes Tischtuch, jeden Bettbezug und jedes Laken genau in Augenschein, bevor sie den Stoff zur Reparatur weitergab oder, weil er den Hotelgästen nicht mehr zuzumuten war, aussonderte und zu den Putzlappen warf, nachdem sie ihn eigenhändig in Streifen gerissen hatte.

Erneste und Jakob betraten die Schneiderei nach dem späten Frühstück um Viertel nach zehn. Frau Adamowicz' Mitarbeiterinnen saßen über ihrer Arbeit, eine der vier Nähmaschinen war in Betrieb, es roch nach glühenden Kohlen und trockenen Blumen. Die drei Frauen sahen auf und lächelten stumm. Frau Adamowicz, die ihr Kommen gehört haben mußte, würde in Kürze erscheinen.

Kaum war Frau Adamowicz aus der Kleiderkammer getreten, nahm sie ihre Brille ab und ließ sie in ihrer Kitteltasche verschwinden. Auf ihrer Brust ruhten die beiden Enden des Bandmaßes, das sie um den Hals gelegt hatte, vom linken Handgelenk stand das Nadelkissen bedrohlich ab. Ihrem Auftritt im Nähatelier ging eine unerklärliche Bewegung voraus, als schiebe sie Luft vor sich her.

Erneste stellte den Frauen Jakob vor. Kaum hatte er seinen Namen ausgesprochen, wiederholte Frau Adamowicz: «Jakob? Meier?», setzte ihre Brille wieder auf, ging an ihren Zuschneidetisch und blätterte ein schweres Buch von hinten auf. Nachdem sie auf eine leere Seite gestoßen war, schrieb sie etwas hinein. Sie sah auf und musterte Jakob von Kopf bis Fuß. Sie nahm das Bandmaß und sagte: «Wir nehmen jetzt Maß. Das Jackett ziehen Sie bitte aus, Sie stehen gerade, und bitte auf beiden Beinen bleiben, nicht schaukeln und immer Kopf hoch.» Ihr Französisch war trotz des polnischen Einschlags so akzentuiert, daß selbst Jakob sie verstand.

Während sich Frau Adamowicz darauf vorbereitete, Jakobs Körper zu vermessen, setzte sich Erneste ans

Fenster, von wo aus er nicht nur Jakob und Frau Adamowicz, sondern auch die drei Näherinnen im Blick hatte. Eine der Näherinnen stand auf, ging zu Frau Adamowicz' Tisch, nahm einen Bleistift und beugte sich über das schwarze Buch.

Um an Jakob Maß zu nehmen, war es unumgänglich, ihn zu berühren. Frau Adamowicz verrichtete ihre Arbeit mit der für sie charakteristischen Routine und Selbstverständlichkeit. Ohne falsche Zurückhaltung tat sie, was von ihrer Seite zu tun war, damit der neue Lernkellner ordentlich aussah. Auf seinem Stuhl konnte sich Erneste leicht in ihre Lage versetzen. Er beobachtete sie, ohne zu erröten. Er folgte ihren Bewegungen mit gespannter Aufmerksamkeit, ihre Gesten waren geübt und zwingend. Gebannt starrte er auf ein sich langsam bewegendes Bild, sein Blick folgte der Strecke, die ihre Hände auf Jakobs Körper zurücklegten. Niemand fragte, warum Erneste den Raum nicht verließ. Niemand verließ den Raum.

Die Arbeit begann am Hals. Frau Adamowicz legte das Bandmaß um Jakobs Hals und zog die Schlinge, die sich bildete, ein wenig zu. Zwischen Band und Hals blieb Raum für ihren gekrümmten Zeigefinger, mehr nicht. Ihre Mitarbeiterin trug das Kragenmaß ins Angestellten-Maßbuch ein.

Frau Adamowicz' Angaben waren unmißverständlich, obwohl sie nicht besonders laut sprach. Sie sagte: «Arme ausbreiten, bitte», und Jakob tat augenblicklich, was sie von ihm verlangte. Er breitete beide Arme aus, so daß sie rechtwinklig von seinem Körper abstanden. Unter seinen Achseln hatten sich kleine Schweißflecke gebildet. Indem er die Arme ausbreitete, rutschten die ungestärkten Manschetten etwas zurück und gaben seine Handgelenke frei. Eine der Näherinnen blickte auf. Diejenige, die die Maße notierte, sah konzentriert aufs Angestellten-Maßbuch und wartete. Sie drückte ihren Zeigefinger so fest auf den Bleistift, daß er abbrach.

Als Frau Adamowicz das Bandmaß um Jakobs Brust legte, machte er sich unwillkürlich etwas kleiner. «Nein, nicht.» Es schien, als habe sie genau diesen Reflex von ihm erwartet, weil alle so reagierten. «Gerade stehen, ganz gerade, und geradeaus schauen», das war alles, und Jakob nahm wieder Haltung an. Sie stellte sich auf die Zehenspitzen und beugte sich etwas vor, umschlang seinen Oberkörper mit dem Bandmaß und zog es über seinem Brustbein fest. «Einatmen. Ausatmen.» So vermaß sie den Umfang seiner Brust. Ihre Mitarbeiterin, die den Bleistift inzwischen gespitzt hatte, notierte zweierlei Maße in der Rubrik Brustumfang. Die beiden Frauen schienen einander an Gewissenhaftigkeit überbieten zu wollen.

«Das war für Hemd, Gilet und Jackett.» Das sagte Frau Adamowicz an diesem Punkt des Maßnehmens vermutlich zu jedem Kandidaten, und wenn dem so war, dann wurde es vermutlich von jeder ihrer drei Mitarbeiterinnen genau an dieser Stelle erwartet. Das gleiche hatte sie damals auch zu Erneste gesagt. Dann setzte sie das Bandmaß an Jakobs linker Schulter an und maß die Länge seines linken Arms, erst bis zum Ellbogen, dann bis zum Handgelenk, den Arm gestreckt und dann gebeugt, danach den rechten Arm. Kein Arm ist wie der andere, dachte Erneste, und Jakob dachte in diesem Augenblick vielleicht genauso.

Jakobs Achselhaar fühlte sich samtig an. Es war feucht und etwas heller als sein Kopfhaar. Erneste konnte es nicht sehen, aber er hatte es gesehen, als Jakob sich am Morgen wusch. Erneste saß zwanzig Schritte von ihm entfernt, er spürte es dennoch auf seinem Handrücken.

Bevor Frau Adamowicz in die Knie ging, bückte sie sich und legte das Bandmaß um Jakobs Taille, um seine Hüften, um seinen Hintern. Es folgte Zahl auf Zahl, sie wurden notiert, einmal ausradiert, neu geschrieben, es ging zügig voran. Dann sagte sie: «Die Beine etwas spreizen», und Jakob gehorchte. Die Kreppsohlen seiner Schuhe quietschten, dann stand er breitbeinig da, genau so, wie sie es wollte, nicht zu breitbeinig, denn unvermittelt hatte sie «Halt» gerufen, und er war stillgestanden.

Ihre Blicke trafen sich, als Frau Adamowicz das Bandmaß an die Innenseite seines linken Oberschenkel legte und ihn dabei mit ihrem Daumen leicht berührte. Sie zog das Maßband bis zum Knie und dann vom Knie zum Fuß, nannte ein Maß und nahm zur Sicherheit in zwei Etappen noch einmal Maß, vom Ansatz seines Oberschenkels bis zum Knie, vom Knie zum Fuß. Frau Adamowicz verlagerte das Gewicht ihres Körpers auf das andere Knie und wandte sich etwas nach links, um Maß an Jakobs rechtem Bein zu nehmen. Wie oft hatte sie das schon getan. Jakobs Blick über den Kopf der Schneiderin hinweg hielt Ernestes Blick indes noch immer stand, doch plötzlich wurde Erneste rot. Jakob senkte den Blick, er hatte verstanden. Frau Adamowicz stand auf, und allmählich verschwand die Röte aus Ernestes Gesicht. Was hatte Jakob verstanden, was er nicht längst wußte?

Nun hatte Frau Adamowicz sämtliche Maße ermittelt, aber natürlich erhielt Jakob keinen maßgeschneiderten Anzug. Keinem Angestellten im Grandhotel Giessbach wurde ein Anzug auf den Leib geschneidert, keinem wäre es auch nur im Traum eingefallen, damit zu rechnen. Man trug, was einem zur Verfügung gestellt wurde, und war zufrieden, und da vier fähige Frauen am Werk waren, konnte man sich darauf verlassen, daß gute Arbeit geleistet wurde, in der man sich sehen lassen konnte. Nur ältere Mitarbeiter, die in der Welt herumgekommen waren und deshalb wichtige Positionen bekleideten, besaßen ihre eigenen Anzüge, Monsieur Flamin und der *chef de réception* zum Beispiel, der in Kairo, Paris und London gearbeitet hatte.

Frau Adamowicz wandte sich um und verschwand in der Kleiderkammer, aus der sie kurz darauf mit der in Giessbach üblichen Bekleidung für Kellner zurückkehrte: Schwarzer Frackanzug, Hemd, Gilet, gestärkte Hemdbrust. Die Ordnung, die in der Kleiderkammer herrschte, erlaubte Frau Adamowicz, die nie die Übersicht verlor, einen schnellen Zugriff. Sie legte die Kleidungsstücke, die Jakobs Größe entsprachen, über eine Stuhllehne und trat einen Schritt zurück. Die Mitarbeiterin, die Jakobs Maße ins Maßbuch eingetragen hatte, war inzwischen auf ihren Platz zurückgekehrt und entfernte die Stecknadeln aus dem Saum eines Kleides, das über ihren Knien ausgebreitet war und bis auf den Boden fiel.

Frau Adamowicz bat Jakob, die Sachen anzuprobieren, und er begann sich auszuziehen. Frau Adamowicz wandte sich ab, ihre drei Mitarbeiterinnen blickten nicht mehr von ihrer Arbeit auf, außer Erneste und Jakob schienen sich alle entfernt zu haben. Jakob zog sich aus, Erneste sah ihm dabei zu. Frau Adamowicz, die Jakob diskret den Rücken zukehrte, sah in Ernestes Richtung, doch ließ er sich durch ihre Blicke nicht beirren. Konnten ihre Augen etwas anderes sehen als einen jungen Mann, der seinesgleichen betrachtete, nichts anderes als das, was er im Spiegel sah, wenn er sich auszog? So talentiert sie sein mochte, sich in die Haut anderer zu versetzen, seine Gedanken konnte sie nicht lesen. Seine Miene war ohne Ausdruck.

Jakob knöpfte sein Hemd auf, zog es aus und warf es über einen Stuhl. Er trug ein feingeripptes, an mehreren Stellen gestopftes Unterhemd, dessen Ärmel bis zu den Ellbogen reichten. Er bückte sich, ging in die Knie, löste seine Schnürsenkel, zog die schwarzen Schuhe aus und stellte sie unter den Stuhl, der ihm als Ablage diente. Während er sich aufrichtete, fuhr er sich mit der rechten Hand durchs Haar, dabei rutschte der kurze Ärmel seines Unterhemds so weit hinauf, daß auch sein Oberarm entblößt wurde. Der Arm war schlank und kräftig, obwohl Jakob körperliche Arbeit nicht gewohnt war. Er öffnete den Gürtel und knöpfte seine Hose auf. Er zog den Gürtel aus dem Hosenbund, was ein schnalzendes Geräusch erzeugte, danach schob er die Hose mit beiden Händen über Hintern und Schenkel, er hob das rechte Bein an, beugte sich vor, hielt das rechte Hosenbein am Aufschlag und streifte es über Wade, Knöchel und Fuß. Genauso stieg er aus dem anderen Hosenbein, genauso wäre auch Erneste aus seiner Hose gestiegen, genauso tat es jeder Mann in dieser Lage, was Jakob hier tat, war das Allergewöhnlichste von der Welt. Für Erneste aber war es etwas Besonderes.

Erneste fand es bemerkenswert, daß Jakob sich gar nicht genierte, denn natürlich hätte er das Recht und vielleicht sogar die Pflicht gehabt, sich zumindest etwas zu genieren. Es schien ihm gleichgültig zu sein, beim Ausziehen beobachtet zu werden. Erneste saß reglos da und ließ sich keine Phase der Entkleidung entgehen. Jakob hielt den Gürtel, der seine Beine berührte und den Boden streifte, immer noch in der Hand, dann wickelte er ihn um seine rechte Hand und legte ihn zusammengerollt auf den Stuhl, wo das Leder sich ein wenig lockerte.

Die Unterwäsche kleidete Jakob gut, fast hätte sich Erneste gewünscht, die vier anwesenden Frauen könnten ihn jetzt so sehen, wie er ihn sah, seinen Freund, aber sie schauten nicht hin, sondern konzentrierten sich auf ihre Arbeit. Bestimmt hatte man ihnen nahegelegt, die Männer, die zur Anprobe kamen, nicht durch Blicke in Verlegenheit zu bringen. Erneste schätzte sich glücklich, ein Mann zu sein. Weil er ein Mann war, durfte er zuschauen.

Er durchquerte den Raum, um Jakob bei der Anprobe seiner Kellneruniform behilflich zu sein. Er reichte ihm die Hose, doch Jakob wollte das Hemd. Erneste nahm es vom Stuhl und entfaltete es. Da Jakob keine Anstalten machte, das Hemd zu nehmen, knöpfte Erneste es für ihn auf und stellte sich hinter ihn, um ihm hineinzuhelfen. Jakob, der etwas größer war als Erneste, bückte sich ein wenig. Er bog den linken Arm nach hinten. Weil er die Ärmelöffnung verfehlte, ergriff Erneste sein Handgelenk, und Jakob schreckte nicht davor zurück, berührt zu werden. Seine Haut war kühl und fest, sehr fein, glatt, unbehaart. Erneste zitterte leicht. Er führte den Arm in den Ärmel. Genauso verfuhr er mit Jakobs rechtem Arm. Diesmal versuchte Jakob nicht, den Ärmel zu erwischen, vielmehr ließ er Erneste gewähren, er ließ sich führen, er bog den Arm nach hinten und wartete, daß Erneste ihn ergriff, und das tat Erneste. Er umschloß Jakobs Handgelenk fester, um den Arm in den Ärmel zu lenken. Die Hand entzog sich ihm nicht, sie spannte, das war die Hand eines Mannes, entschlossen.

Während Jakob das Hemd zuknöpfte, das leicht nach Stärke roch, strich Erneste es über seinem Rücken glatt, er glättete mit beiden Händen das Schulterteil und dann den Rücken, er fühlte unter seinen Händen Jakobs Schulter und Jakobs Rücken, kleine Erhebungen und Mulden, Schulter, Schulterblatt und Achsel, Härte und Weichheit, doch er spürte Frau Adamowicz' Ungeduld. Eine letzte Berührung, und er löste sich aus Jakobs Schatten. Er trat vor ihn, reichte ihm Hose, Gilet und Gürtel. Er stand vor Jakob, nur weniger Zentimeter von ihm entfernt, und sah aus nächster Nähe Jakobs Beine in der schwarzen Hose verschwinden, und während

Jakob sie zuknöpfte, sah er Erneste in die Augen, und als er lächelte, wußte Erneste, daß er verloren war, daß er etwas gewonnen und zugleich verloren hatte, daß der Gewinn, dessen er teilhaftig geworden war, zugleich Verlust bedeutete. Er empfand eine seltsame Ahnung. Ihm dämmerte etwas Unverständliches, etwas, was hinter seiner Erregung wie hinter einer hellen Fassade hockte und sich durch unverständliche Zeichen bemerkbar machen wollte, etwas Dummes und Verstörendes, etwas Bedrohliches, von dem er nichts wissen wollte, etwas Dummes, Verstörendes und Bedrohliches hinter dem Glück und der Freude, die ihn überfluteten. Erneste konnte nicht schwimmen, wäre er aber jetzt ins Wasser gesprungen, er wäre nicht ertrunken, er wäre geschwommen, weit hinaus, ohne Angst, nicht mehr ans Ufer zu gelangen. Er wußte aber auch, daß er nur froh sein würde, solange Jakob froh war, daß er ihn glücklich machen und sich das Glück erhalten mußte. Er hatte Jakobs Aufmerksamkeit auf sich gelenkt. Was er nicht zu hoffen gewagt hätte, war ihm gelungen. Er besaß Jakob noch nicht, er war von ihm besessen.

Doch die Zeit stand nicht still, sie mußten sich beeilen. Erneste blieb neben Jakob stehen, bis dieser vollständig angekleidet war, dann trat er zwei Schritte zurück. Der Anzug saß fast perfekt. Frau Adamowicz hatte sich inzwischen umgedreht und bezeichnete mit Schneiderkreide die geringfügigen Änderungen, die an den Hosenbeinen vorgenommen werden mußten. Sie sagte: «Die Deutschen sind immer die Längsten», und Jakob lächelte. Erneste war stolz und lächelte auch. «Ja, das stimmt», sagte er.

4

Am 5. Oktober 1966, fast auf den Tag drei Wochen nach Jakobs erstem Brief, erhielt Erneste zum zweiten Mal Post aus Amerika, dieselbe Adresse, derselbe Absender. Doch anders als der erste Brief war dieses Schreiben kein Anlaß zur Hoffnung, es bestätigte nur Ernestes Befürchtungen. Er hatte zwar mit diesem Brief gerechnet, doch hatte er ihn später erwartet. Jakob ließ ihm keine Zeit.

Mochte Erneste insgeheim gehofft haben, die Sache würde im Sand verlaufen, wenn er ihr nur auswich, so stellte sich bei Licht betrachtet heraus, daß sie stets da gewesen war. Sie verlief nicht im Sand, war greifbar und ließ sich nicht aus dem Weg räumen. Im Alptraum, aus dem er nicht erwachte, stand eine hohe Mauer, die er weder überspringen noch umgehen konnte.

Niemand fragte ihn, warum er so übermüdet aussah, gegenüber Erneste übte man immer Zurückhaltung. Ging nicht etwas Vornehmes von ihm aus, das einem verbot, ihm zu nahe zu treten? Seine Kollegen im Restaurant am Berg ließen ihn in Ruhe, andere Leute sah er tagsüber nicht.

Jakobs ersten Brief hatte er irgendwo hingelegt und gehofft, er würde von allein verlorengehen. Aber er war da, egal, wo er lag. Erneste war nicht fähig, ihn zu vernichten. Er wartete. Er hatte mit einem weiteren Brief gerechnet, als dieser aber im Briefkasten lag, zuckte er zurück. Da es nichts gab, was er Jakob hätte antworten können, hatte er ihm nicht geschrieben, doch Jakob hatte offensichtlich keine Zeit zu warten. Jakob traute ihm nicht. Jakob traute ihm zu, ihm eine Antwort schuldig zu bleiben. Er hatte recht.

Also schrieb Jakob ihm wieder. Und wenn Erneste nicht antwortete, würden zweifellos weitere Briefe folgen. Jakob ging es schlecht, er hatte es eilig, da seine Sache keinen Aufschub duldete, drängte er ihn. Was er sich in den Kopf gesetzt hatte, mußte erzwungen werden. Es ging um Jakobs Zukunft, um Jakobs Wohlergehen in Amerika, es ging um Jakob.

Erneste fühlte sich in die Enge getrieben. Was an den Rändern seines Bewußtseins gut verschnürt weggelegt worden war, drohte frisch und unverbraucht wieder zum Vorschein zu kommen. Es war nicht gut genug verpackt. Der Schmerz war unerträglich. Sich seiner Grausamkeit vielleicht gar nicht bewußt, hatte Jakob, was festgeschnürt gewesen war, mit einer einzigen Bewegung aufgerissen. Wenn du es nicht öffnest, öffne ich es für dich, und über Tausende von Kilometern hinweg war die Wirkung so mächtig wie der Biß einer Schlange, ihr Gift hatte Erneste erreicht. Ein Brief. Brief um Brief aus New York an ihn, der die Schweiz fast nie verließ. Die Erinnerungen an Giessbach, die er seit dem Ende des Krieges und Jakobs beharrlichem Schweigen endgültig begraben glaubte, waren alle noch da. Die Jahre, die vergangen waren, hatten der Schärfe der Erinnerung nichts angehabt. Die Wunden waren nicht vernarbt, sie waren offen und brannten.

Der Brief, der am 5. Oktober 1966 zwischen einer Reklame für Paris- und Londonflüge und der wöchentlich erscheinenden kostenlosen Quartierzeitung im Briefkasten lag, war eine Woche zuvor, am 29. September, in New York abgestempelt worden. Ebenso wie der erste Brief war auch dieser per Luftpost verschickt worden. Das Papier war dünn und hatte eine hellblaue Färbung. Der Stempel war gestochen scharf.

Erneste besaß kein Telefon, obwohl es ihn manchmal gereizt hätte, das Wetter, die neuesten Nachrichten oder die Uhrzeit telefonisch zu erfahren. Aber wen hätte er anrufen sollen? Freunde hatte er nicht, zu seinen Arbeitskollegen unterhielt er keine privaten Kontakte, seinen flüchtigen Bekanntschaften hatte er außerhalb der seltenen Gelegenheiten, in denen er ihre Nähe suchte, nichts weiter zu sagen. An ihre Stimmen erinnerte er sich nicht. Nachdem sie sich getrennt hatten, glichen die Umrisse des einen denen des nächsten. Julie in Paris? Ja, mit seiner Cousine hätte er gerne gesprochen, aber Auslandsgespräche waren teuer, außer an Weihnachten oder Neujahr hätten sie wohl kaum miteinander telefoniert. Telefonieren war Luxus.

Wäre Erneste im Besitz eines Telefon gewesen, hätte Jakob seine Nummer herausgefunden. Jakob saß nicht da und wartete. Nachdem er bereits Ernestes Adresse ausfindig gemacht hatte, wäre es für ihn gewiß nicht schwierig gewesen, seine Telefonnummer zu ermitteln. Hätte Erneste ein Telefon besessen, wäre Jakobs Anruf längst erfolgt. Da es um seine Zukunft ging, war es nicht nötig, am Telefon zu sparen. Hätten sich die Konsonanten und Vokale, die an Ernestes Ohr gedrungen wären, unmittelbar zu einer unverwechselbaren Stimme verdichtet? Hätte er ihn erkannt? Nein, Jakobs Stimme war ihm fremd. Er hätte seine Stimme nicht wiedererkannt, denn wenn er sich an eines nicht erinnerte, so war es Jakobs Stimme. Sie war ihm völlig entglitten, nur selten hörte er ein Flüstern ganz nah an seinem Ohr, ein tonloses Flüstern, und wenn er es hörte, erschrak er und blickte sich um.

Ernestes Überlegungen waren mit Sicherheit nicht Jakobs Überlegungen. Jakob hielt es zweifellos nicht für nötig, sich drüben in Amerika in Ernestes Lage zu versetzen. Er war vielleicht verzweifelt, aber mutlos war er nicht, und wenn er es doch war, gab er es nicht preis. Er würde seinen Willen durchsetzen. Selbst wenn sich seine Wünsche am Ende nicht erfüllten, hätte er doch alles getan, um sie zu verwirklichen. Es gab immer einen Weg, und dazu brauchte er jetzt Erneste, wie er ihn in Giessbach gebraucht hatte, wie er später Klinger gebraucht hatte, wie er in Amerika gewiß wieder andere gebraucht hatte. Wer Jakob behilflich war, hatte Anrecht auf einige Sekunden Aufmerksamkeit und kam, mit etwas Glück, in den Genuß von Jakobs Lob, wer ihm nicht helfen konnte, wurde keines weiteren Gedankens gewürdigt. Jakob ließ sich nicht unterkriegen. Jakob hatte an Ernestes Stelle schon alles erwogen, Jakob ließ ihm keine Zeit zum Überlegen, Jakob ließ ihn nicht zur Ruhe kommen.

Es war ihm gelungen, Ernestes Adresse ausfindig zu machen. Sobald er sie hatte, wußte er, daß Erneste noch lebte, und da Erneste noch lebte, konnte er ihm nützlich sein. Erneste konnte sich bei Klinger für Jakob einsetzen, er würde Mittel und Wege finden, ihm aus der Not zu helfen, Mittel und Wege, Geld von Klinger zu erbetteln, und eingedenk besserer Zeiten würde Klinger sicherlich alles Nötige veranlassen, so also hatte Jakob sich das ausgedacht, und wahrscheinlich hatte er recht. Um besserer Zeiten willen würden sie ihm helfen, jeder auf seine Weise. Erneste spielte dabei die Rolle, die er immer schon gespielt hatte, die des Wegbereiters und Kundschafters. Jetzt war es seine Aufgabe, die Erinnerungen eines alten Mannes aufzufrischen und Geld aus ihm herauszuholen. Seine Aufgabe war es, bei Klinger, den er kaum kannte, für Jakob zu werben, bei dem berühmten Klinger, der sich an ihn natürlich nicht erinnern würde, denn der große Schriftsteller hatte damals nur Augen für Jakob gehabt, genau wie Erneste. Klinger war in der Welt herumgekommen, er hatte die Kontinente gewechselt wie andere ihre Wohnungen und in so vielen Hotels gewohnt und so viele bedeutende Menschen gekannt, daß er sich gewiß nicht an einen Kellner erinnerte, den er vor dreißig Jahren zum letzten Mal gesehen hatte.

Warum hatte Jakob ihm nicht selbst geschrieben? Wozu bedurfte es Ernestes Vermittlung? War es Jakob peinlich, Klinger persönlich um Hilfe zu bitten, befürchtete er, abgewiesen zu werden, warum befürchtete er das? Klinger besaß ein Telefon, ein weltberühmter und gefragter Mann wie er besitzt ein Telefon, warum hatte Jakob ihn nicht einfach angerufen? Die Telefonnummer des berühmten Schriftstellers stand im Telefonbuch, Erneste hatte bereits nachgeschlagen, sie war leicht zu ermitteln, aber Jakob hatte Klinger offenbar nicht angerufen. Weigerte sich Klinger, mit ihm zu sprechen? Hatte Klinger Jakob fallengelassen, wie Jakob andere fallenließ? Noch hatte Erneste den Brief nicht geöffnet, längst kreisten seine Gedanken um Jakob. Es gab kein Entkommen.

Erneste erwartete die Ankunft seiner Cousine Julie. Sie war die einzige, mit der er über Jakobs Briefe hätte sprechen können. Sie war die einzige, die ihm einen Rat geben konnte, doch würde er sie nicht darum bitten. Das war undenkbar. Das Einverständnis, das zwischen ihnen herrschte, gründete auf seiner Verschwiegenheit. Ihr Interesse an seinen privaten Angelegenheiten war nur gering.

Julie reiste allein. Seit zwanzig Jahren fuhr sie einmal jährlich in die Schweiz, seit zwanzig Jahren blieb der Spielzeugfabrikant, ihr Mann, zu Hause in Paris. Die Kinder waren inzwischen aus dem Haus. Unter dem Vorwand, ihre Gelenkschmerzen zu behandeln, reiste sie einmal jährlich zur Kur nach Zurzach, wo sie tatsächlich nur ein einziges Mal gewesen war, um sich einen Eindruck von der Landschaft und den Kuranlagen zu verschaffen, für den Fall, daß sie zu Hause danach gefragt würde. Während ihr Mann, der vermutlich nicht einmal wußte, wozu die Kur in Zurzach gut sein sollte, sich für die Landschaft um den Kurort genauso wenig interessierte wie für das Befinden seiner Frau, stieg Julie seit Jahren in einem kleinen, unweit von Ernestes Wohnung gelegenen Hotel ab, um sich mit ihrem englischen Liebhaber zu treffen. Der ahnungslose Gatte ließ seine Gattin reisen, ohne je Verdacht zu schöpfen. Erneste gegenüber erwähnte sie ihn fast nie.

Wenn Julie und Erneste ungestört sein wollten, trafen sie sich in Ernestes Wohnung oder in einer Confiserie im Zentrum. Da sie sich nur am Sonntag verabreden konnten, beschränkten sich ihre Begegnungen auf wenige Treffen. Aber obwohl sie sich so selten sahen, war die Vertrautheit zwischen ihnen ungebrochen, egal, wie lange sie sich nicht gesehen hatten. Während Julie mit Erneste über Dinge sprach, die sie zu Hause selbst mit ihrer besten Freundin nicht besprechen konnte, blieben Ernestes Angelegenheiten unberührt, sie wurden nicht einmal erwähnt, weder von ihm noch von ihr. Erneste gab sich mit der Rolle des Zuhörers zufrieden, und da Julie viel redete, nahm diese Rolle von Jahr zu Jahr an Bedeutung zu.

Erneste mochte seine schwatzhafte Cousine, weil er ihr vertrauen konnte, ohne sich ihr anvertrauen zu müssen. Da sie ein Doppelleben führte, nahm sie keinen Anstoß an seiner Lebensweise, vielleicht auch deshalb, weil ihre eigene nicht in allen Punkten präsentabel war. Sie akzeptierte seine Neigung, indem sie sie einfach ignorierte.

Indes Julie nicht müde wurde, ausführlich über die geheimen Aspekte ihres Lebens und sämtliche sich daraus ergebenden Komplikationen zu sprechen, begnügte sich Erneste mit ihrem offenkundigen Bemühen, sein wahres Leben zu tolerieren, indem sie darüber hinwegsah. Das war ihr Beitrag. Das Thema selbst anzuschneiden, erschien ihm überflüssig. Es gab nichts zu erzählen, seit Jakob nach Amerika gegangen war.

Während Julie redete, konnte Erneste schweigen, und da er schwieg, sah sie sich nicht genötigt, über

Dinge nachzudenken, die ihn betrafen und die sie unangenehm berührt hätten, wäre er wirklich auf sie zu sprechen gekommen. Sie wollte ihn nicht in Verlegenheit bringen, und er wollte sie nicht in Verlegenheit bringen. Das festigte ihre Verbundenheit, die nichts, aber auch gar nichts mit ihrer familiären Beziehung zu tun hatte. Die war, so schien es ihnen, eher zufällig.

Erneste schätzte Julies alljährliche Besuche, sie erzählte so gern aus ihrem Leben. Ihr Leben war anders als seines. Er wußte, daß sie ihn achtete, und das war mehr, als er von jedem anderen Menschen erwarten durfte. Vielleicht war ihr Respekt vor seiner Neigung auch nur der Preis, den sie für seine Verschwiegenheit bezahlte. Er machte ihr keine Vorwürfe und war nie entrüstet. Ihm war es egal, mit wem sie sich traf und wen sie belog. Während sie dazu neigte, sich im Mittelpunkt einer großen Oper zu wähnen, wußte er, daß seine Person nicht einmal zur Nebenfigur eines Romans taugte.

Julie war wie eine Schwester, sie liebte ihn wie einen größeren Bruder, der seine Geheimnisse hat und sie mit seiner kleinen Schwester nicht teilen will. Er wollte sie nicht unnötig belasten. Sie war ihm zugetan, weit mehr als ihrem Mann. Und dennoch waren sie sich auf sonderbare Weise stets etwas fremd, eine verschworene Gemeinschaft ohne Feinde. Gemeinsam schien es sie außerhalb ihrer seltenen Treffen gar nicht zu geben, auch dann nicht, wenn sie zusammen in der Confiserie saßen und Kaffee tranken und Kuchen aßen und Blicke auf dieselben Männer warfen.

Julies Nachsicht oder Gleichgültigkeit wirkte so überzeugend, als wäre sie echt. Wie Erncstc wirklich lebte, wußte sie nicht. Details wollte sie nicht hören. Daß sein Leben eintönig war, ahnte sie wohl. Damals in Giessbach hatte er alles eingesetzt, was er besaß, und alles war ihm leichtgefallen. In Giessbach lebte man auf einer Insel, was der eine tat, kümmerte den anderen nicht. Dort hatte er geglaubt, er lebe wirklich, mit jeder Faser seines Körpers, mit jeder Faser seiner Seele.

Erneste nahm Jakobs Brief und die Reklame aus dem Briefkasten. Es war kein Zufall, sondern einzig und allein auf die Art der Reklame zurückzuführen, daß er Jakob in Gedanken plötzlich vor einem großen weißen Flugzeug stehen sah, ganz deutlich: ein weißes Flugzeug mit einem weißen Kreuz auf der roten Heckflosse, und Jakob stand oben auf der Gangway und sah geradeaus, er schien ihn nicht zu sehen. Jakob trug ein weißes Hemd, eine dunkelrote Krawatte, ein hellblaues Jackett und eine graue Hose. Auf Kniehöhe ein heller Fleck. Er war schlank, kaum gealtert, gerade erwachsen geworden, und während er die Stufen hinunterschritt, lachte er, und alles war wie früher. Seine Augen waren grau, leichte Schatten, das Haar genauso dunkel wie damals. Nicht nur der Lauf der Zeit schien außer Kraft gesetzt, auch die bitteren Gefühle und Gedanken, von denen sich Erneste während dreißig Jahren nicht hatte befreien können.

Jakob hatte sich nicht verändert, auch alles andere war gleich geblieben. Die Liebe erfüllte Erneste, sie war unverändert. Sein Gesicht glühte, es fehlte wenig, und er hätte geweint. Es war neun Uhr, er stand im Hausflur bei den Briefkästen. In einer Stunde begann sein Dienst. Er mußte zur Arbeit, er durfte nicht nachdenken. Ein alternder Mann, der im Hausflur mit den Tränen kämpfte, eine traurige Gestalt.

Noch konnte er sich von seinem Trugbild nicht lösen. Jakob kam unbefangen auf ihn zu, als wäre nichts geschehen. Er löste sich aus dem Schatten des Flugzeugrumpfs und blickte sich nach allen Seiten um. Aber ihn sah er noch immer nicht, und Erneste hatte nicht genug Kraft und Durchsetzungsvermögen, um Jakobs Aufmerksamkeit auf sich zu lenken. Während Jakob durch ihn hindurchsah, als wäre er Luft, blieb Jakob selbst der feste Gegenstand, der er immer gewesen war, ein Magnet, und spätestens jetzt, da Erneste ihn so plastisch vor sich sah, als wäre er wirklich, wußte Erneste, daß er ihm nichts würde verweigern können. Was Jakob sich wünschte, wünschte Erneste sich für Jakob, auch dann, wenn es zu seinem eigenen Schaden war. Seit Giessbach war kein Tag vergangen, nicht einer. Er war Jakob nicht losgeworden, Jakob war da und hielt ihn gefangen. Jakob sah ihn nicht, und Erneste hatte nur Augen für ihn. Nach wenigen Sekunden verschwand das Bild. Jakob war fünfzig, er selbst war zweiundfünfzig. Ein Schatten im Hausflur huschte vorbei. Später fragte er sich, ob ihm jemand auf der Treppe begegnet war, er konnte sich nur an einen Schatten erinnern, vielleicht war es sein eigener gewesen.

Erneste stand immer noch vor dem Briefkasten und starrte auf den Werbeprospekt, den er in der rechten Hand hielt, ein Flugzeug über den Wolken auf weißem Papier. Er griff nach Jakobs Brief. Er brannte nicht in seiner Hand. Dennoch war die Gefahr, die davon ausging, nicht geringer geworden. Erneste steckte den Brief in seine Hosentasche und schloß den Briefkasten.

Er konnte seine Augen vor diesem zweiten Brief ebensowenig verschließen wie vor dem ersten, aber diesmal würde er keine drei Tage warten, bevor er ihn las. Er wußte ziemlich genau, was ihm bevorstand. Er hielt sich am Treppengeländer fest, denn jede Stufe zu seiner Wohnung brachte ihn dem wahren Jakob ein wenig näher. Hätte er den ersten Brief nicht geöffnet, wäre es nicht nötig, diesen zu öffnen, aber wenn er diesen nicht öffnete und anschließend nicht tat, was Jakob von ihm verlangte, würde der nächste Brief nicht lange auf sich warten lassen. Eine Woche, zwei Wochen, vielleicht war er schon unterwegs.

Jakob kannte Erneste besser, als Erneste sich kannte. Hatte Jakob, dem es leichtfallen mußte, Freunde zu finden, keine Freunde in New York – so wie Erneste hier keine Freunde hatte? Wie groß mußte man sich New York vorstellen, und wie klein war darin Jakob, daß er sich in der Not an Erneste wenden mußte? Jakob hätte ihm davon erzählen können, aber Jakob schrieb nur von sich, sicher auch in seinem zweiten Brief, nicht, wie er lebte, nichts von New York, nichts von den Menschen, die dort lebten und die er kannte. Unter den Gästen im Restaurant am Berg gab es Geschäftsleute, die in New York gewesen waren, die hätte er fragen können, aber selbstverständlich wäre er niemals so aufdringlich gewesen, persönliche Fragen an Gäste zu richten, er stellte ja selbst seinen wenigen privaten Bekanntschaften niemals persönliche Fragen. Gegen Fragen, die jedermann beantworten konnte, ohne etwas von sich preisgeben zu müssen, war allerdings nichts einzuwenden. Aber wie lauteten solche Fragen?

Klinger kannte New York, er hatte dort gelebt, Klinger war in der Welt herumgekommen, Jakob war ihm gefolgt, ihn konnte man fragen. Erneste würde sich nicht trauen, ihn zu fragen. Es würde ihm aber keine andere Wahl bleiben, als Klinger schließlich aufzusuchen, das wußte er, und Klinger würde vielleicht schon wissen, warum er kam. Erneste hatte nie ein Buch von ihm gelesen. Erneste las keine Bücher. Was in Büchern stand, erregte nicht sein Interesse. Wenn er spät in der Nacht nach Hause kam, war er müde. Hätte er, statt sich hinzulegen, ein Buch zur Hand genommen, wäre er sofort darüber eingeschlafen. Einen Fernseher hätte er gerne besessen, doch konnte er sich keinen leisten. Er sparte. In zwei Jahren würde er sich einen kaufen können.

Er wußte wenig über Klinger, aber einige Monate zuvor hatte er erfahren, daß dessen Frau gestorben war. Jahre zuvor hatte er gelesen, Klinger habe es, trotz mehrerer eindringlicher Appelle deutscher Politiker, abgelehnt, nach Deutschland zurückzukehren. Erneste, der weder Zeitungen noch Illustrierte kaufte, hatte es beim Friseur gelesen, den er alle drei Wochen aufsuchte. Von Klingers Ablehnung hatten alle Zeitungen berichtet, sogar die Schweizer Illustrierte, die Erneste beim Friseur zu lesen pflegte.

Laut der Zeitschrift hatte Klinger geantwortet, er bleibe in der Schweiz. Er sehe keinen Grund, dorthin zurückzukehren, von wo man ihn vertrieben habe, er werde nicht zurückkehren, die Schweiz sei seine neue Heimat. Seit etlichen Jahren besaß er den Schweizer Paß. Launige Schweizer, die Klingers Bücher ebensowenig gelesen hatten wie Erneste, sagten: Ein Schweizer mehr, ein Deutscher weniger, und lachten über einen guten Witz. Und jetzt bat ihn wohl niemand mehr, nach Deutschland zurückzukehren, die Zeiten hatten sich geändert, Klinger war alt. Zum politischen Geschehen äußerte er sich nicht mehr, vermutete Erneste.

Einmal, vor zehn Jahre etwa, hatte er Klinger gesehen. In Begleitung seiner Frau und eines Unbekannten hatte er im Restaurant am Berg gegessen. Erneste hatte ihn bedient, natürlich hatte ihn Klinger nicht wiedererkannt. Eine Erscheinung von imposanter Statur in einem tadellos sitzenden schwarzen Anzug, so hatte es der Geschäftsführer formuliert, eine Erscheinung von imposanter Statur, das ließ sich über viele Gäste sagen, vor allem über die Dirigenten, die nach den Konzerten im Restaurant zu essen und zu trinken pflegten. Imposant waren aber auch die Opernsänger und die Opernsängerinnen, die Schwedinnen und Deutschen, die Spanierinnen und die Italiener.

# 5

Damit hatte Erneste nicht gerechnet. Während eines Spaziergangs zum See, es war an einem Sonntagnachmittag im Juli, fast auf den Tag zwei Monate nach seiner Ankunft in Giessbach, hatte Jakob aus heiterem Himmel seinen linken Arm um Ernestes Schulter gelegt und ihn im Gehen geküßt.

Es war nichts vorgefallen, was diesen Kuß rechtfertigte, abgesehen von der Tatsache, daß Jakob möglicherweise nicht entgangen war, wie sehr sich Erneste seit Wochen nach einer Berührung sehnte. Verständnis für die Nöte eines verliebten Mannes, zumal eines in einen anderen Mann verliebten Mannes, waren kein Grund, ihn so zu küssen, und das nicht etwa in der Abgeschiedenheit ihres Zimmers unter dem Dach, sondern draußen, in der nach allen Seiten offenen Natur, in einer durchaus gefährlichen Umgebung, wo man jeden Augenblick mit unerwünschten Zuschauern rechnen mußte.

Jakob küßte Erneste nicht wie einen Bruder, nicht wie man Vater oder Mutter küßt. Er küßte ihn, wie ein Liebhaber küßt, unbefangen und unerschrocken, ein wenig unbeholfen auch, denn viele Gelegenheiten hatte er bislang vermutlich nicht gehabt, sich darin zu üben. Indem er Erneste küßte, tat er etwas Verbotenes, er wußte es, und dennoch tat er es. Er tat es dort, wo man überrascht werden konnte, denn da, wo sie an jenem Nachmittag standen, konnten jederzeit Hotelgäste auftauchen, es war schönes Wetter, das rechte Wetter, um vor oder nach einem Bad, mit oder ohne Kinder, Hand in Hand oder schicklich getrennt, zu Fuß zum See zu gehen und mit der Standseilbahn wieder hinaufzufahren. Es war riskant, sich blicken zu lassen, die Büsche und Bäume schützten sie nur unzureichend vor unerwünschten Blicken. Jakob gefährdete sich, und er gefährdete Erneste, doch setzte er sich über alle Bedenken hinweg.

Jakob schreckte keine Sekunde vor seinem eigenen Mut zurück. Das Bedürfnis, seinen Freund zu küssen, war offenbar mächtiger als die Angst, zurückgewiesen zu werden. Während Erneste sich, trotz oder gerade wegen seines Bedürfnisses nach einer Berührung, nicht getraut hätte, Jakob auch nur flüchtig zu streifen, tat Jakob, der unerfahrene junge Mann aus Deutschland, mit größter Unbekümmertheit, was Erneste niemals gewagt hätte. Er würde ihm ewig dafür dankbar sein. Jakob hatte keine Angst, zurückgewiesen zu werden, weil er wußte, daß er nicht zurückgewiesen werden würde, also tat er den ersten Schritt, und wohin er am Ende auch führen würde, jetzt führte er direkt ins Paradies.

Jakobs Zunge nahm Besitz von Ernestes Mund, ungehindert drang sie in dessen Mundhöhle, und natürlich erwiderte der Geküßte den Kuß genauso bereitwillig und hingebungsvoll, wie er ihn erhielt. Er atmete schnell und schöpfte Luft aus Jakobs Brust, sein Herz pochte, nichts hätte ihn mehr überraschen können als dieser abenteuerliche Überfall, nichts mehr beglücken als die Erfüllung seines sehnlichsten Wunsches. Niemals hätte er zu hoffen gewagt, daß dieser Wunsch tatsächlich in Erfüllung gehen könnte, zu oft hatte er davon geträumt, in Jakobs Armen zu liegen, und jetzt lag er in Jakobs Armen, endlich im Paradies, erfüllt von Sinnlichkeit, von Hitze, Nervosität und Angst vor der Entdeckung.

Dennoch war Erneste anfänglich darum bemüht, einen gewissen Abstand zu Jakob zu halten. Jakob sollte nicht spüren, wie ordinär sich sein Verlangen bemerkbar machte. Erregt wie nie zuvor, sein Glied zum Bersten gespannt, mußte Erneste diesen Abstand von nur wenigen Zentimetern natürlich nur so lange wahren, bis Jakob selbst die Hürde überwand. Plötzlich drängte sich sein Körper ungeniert an Ernestes Körper, kein Zweifel, zwischen seiner und Ernestes Erregung bestand kein Unterschied. Ihre Körper und ihre Temperamente paßten zueinander, sie ergänzten sich.

Eng umschlungen standen sie also auf dem von Büschen und Bäumen begrenzten Waldpfad, der zum See hinunterführte, nur unzulänglich vor den Blicken jener geschützt, die ihnen nichts Gutes wollen konnten, weil das, was sie gesehen hätten, in ihren Augen krank und verdorben war, die Liste der gängigen Bezeichnungen war lang. Jakob mochte noch nicht mit ihr vertraut sein, Erneste war sie geläufig. Und dennoch küssten sie sich und begannen bald, einander überall dort zu berühren, wohin ihre Hände reichten, ohne den Kuß zu unterbrechen, ohne daß ihre Lippen sich trennten, die Schultern, den Rücken, den Hals, die Haare, die Arme, die Hüften, den Hintern, oder zumindest den Stoff, der das meiste bedeckte, die Haut, die Sehnen und Muskeln.

Und dann war es Erneste, der den Mut fand, seine

rechte Hand auf Jakobs Glied zu legen, das er längst spürte. Ohne zu zögern, ohne Angst, zurückgewiesen zu werden, umfaßte seine Hand den Stoff, unter dem sich Jakobs Glied kräftig erhob, so gewöhnlich wie seines und genauso anstößig.

Jakob wich keinen Zentimeter zurück, im Gegenteil, sein Körper kam Erneste entgegen und damit auch sein Glied, das unter dem Stoff fügsam durch Ernestes Hand glitt. Er spürte die Eichel, umfaßte den Schaft und schloß die Hand um Jakobs Hoden. Jakob stöhnte auf, Erneste erstickte den Laut mit seinen Lippen. Jakob zitterte am ganzen Körper. Niemand hatte Jakob bislang berührt, wo Ernestes Hand jetzt lag, und während sich sein Handballen auf Jakobs Hose langsam auf und ab bewegte, zwischen Eichel und Schaft, zwischen Nabel und Hoden, fand bald auch Jakobs Hand den Weg zu Ernestes Glied. Zwischen zwei Atemzügen stöhnte er ein zweites Mal, diesmal entfuhr ihm ein Seufzer. Erneste spürte Jakobs Atem, als wehe ein seidenes Tuch an sein Ohr.

Es grenzte an ein Wunder, daß in jenen fünf Minuten ihres vollkommenen Glücks weder Hotelgäste noch Sonntagsausflügler ihren Weg kreuzten. Wäre das geschehen, hätte es zweifellos einen Skandal gegeben. Doch Erneste und Jakob hatten das unverschämte Glück, für einige Augenblicke allein auf der Welt zu sein, zu zweit und unbemerkt. Niemand kreuzte ihren Weg, kein Erwachsener, kein Kind. Wären sie überrascht worden, hätte man ihnen noch am selben Tag gekündigt.

Erneste hatte sich dafür eingesetzt, daß Jakob, der

sich vor der Anrichte zur Untätigkeit verdammt sah, im Service eingesetzt wurde, und schließlich hatte er Erfolg gehabt. Monsieur Flamin, dem Jakobs verbindliche Art nicht entgangen war, hatte auf Ernestes Drängen eingewilligt, Jakob angemessen zu beschäftigen, erst auf der Terrasse, später im großen Speisesaal, bei Bedarf auch im Zimmerservice.

Aber obwohl Jakob Erneste zweifellos dankbar war, küßte er ihn an jenem Nachmittag nicht aus Dankbarkeit. Der Kuß und die Umarmung waren Ausdruck eines andersgearteten Gefühls, wie tief es war, würde sich zeigen. Daß er mit seinem Verhalten nicht nur Erneste, sondern auch sich gefährdete, wußte er, warum er sich dennoch so leichtsinnig der Gefahr aussetzte, ertappt zu werden, blieb Erneste für immer rätselhaft, und da er an Jakobs Unerschrockenheit nicht rühren wollte, fragte er ihn auch später nicht nach seinen Beweggründen, ihn gerade dort zum ersten Mal geküßt zu haben, etwa auf halbem Weg zwischen See und Hotel, auf dem Weg nach unten, auf dem sie kehrtmachten, um ins Hotel zurückzugehen. Nach wenigen Minuten lösten sie sich voneinander, doch fiel es ihnen schwer, ihre Hände im Zaum zu halten.

Es war nicht schwer gewesen, Monsieur Flamin von Jakobs Talenten zu überzeugen, er hatte Jakob lange genug beobachtet. Nach einem kurzen Gespräch mit Jakob erklärte er sich bereit, ihm, und das nach nur zwei Monaten, eine Chance zu geben. Ein geschickter junger Mann, *un jeune homme adroit et flexible avec une pareille jolie gueule d'amour* ist immer willkommen. Hätte Monsieur Flamin die beiden in diesem Augenblick gesehen, er hätte ihnen vermutlich nicht gekündigt, obwohl damals wirklich kein Mangel an willigen Arbeitskräften herrschte, er hätte sich nur abgewandt und so getan, als habe er nichts gesehen. Monsieur Flamin entrüstete sich nicht so leicht.

Es waren immer dieselben zwei Bilder, die Erneste in dieser Nacht verfolgten, ob er schlief oder sich im Zustand halben Wachseins hin und her wälzte, es waren und blieben immer dieselben, zwei bedrohliche Spiegel. Hätte er es geschafft, Licht zu machen und aufzustehen, wäre er diese Bilder sicher losgeworden, aber er schaffte es nicht, er machte kein Licht, er stand nicht auf, er war wie niedergestreckt, und so wurde er die Bilder nicht los, sie quollen aus ihm heraus und flossen in ihn zurück, sie schwammen durch ihn hindurch und er durch sie hindurch, er machte kein Licht, er nahm kein Mogadon, er wartete ab, er schlief ein, er träumte, er wachte auf, er träumte weiter, es nahm kein Ende, es war eine endlose Schinderei, es gab keinen Ausweg.

Drüben brannte Licht, das wußte er, die schattenhafte Nachbarin, beinah ein Schatten seiner selbst, ging auf und ab, er wußte es, auch wenn er sie nicht sah, während er zu schlafen versuchte, blieb sie standhaft, sie blieb wach, und er träumte zwei Bilder, beide gleich unbeweglich, eines von heute, eines von früher, aber beide gleich deutlich, gleich überdeutlich und gleich kalt, eins legte sich über das andere, eins verdrängte das andere, seine Seele berührte Eis, das Eis rührte an seine Seele, sie war wie erfroren, erstarrt.

Das eine Bild war Jakob, der unbeweglich vor dem Flugzeug stand, ein Bild aus Ernestes Phantasie, das Bild aus seiner Phantasie von vormittags, das weiße Flugzeug und ein schwarzer Hintergrund. Das andere Bild war Jakob und er selbst, Erneste und Jakob, kein Bild der Phantasie, der wahre, echte Augenblick, in dem sie sich zum ersten Mal berührt und geküßt hatten. So nah und klar stand das Bild vor ihm, als wäre das, was es darstellte, gerade erst passiert, er spürte die andere Zunge in seinem Mund, während er sich seiner eigenen Zunge nicht bewußt war, er spürte den anderen Körper an seinem Körper und spürte erst jetzt seinen eigenen, einen kalten Körper, kalt, aber nicht fremd. Die Zeit der Vertrautheit war längst dahin, kalt und unberechenbar, eine Zunge aus Nichts und aus Wachs. Und während das eine Bild ihm vielleicht sagen wollte, wie weit sie sich voneinander entfernt hatten, er selbst war ja nie in einem Flugzeug gereist, sagte ihm das andere unmißverständlich, daß sie sich seit damals keinen Millimeter voneinander entfernt hatten, auch wenn der andere Körper ihm inzwischen fremd geworden war, er war ihm nah und fremd.

Das waren die beiden Bilder, die er in dieser Nacht nicht loswurde, die ihn in den Schlaf begleiteten und wieder aus dem Schlaf herausrissen. Er wachte auf und spürte den Druck seines Körpers, er schlief wieder ein, und er spürte ihn immer noch, aber in jedem Fall, ob er schlief oder wach war, waren die Bilder dunkel, nicht warm, nicht sonnig wie jener Sommernachmittag im Juli 1935, sondern so finster wie die Herbstnacht, die die Stadt und ihre Bewohner, die Nachbarin, ihn selbst und irgendwo auch Jakob trostlos umfing. Es war Nacht um sie herum, es war Nacht vor dem Flugzeug, es war Nacht dahinter, es war düster, kalt, und alles wirkte genauso verfahren wie Ernestes Leben seit Jakobs Brief, sein Leben hatte sich um eine winzige Drehung verändert, teilnahmslose Schläfrigkeit war hektischer Betriebsamkeit gewichen, er konnte sein Denken und Fühlen nicht mehr anhalten, nicht in Schach halten und überhaupt nicht kontrollieren. Was er hinter sich gelassen hatte, lag jetzt wieder vor ihm, es war nichts weiter als eine mäßigende Täuschung gewesen, zu glauben, er habe die Zeit mit Jakob hinter sich gelassen, sie war nie hinter ihm gelegen, er hatte Jakob nie verlassen, Jakob war da, als wäre er nie weggegangen, Jakob schwamm durch ihn hindurch, und er schwamm in Jakob. So jedenfalls erschien es Erneste zwischen Wachen und Träumen in der Nacht zum Morgen, nachdem er Jakobs Brief geöffnet und gelesen hatte.

Der zweite Brief war etwas länger als der erste und hinterließ einen konfusen Eindruck. Jakob schien ihn in großer Eile geschrieben zu haben. Erneste wußte nicht, was er davon halten sollte, er hatte keine Ahnung von Amerika, er kümmerte sich nicht um Politik, die hatte ihm bislang kein Glück gebracht.

Jakob schrieb in seinem zweiten Brief:

*Mein lieber Erneste*
*Noch einmal, und diesmal schneller, Du musstest nicht lange warten. Aber wie Du weisst, warte ich immer noch auf eine Antwort von Dir. Vielleicht kreuzen sich unsere Briefe, und das wäre, was ich von einem wahren Freund erwarte. Aber vielleicht hast Du deshalb nicht geantwortet, weil Du mir*

*nicht traust oder nichts mehr mit mir zu tun haben willst. Ich weiss wenig über Dich, aber ich weiss, dass Du nicht verheiratet bist. Du kannst dich nicht vor mir verstecken. Ist Dir unsere Vergangenheit gar nichts wert? Oder warum schweigst Du? Hast Du Klinger gesehen? Schweigst Du, weil Du mit ihm gesprochen hast? Dann wüsste ich gerne, was er Dir erzählt hat. Es könnten gut Lügen sein. Ist Lügen nicht sogar sein Beruf? Oder worauf wartest Du? Im Gegensatz zu Dir, habe <u>ich</u> keine Zeit zu verlieren. Sag ihm, dass sie mich seinetwegen verfolgen. Wenn das FBI (das ist die Polizei) hinter mir her ist, dann seinetwegen. Es sind dieselben Leute, die schon hinter ihm her waren. Sie glaubten, er sympathisiere mit den Kommunisten. Jetzt sind sie hinter mir her, genau dieselben Männer wie damals hinter Klinger: Weston, Broadhurst, Burlington, und all die anderen Scheisskerle, die er auch kennt, sie leben noch. Nenne ihm ihre Namen, Du wirst schon sehen. Sie kommen alle wieder aus ihren Löchern hervor. Er hatte mit ihnen zu tun. Sie werden mich verhaften, wenn ich hier nicht rechtzeitig wegkomme. Oder ich muss sie bestechen. Wenn ich von hier weg will, brauche ich Geld. Ich kann mir nicht vorstellen, dass Du Geld hast, aber Klinger hat Geld, er ist reich, er kann mir helfen.*

*Geh zu ihm und rede mit ihm. In meinem beschissenen Leben zählt jetzt jede Minute, Dein Jakob, den Du sicher nicht enttäuschen wirst.*
*Love*
*Jack, Jakob Meier.*


Wie nicht anders zu erwarten, war Monsieur Flamin mit Jakobs Arbeit sehr zufrieden. Jakob tat mehr als das, was man von ihm erwarten durfte, er war aufmerksam, geschickt und schnell, er konnte anderen zuarbeiten und traf, wenn es nicht anders ging, selbst Entscheidungen. Monsieur Flamin und Herr Direktor Dr. Wagner schätzten seine Entschlußkraft, seine Unterordnung, seine rasche Auffassungsgabe, seine Diskretion und nicht zuletzt seine Beherrschtheit im Umgang mit allen und allem. Es hatte also den Anschein, als gebe es überhaupt keine Eigenschaft, die man nicht an ihm schätzte, und vielleicht wären selbst seine schlechten Eigenschaften, wenn sie bekanntgeworden wären, in Kauf genommen worden, ganz sicher von Erneste. Dessen Bewunderung für den geliebten Freund nahm nicht ab, im Gegenteil, sie wurde jeden Tag größer. Der Liebe seines Lebens hätte er alles verziehen. Doch es gab nichts zu verzeihen, noch nicht, Erneste fand keinen Makel an Jakob, nur Vorzüge.

Jakob war auf Ernestes Ratschläge längst nicht mehr angewiesen, als er schließlich, ab Anfang September, auch im großen Speisesaal bedienen durfte. Da die Nächte deutlich kühler geworden waren, wurde abends nicht mehr auf der Terrasse serviert, man speiste drinnen. Das erlaubte den Gästen, noch eine Weile leichte Kleidung zu tragen, noch lag ein Hauch von Sommer in der Luft, selbst abends, wenn sich die Herren nach dem Essen, seltener zwischen den Gängen, zur Terrasse begaben, um ungestört und ohne zu stören zu rauchen und zu diskutieren.

Jakob verließ die Terrasse, die sein Reich geworden war, und eroberte sich ein neues. Jakob und Erneste waren bei allen beliebt, vor allem bei den weiblichen

Gästen, insbesondere bei jenen, die verwitwet waren und allein reisten. Am angenehmsten war es, von beiden gleichzeitig umsorgt zu werden, von Jakob und Erneste. Was waren das für elegante, hübsche junge Männer, um so vieles hübscher als alle Männer, die die Damen kannten, von reiner Art und mit so schöner Haut! Hätte man sich für die eigenen Kinder keine besseren Karrieren wünschen müssen und wäre man sich nicht darüber im klaren gewesen, daß auch die Jugend von Kellnern nicht ewig dauert, wäre man fast geneigt gewesen, sie sich zu Schwiegersöhnen zu wünschen.

Bald konnte man Jakob nichts mehr beibringen. Er beherrschte sämtliche Handgriffe, sein bißchen Französisch war charmant, sein Englisch bezaubernd, seine Umgangsformen waren vollendet. Binnen kurzem war er ein perfekter Kellner geworden, einer, den man, ohne zu zögern, in den besten Häusern hätte einsetzen können, und so flossen die Trinkgelder reichlich. Angesichts der Tatsache, daß man, nicht nur im Urlaub, sein Geld nirgendwo einträglicher als in sein eigenes Wohlergehen investiert, waren sie keineswegs unangemessen.

Jakob war ein vollkommener Kellner und ein vollkommener Liebhaber dazu. Die Enttäuschung, nicht der einzige zu sein, der in den Genuß dieser Einsicht gekommen war, stand Erneste noch bevor, im September 1935 gehörte Jakobs Zuneigung ihm ganz allein.

Es gab zwei Tageszeiten für Erneste, die Arbeitszeit und die wenigen Stunden, in denen er und Jakob sich unbeobachtet in ihrem kleinen Zimmer aufhielten, in einem Bezirk, zu dem außer ihnen niemand Zutritt hatte. Dort war es dunkel, für sie aber war es hell genug.

Da Zimmermädchen in ihrer Kammer nichts zu suchen hatten, oblag ihnen deren Reinigung selbst. Einmal im Monat erhielten sie frische Bettwäsche und Handtücher. Das Zimmer hatte fließendes Wasser.

Während der Arbeitszeit dachte Erneste an die andere Zeit, an die Zeit nach der Arbeit, an die Nacht, an das losgelöste Leben, und wenn er während der Arbeit Jakob begegnete, glaubte er in dessen Augen die gleiche Erwartung zu erkennen, die ihn selbst beflügelte, die Erwartung der kommenden Nacht, das gleiche Verlangen nach jener zweiten, kurzen, viel zu kurzen Tageszeit, nach den Berührungen, die nur in der Abgeschiedenheit ihres kleinen Zimmers möglich waren, gleiches Verlangen auf beiden Seiten. Dem, der sie genauer beobachtete, mußte auffallen, daß ihre Blicke nicht kameradschaftlich waren. Während der Arbeit durften sie einander nicht anfassen, aber wenn sie etwa zufällig nebeneinander vor der geöffneten Schublade des Besteckschranks standen oder in einer Tür zusammentrafen, wußten sie es so einzurichten, daß ihre Hände oder Ellbogen oder sogar ihre Hüften oder Schenkel einander berührten, irgendein Teil ihrer Körper, und auch das sahen nur die, die es sehen wollten, wenige also, jene, die in allem und jedem etwas Zweideutiges erkennen wollen oder auch etwas ganz Eindeutiges, je nachdem, wie man es betrachtet. Die anderen Angestellten begegneten ihnen mit freundlicher Gleichgültigkeit. Deren Sicht gab sich mit dem eigenen Horizont zufrieden, und der umfaßte außerhalb der Arbeit selten, was ganz nahe lag, denn das war unwichtig angesichts dessen, was sie zu Hause erwartete, ein

Heim, eine Braut, eine Familie an Orten, die außer ihnen niemand je gesehen hatte.

Während die eine Zeit, die Arbeitszeit, kein Ende nehmen wollte, verging die andere, die Nacht, im Flug. Die Nächte, die nur selten vor Mitternacht begannen, waren die fürstliche Belohnung für all die Arbeitsstunden, aber sie waren kurz. Noch immer konnte Erneste es kaum fassen, daß dieser andere Körper ihm gehörte. Während er Jakob seinen Körper überließ, konnte er frei über Jakobs Körper verfügen. Keiner machte Anstalten, sich zu zieren oder sich zu entziehen. Erneste lag an Jakobs Schulter, und Jakob neigte den Kopf zur Seite, und über ihren Unterhaltungen und Anstrengungen schliefen sie schließlich ein.

War die eine Zeit zu lang, so war die andere Zeit zu kurz, sie schien vor ihrer Liebe zu fliehen, sie hinterließ einen unscharfen Schmerz. Manchmal war er so stark, daß Erneste zu weinen begann. Um sechs Uhr morgens mußten sie aufstehen, nachdem sie oft nicht mehr als drei Stunden geschlafen hatten. Es gab immer Gäste, die schon um sieben Uhr bedient sein wollten.

In den Nächten fiel es ihnen leicht, ihre Arbeit zu vergessen, dann vergaßen sie ihre untergeordnete Stellung, dann waren sie, zum ersten Mal frei, zwei entflohene Sklaven auf einer weiten grünen Wiese, die viel Ähnlichkeit mit jener Wiese besaß, die ein Maler auf das Bild gebannt hatte, das im Frühstückszimmer hing, eine Wiese vor schneebedeckten Bergen.

Um sechs Uhr standen sie auf, wuschen sich hastig, unterdrückten die aufkommende Begierde oder unterdrückten sie nicht, wuschen sich noch einmal, zogen ihre Kellnerkleidung an, banden ihre Fliegen um und kämmten sich gegenseitig, denn das ging schneller als vor dem Spiegel. Einer war um das akkurate Aussehen des anderen bemüht. Bevor sie sich trennten, küßten sie sich, so daß ihre Lippen noch eine Weile röter waren als die ihrer teilnahmslos blickenden Kollegen, die sie bereits erwarteten. Oft kamen sie etwas zu spät, auf ihren Scheiteln noch den Glanz der Spucke, mit der der eine das widerspenstige Haar des anderen gebändigt hatte. Das war fraglos das Glück, die Gunst des Schicksals, die nicht ewig dauern konnte, aber sie dauerte doch eine Weile.


Manchmal, wenn Jakob in der Eingangshalle, im Speisesaal oder auf der Terrasse auf Erneste zukam oder wenn er sich nachts neben ihn legte, mußte Erneste seine Tränen unterdrücken, und manchmal gelang es ihm nicht. Jakob konnte das in der Dunkelheit nicht sehen, es gab kein elektrisches Licht in ihrem kleinen Zimmer. Wenn sie Licht benötigten, zündeten sie eine Kerze an, der Mond schien vor dem Haus und auf das Haus, nicht in das schmale Hinterzimmer, in dem gerade zwei Betten, ein Schrank und zwei Stühle Platz hatten. Die Stühle wurden lediglich als Kleiderablage, so gut wie nie zum Sitzen benutzt.

Er ahnte vielleicht damals schon, daß dieses Glück nicht ewig dauern würde, er weinte damals aber nicht nur deshalb, er weinte einfach, weil er glücklich war, und glücklich war er, weil er Jakob liebte, weil Jakob so nah war. Jakobs Hand lag auf seinen Lippen, auf seiner

Brust, auf seinem Bauch, auf seinen Schenkeln, immer ein seliger Schlaf und ein seliges Aufwachen, er fand kein anderes Wort dafür. Sie waren müde, die Arbeit war anstrengend, die Tage waren lang, besonders lang erschienen sie ihm während der Hochsaison des Jahres 1935, es war viel los im Juli jenes Jahres, zahlreiche Gäste waren aus Deutschland gekommen. Emigranten. Harmlose Leute, still, verängstigt und manchmal betrunken. Sie warteten und konnten sich nicht entscheiden, wann und wohin sie weiterreisen sollten.

Wenn der Augenblick endlich da war, wenn Erneste nach Mitternacht neben Jakob im Bett lag, schlief er vor Erschöpfung in seinen Armen ein, und Jakob schlief bereits.

Geweint hatte Erneste schon lange nicht mehr. Hin und wieder weinte er lautlos im Kino, aber das war bloß ein Reflex, ein unwirklicher Schmerz, der gar nichts zu bedeuten hatte, weder beklemmend noch befreiend. Wenn das Licht im Kino anging, waren seine Augen schon wieder trocken. Auch damals, als seine Tränen weniger der Angst vor der Zukunft als dem Glück galten, das er im Augenblick empfand, hatte er in der Dunkelheit geweint, doch das war lange her, dreißig Jahre hingegangen wie ein Tag.

6

Warum war er nicht früher auf den Gedanken gekommen? Als es soweit war, als ihm der Gedanke endlich gekommen war, fiel die Last, die ihn tage-, nein wochenlang niedergedrückt hatte, von ihm ab, als wäre sie in Wirklichkeit nur ein Sandkorn gewesen, und schaffte Raum für andere Gedanken, klare Gedanken, befreiende Gedanken, es reichte also ein einziger neuer, im Grunde ganz schlichter Gedanke, um alles einfach und in neuem Licht erscheinen zu lassen, das also war die Lösung, eine plötzliche Eingebung, die allerdings rasch in die Tat umgesetzt werden mußte. Es war, als wäre er endlich erwachsen geworden.

Damit rückte Jakob in eine erträgliche Ferne. Sein Bild verschwand nicht ganz, aber es verlor an Kontur, es stand ihm jetzt nicht mehr im Weg, Erneste war jetzt allein. Er brauchte bloß in der richtigen Reihenfolge zu tun, was zu tun war, und alles andere würde sich von selbst ergeben. Er brauchte sich bloß an den Küchentisch zu setzen, ein Blatt Papier vor sich hinzulegen, einen Kugelschreiber zu nehmen und zu schreiben, daß er sich nun entschlossen habe, Klinger nicht anzurufen, Klinger nicht aufzusuchen und nicht anzubetteln, denn er lebe sein eigenes Leben, in diesem Leben aber habe weder Jakob noch Klinger Platz, weder Du, Jakob, noch der, der Dich berührt, entführt, gestohlen, Dich mir genommen hat, Du bist ihm gefolgt, also folge ihm weiter, folge ihm selbst, bleibe ihm ergeben, verlaß dich nicht auf mich, sei sein Diener, verlaß dich nicht auf meine Hilfe, sei das, was ihm gehört, Du hast mich für immer verlassen, jetzt verlasse ich Dich für immer, was ich bis heute nicht glauben konnte, ist eingetreten, Du verschwindest endlich aus meinem Leben, endgültig, und das ist eine Erleichterung.

Die Sätze, die er ihm schreiben wollte, nahmen

Gestalt an. Sie nahmen allerdings so schnell Gestalt an, und es waren so viele, daß er sich alsbald außerstande sah, sie sich zu merken. Sie wuchsen, und je länger sie wurden, desto weniger verstand er sie selbst, und was er selbst nicht verstand, würde Jakob erst recht nicht verstehen. Und dann schien es, als wollten sie sich gegenseitig ausradieren. Indem sie sich überstürzten, löschten sie einander aus, ein Satz fraß den anderen, doch statt weniger wurden es mehr. Statt einiger übersichtlicher Sätze bildeten sich ganze Schlangen von Sätzen, und er wußte, daß es ihm nicht gelingen würde, sich die besten, die die verletzendsten waren, einzuprägen. Deshalb mußte er sie aufschreiben, so bald wie möglich, dazu aber brauchte er Papier und einen Kugelschreiber, sobald er einen Kugelschreiber in der Hand hielt, zu Hause, würden ihm, so glaubte er, die richtigen Sätze, die ihm inzwischen entfallen waren, schon wieder einfallen, aber noch war er nicht zu Hause, denn er hatte noch etwas vor, eine Ablenkung, eine Erleichterung, eine jener Eskapaden, die er sich seit vielen Jahren mit einer gewissen Regelmäßigkeit gönnte, und während ihm die Sätze wie Pfeile durch den Kopf und aus dem Kopf wieder herausschossen, wurde es Mitternacht, und als es gerade Mitternacht geworden war, ging er an jenem Standbild am Toreingang des Parks vorbei, an dem er schon so viele Male vorbeigegangen war, dem Standbild einer flehenden Mutter mit offenem Busen über dem sterbenden Kind, und er vernahm die bekannten Geräusche, die er schon so oft gehört hatte. Hier ein leises Scharren, dort ein unterdrücktes Stöhnen, ein Streichholz flammte auf, erhellte sekundenlang die

Gesichtszüge eines Unbekannten und erlosch. Ein paar geflüsterte Worte wurden gewechselt, eine Tür ging auf und gab den Blick auf weiße Kacheln und auf Umrisse frei, die sich davor bewegten, und fiel leise ins Schloß. Die Tür der Parktoilette, die seit den frühen Abendstunden nur von seinesgleichen benutzt wurde, stand im Mittelpunkt des Interesses. Alle Augen, die noch suchten, weil sie noch nichts gefunden hatten, waren auf diese Tür gerichtet, das Licht hob die Körper hervor, aber nicht die Gesichter. Wenn die Tür sich öffnete, fiel ein Streifen Licht auf den Kiesweg. Sie schloß sich und verschluckte das Licht, sie öffnete sich und spuckte es aus, hundertmal in jeder Nacht.

Die Luft war von unterdrückten Lauten erfüllt. Das verräterische Licht in der Parktoilette blieb immer an und beleuchtete das Geschehen auch für jene, für die es nicht bestimmt war, für die, die das seltsame Treiben um die Parktoilette entweder mit dem Dünkel des gesunden Empfindens oder mit jener amtlichen Neugier betrachteten, die die Polizei an den Tag legte, wenn sie in unregelmäßigen Abständen ausrückte, um Razzien durchzuführen, und dabei jedesmal ein paar ältere Männer verhaftete, die sie wenige Stunden später wieder freiließ. Nicht selten waren verängstigte Familienväter darunter.

Es war Julie gewesen, die ihn vorhin, bei ihrem letzten Treffen vor ihrer Abreise nach Paris, durch eine beiläufige Bemerkung auf den Gedanken gebracht hatte, Jakob zu schreiben. Während des Abendessens im Restaurant hatte sie nebenbei gesagt: «Ich schreibe Steve so gerne Briefe, warum schreibe ich dir nicht öfters, dir bräuchte ich nicht heimlich zu schreiben, warum schreibst du mir eigentlich nie ...» Während seine Cousine redete, fingerte sie unentwegt an ihren Ringen und Armbändern herum.

Er hätte sich jetzt auf das Wesentliche konzentrieren sollen, doch es gelang ihm nicht, nicht etwa deshalb, weil es schon so spät war oder weil er mit Julie eine Flasche Wein getrunken hatte oder weil er durch das, was um ihn herum geschah, abgelenkt gewesen wäre, wohl eher deshalb, weil sich das Wesentliche nicht fassen ließ. Sobald er es zu halten glaubte, entwischte es, das Wesentliche existierte nicht oder nur dann, wenn es von Nebensächlichkeiten umstellt war, vor denen es sich abheben konnte wie die Konturen der Männer im Licht der öffentlichen Toilette. Vielleicht war alles nebensächlich außer dem Tod. Stirbt die Liebe, kommt der Tod, kommt die Liebe, stirbt der Tod.

Eigentlich wollte er das Wesentliche in seinem Brief an Jakob in wenigen Worten ausdrücken, in ein paar Worten, die unanfechtbar wären und jede Rechtfertigung, ja sogar jede Widerrede ausschlossen. Tatsächlich aber schwollen sie ins Uferlose an, und so wurde der Brief, über den er sich den Kopf zerbrach, seitdem er sich von Julie verabschiedet hatte, immer verworrener. Wenn er den zahllosen Sätzen, die bislang nur in seinem Kopf existierten, auf dem Papier nicht Einhalt gebieten konnte, würde Jakob, der sie lesen und begreifen und von ihnen ergriffen sein und vor ihnen verstummen sollte, gar nichts verstehen. Was wäre das für eine Niederlage, wo es doch gerade darum ging, daß Jakob endlich begriff, was er Erneste angetan hatte. Auch wollte er nicht unterschlagen, daß er vielleicht allzu bereitwillig gelitten hatte, daß er an der Dauer seines Unglücks infolge der Beharrlichkeit, mit der er sich darin verbissen hatte, nicht schuldlos war. Auch das würde er ihm schreiben. Er wollte nicht klagen, doch wollte er die Wahrheit auch nicht verleugnen. Jakob sollte zur Einsicht gelangen, welchen Fehler er begangen hatte, als er ihn verließ, um Klinger zu folgen. Er, der geglaubt hatte, das große Los gezogen zu haben, war am Ende auf einer Niete sitzengeblieben, genauso wie Erneste. Amerika hatte ihm kein Glück gebracht.

Wenige Worte mußten genügen. Die Kürze der Aussage sollte eine tödliche Waffe sein, die Jakob für immer verstummen ließ, nicht nur den fremden Jakob in Amerika, auch den in Ernestes Kopf. Vor allem von diesem wollte er sich befreien. Jakob mußte begreifen, wie ernst es ihm war und wie wenig er von Ernestes jahrzehntelangem, jahrzehntelang unterdrücktem Schmerz wußte. Nur in einem Nebensatz wollte er diesen Schmerz erwähnen, je beiläufiger die Sätze klangen, desto größer ihre Wirkung.

In diesem Augenblick wurde Erneste gepackt und nach hinten gerissen. Er spürte den eisernen Druck eines Arms auf seinem Kehlkopf und verlor das Gleichgewicht. Der stählerne Griff schnitt ihm das Blut und den Atem ab. Gleich darauf fiel ein dicker, farbloser Vorhang, und er verlor das Bewußtsein, kurz davor hatte man ihm zwei Worte ins Ohr geflüstert: «Schwanzlutscher, Arschficker.»

Als er aufwachte, lag er am Boden, er wunderte sich nicht, er rang nach Luft, er lag auf dem Rücken, er hörte sich keuchen, seinen eigenen rasselnden Atem, dann wurde er mit einem schweren Gegenstand geschlagen, erst gegen die Brust, dann in den Bauch, mit einer Art Knüppel. Er krümmte sich zur Seite, und kaum lag er seitlich, erhielt er von dort einen Fußtritt, es waren also mehrere. Er hörte Schreie in der Nähe, sie verstummten, man wollte keine Unbeteiligten auf sich aufmerksam machen, man wollte die Polizei nicht alarmieren, sie hatten alle Angst. Erneste war nicht der einzige, den sie sich zu ihrem nächtlichen Spaß ausgesucht hatten, zwei, drei andere hatten es ebenfalls nicht rechtzeitig geschafft wegzulaufen. Es waren mehrere Angreifer, mindestens drei, alleine kamen sie nie, sie waren immer mit irgendwelchen Gegenständen bewaffnet.

Wovor er sich stets gefürchtet hatte, war nunmehr eingetreten, sie hatten ihn erwischt, er war jetzt mittendrin, sie würden ihn schlagen, bis er sich nicht mehr regte.

In Gedanken versunken, die nicht seiner Sicherheit gegolten hatten, war er nicht wachsam, folglich nicht schnell genug gewesen, er hatte sie nicht kommen hören, er hatte ihre Gegenwart nicht wahrgenommen, als sie längst auf der Lauer lagen. Sie wollten Spaß, sie hatten Spaß, sie schlugen zu, sie prügelten im Park zusammen, wen sie erwischen konnten, sie würden so lange zuschlagen, wie sie es für richtig hielten, über die Dauer der Gewaltanwendung entschieden sie allein. Sie waren jung und kräftig und von der Unanfechtbarkeit ihres Handelns überzeugt.

Gewöhnlich tauchten sie am Wochenende auf, heute war Donnerstag. Warm und klebrig quoll Blut aus seiner Nase und aus seinem Mund. Wie würde das bloß aussehen, wenn er morgen mit einer blutig geschlagenen Nase und mit geplatzter Lippe zur Arbeit erschien?

Noch ein Schlag, ein leises Knirschen unter der Haut, und er verlor von neuem das Bewußtsein, das war die Rettung, vorübergehend.

Als er wieder aufwachte, erfaßte er sofort, daß vier Männer um ihn herumstanden. Sie konzentrierten sich ganz auf Erneste, sie grölten: «Kinderficker!» und: «Bubenschänder!» Erneste hatte das Gefühl, mit dem Hinterkopf in einem Stück Hundedreck zu liegen, aber was machte das schon in seiner Lage, warum machte er sich gerade darüber Gedanken?

Es wurde viel und laut gelacht. Was sie sonst noch sagten, verstand er nicht, denn inzwischen hatten sich alle Geräusche hinter eine dicke, schalldichte Wand zurückgezogen. Fußtritte wurden ausgeteilt. Jeder durfte zuschlagen, soviel er wollte, wohin er wollte. Erneste dachte: Es kommt immer, wie es kommen muß, erst eine gute Idee, dann eine schlechte Idee. Seltsam, es war, als seien nur die Schläger so richtig bei der Sache, er selber spürte den Schmerz kaum mehr.

Vielleicht hatte einer der vielen Schläge ihn unempfindlich für alle weiteren Schläge gemacht, vielleicht hatte dieser entscheidende Schlag einen besonderen Nerv getroffen, ohne den man keine Schmerzen spürt, getroffen, durchtrennt und ausgeschaltet. Sein Körper war ihm fremd. Obwohl er hilflos am Boden lag, machte er einen großen Schritt, und danach befand er sich in einer anderen Welt, und jeder weitere Schlag festigte seine Position in dieser anderen Welt, und noch ein Schlag und noch ein Schlag oder gar kein Schlag, egal, er spürte nichts, einer traf das Knie, einer traf die Hoden, noch einmal seinen Kopf, Ausdauer hatten sie, die Angreifer, das mußte man ihnen lassen, ihre Gesichter konnte er nicht erkennen, sie schlugen noch immer gezielt und fast ein wenig verzweifelt auf ihn ein, auf einen, der sich zwar krümmte und vielleicht auch schrie – er hörte nichts mehr –, der dabei aber merkwürdig abwesend wirkte. Er war weg, aber sterben würde er wohl nicht, die Grenze, die er gerade überschritten hatte, führte auf ein verlassenes Gelände, in dem die Unempfindlichen sich treffen, er befand sich in einem Zustand trunkener Auflösung, einem Zustand, der nicht ewig andauern konnte, aber noch dauerte er an, zum Glück, dann wurde es wieder dunkel. Jakob und der Brief, Klinger und Amerika, Julie und seine uninteressante Existenz waren verschwunden, alles an ihm konzentrierte sich darauf, in jener anderen Welt zu bleiben.

Er wachte erst auf, als es über ihm fast still geworden war. Schließlich öffneten sie die Reißverschlüsse ihrer Hosenschlitze und lachten. Wie hätten sie ihre Überlegenheit besser demonstrieren können, als Witze reißend auf ihn zu pinkeln, schlüssiger konnten sie ihre Verachtung nicht zeigen. Es dauerte zwei, drei Minuten, bis sie fertig waren, sie hatten sicher Bier getrunken. Dann zogen sie ab, einer pfiff einen Schlager. Ein vergnüglicher Abend lag hinter ihnen, ein Donnerstag. Es war wohl alles so gekommen, wie sie es sich zuvor erhofft hatten, vielleicht sogar noch besser.

Als er wieder bei Sinnen war und aufzustehen versuchte, schlug in der Ferne eine Kirchturmuhr ein Mal. Es war ein Uhr oder halb zwei. Ihn überfiel der Schmerz, der ihn bislang verschont hatte.

Bei dem Versuch, sich aufzurichten, wurde Erneste förmlich entzweigerissen, und er brach zusammen. Er konnte nicht aufstehen, er konnte nicht gehen, und er konnte auch nicht um Hilfe rufen, über seine Lippen jedenfalls kam kein Laut, aus seinem Mund tropfte nur Blut, kein Ton, er war dazu verdammt, den Faden wieder aufzunehmen, den sie aus ihm herausgezogen hatten, er war nicht tot.

Was hier passiert war, würde morgen in keiner Zeitung stehen. Er war allein, die anderen waren verschwunden, niemand konnte ihm helfen, niemand würde ihn pflegen, er gehörte ins Krankenhaus, aber er würde nicht ins Krankenhaus gehen. Niemand hörte ihn, niemand kam, alle waren weg. Der Urin begann auf seiner Haut zu trocknen und bildete einen klebrigen Film. Er konnte seinen Ekel nicht unterdrücken und übergab sich. Er beschmutzte sein Jackett und seine Hose. Der Widerwille vor sich selbst war es, der ihm schließlich die Kraft zum Aufstehen gab. Er mußte es schaffen. Seine Kleider waren durchnäßt, zerschlissen und schmutzig, ganz wie sein Inneres, da war kein Unterschied. Er hatte keinen anderen Gedanken, als von hier wegzukommen. Er wollte aufstehen und verschwinden, er wollte nach Hause und sich waschen, er wollte den Schmutz abwaschen, mit dem man ihn besudelt hatte, er war besudelt, das würde sich so schnell nicht wieder abwaschen lassen, aber er mußte damit beginnen, er mußte sich waschen, duschen und in die Badewanne legen und so lange darin liegen, bis der Gestank von Blut und Urin und Erbrochenem aus dieser engen Welt verschwunden war, bis der Geruch der Seife denjenigen der Demütigung verdrängt hatte.

Endlich stand er auf beiden Beinen und konnte die ersten Schritte gehen. Es würde vielleicht Stunden dauern, bis er zu Hause war.

Als er am nächsten Morgen aufwachte, faßte er den Entschluß, Klinger zu besuchen. Er würde Jakob vorerst nicht schreiben.

7

Am 15. Oktober 1935, Ernestes Erinnerung daran war ebenso klar wie jene an ihre erste Begegnung an der Schiffsanlegestelle am Brienzersee, trennten sie sich auf dem Bahnsteig in Basel, sie gaben sich die Hand, so gingen sie auseinander, mitten unter den vielen Leuten, die irgendwohin eilten, nachdem sie von irgendwoher gekommen waren, und wenn es, wie sie wußten und wie sie sich geschworen hatten, auch kein Abschied für immer war, würde sich dieser Abschied im nachhinein doch als das fast beiläufige Ende ihrer wechselseitigen Liebe erweisen, die nicht so wiederaufleben wollte, wie Erneste es sich gewünscht hätte, als sie sich ein halbes Jahr später wiedersahen, oder doch nur einseitig. Die beste Zeit war besiegelt.

Was ein halbes Jahr später folgte, als sie sich, wie verabredet, im Bahnhof von Basel, just auf demselben Bahnsteig, wiedersahen und wieder die Hände schüttelten, war für Erneste entmutigend, denn als sie einander nach all den Monaten wieder gegenüberstanden, wirkte Jakob kühl und unzugänglich. Auch wenn sich Erneste einzureden versuchte, es liege vielleicht in der Natur des Menschen, sich nach einer langen Trennung zunächst ein wenig fremd zu fühlen, entging es ihm nicht, daß Jakob kaum merklich vor ihm zurückwich.

Während Erneste noch eine Weile an dem Glauben festhielt, daß sich das Ungewöhnliche fortsetzen, auf irgendeine Weise wiederholen oder erneut heraufbeschwören ließe, hatte sich Jakob einfach verändert, er war ein halbes Jahr älter, ein halbes Jahr reifer, er hatte seine Familie wiedergesehen und war anderen Menschen begegnet, über die er nicht sprach und die Einfluß auf ihn ausgeübt hatten. Anders ließ sich Jakobs Verwandlung in einen verschlossenen jungen Mann innerhalb eines halben Jahren nicht erklären.

Aber noch war es Herbst, noch war es nicht soweit, noch glaubte gewiß auch Jakob an ein unbeschwertes Wiedersehen, an die Beständigkeit des Glücks. Ein Händeschütteln unter den Augen unbekannter Menschen, vor denen sie sich an die Anstandsregeln hielten, die unter Männern gelten, ein Händeschütteln war alles, was sie sich beim Abschied im Herbst 1935 erlaubten. Sie vermieden jede vertraulichere Berührung, eine Umarmung zum Beispiel, wie sie unter Brüdern statthaft gewesen wäre. Hätten sie sich auf die Wangen geküßt, wären sie möglicherweise für Brüder gehalten worden, doch aus Angst vor den Leuten taten sie es nicht, denn noch die unverdächtigste Geste konnte sie verraten.

Die Saison in Giessbach war zu Ende. Da im Winter kein Sonnenstrahl auf das Hotel fiel, blieb es bis zum Frühjahr geschlossen. Während Herr und Frau Direktor Wagner, die Sekretärin des Direktors sowie der Kellermeister, ein Einheimischer aus Brienz, an der zu dieser Jahreszeit unwirtlichen, Hotelgästen unzumutbaren Stätte ausharrten, um die in den Sommermonaten vernachlässigte Buchhaltung in Ordnung zu bringen und das Gefrieren der Wasserleitungen sowie Plünderungen zu verhindern, wurde die Mehrheit der Angestellten nicht vor Mitte März zurückerwartet. Obwohl es in Thun und Interlaken, auch in Luzern, unzählige Hotels gab, in denen man vermutlich Arbeit gefunden hätte, zerstreuten sich die meisten Angestellten in alle Himmelsrichtungen, die *saisonniers* fuhren entweder in ihre Heimat zu ihren Familien, wo sie den Winter als vermögende Bürger unter armen Verwandten und Freunden verbrachten, oder sie suchten sich Arbeit in ausländischen Luxushotels, wo sie meist untergeordnete, schlechtbezahlte Arbeit verrichteten, für die sie durch gute Referenzen entschädigt wurden. Glücklich, dem ereignislosen Landleben für eine Weile entronnen zu sein, lebten sie in den Städten ohne Zweifel leichter und freier, und wenn sie, oft schon nach wenigen Tagen, an Giessbach zurückdachten, erinnerten sie sich mit leiser Wehmut an den See, an den Wald und an den Wasserfall, und so kehrte man im Frühling gerne an den Ort zurück, den man im Herbst leichten Herzens verlassen hatte. Nur nicht Erneste, der diesmal alles andere als glücklich war, sich von Giessbach und seinem Zimmer trennen zu müssen.

Er fuhr, wie bereits in den Jahren zuvor, nach Paris. Es war ihm nicht gelungen, Jakob von der Notwendigkeit einer Fortsetzung ihres gemeinsamen Lebens in einer Mansardenkammer des Lutétia, des Meurisse oder irgendeines anderen Hotels zu überzeugen, in dem Erneste mit Leichtigkeit Arbeit für Jakob gefunden hätte, wenn Jakob nur gewollt hätte, aber Jakob wollte nicht, es zog ihn nach Hause, er wollte nach Deutschland. Zwar hatte er aufmerksam zugehört, doch ließ er sich nicht überzeugen. Er wollte zu Hause zeigen, was er in Giessbach gelernt hatte, er würde jetzt, wo alle Arbeit hatten, gutbezahlte Arbeit finden. Er würde im Domhotel oder sonstwo unterkommen, davon war er überzeugt, und so kam es dann auch, er arbeitete, in gehobener Position, während fünf Monaten im Savoy.

Jakob ging also für ein halbes Jahr nach Deutschland zurück, wo er, wie er sagte, von seiner Familie und seinen Freunden mit Ungeduld erwartet wurde. Obwohl sich die Korrespondenz mit seiner Mutter während seines Aufenthalts in Giessbach auf zwei Postkarten beschränkt hatte, die er Erneste kommentarlos gezeigt hatte, behauptete Jakob unbeirrt, wie wichtig es ihm sei, Köln, seine Mutter, seine Verwandten und Freunde wiederzusehen, Freunde, die er nie erwähnt hatte und die ihm nie geschrieben hatten. Er wolle mit eigenen Augen sehen, wie das Leben in Deutschland jetzt sei, nachdem man aus dem Mund der Hotelgäste und aus den Zeitungen so viel von den besseren Lebensbedingungen unter den neuen Machthabern gehört und gelesen habe. Jakob, der das eine oder andere Detail aufgeschnappt hatte, wollte sich auf einmal für die Veränderungen zu Hause interessieren, er sprach von Hitler und Goebbels und der bevorstehenden Olympiade, und Erneste hatte keinen Grund, an der Aufrichtigkeit seines Interesses zu zweifeln.

Dennoch kam es Erneste vor, als rede Jakob hinter einer Maske, als versuche Jakob zu lügen, ohne zu wissen, was er vertuschen solle, vielleicht aber war diese Beobachtung nur Ausdruck seiner eigenen, vielleicht ganz unbegründeten tiefen Besorgnis, Ausdruck seines Trennungsschmerzes, vielleicht jedoch tatsächlich eine zutreffende Beobachtung.

So wurde ihm Jakob schon damals fremd, und das beängstigte ihn. Er wurde ihm fremd, weil er sich ihm zu entziehen versuchte, war es nicht so, war es nicht das, was Erneste beunruhigte?

Erneste, der nicht einmal wußte, ob seine Eltern noch lebten, dem es völlig egal war, ob sie schon tot waren, und der für Jakobs Heimweh nur wenig Verständnis hatte, ließ ihn ziehen, statt ihn zurückzuhalten, er ließ ihn auf dem Bahnsteig stehen, er durfte ihn nicht festhalten, denn hätte er ihn festgehalten, hätte Jakob sich vermutlich losgerissen, und das hätte mehr geschmerzt als jede andere Art der Trennung. Jakob ließ sich nicht festhalten, also mußte Erneste ihn loslassen.

«Ende März», das waren Jakobs Abschiedsworte auf dem Bahnsteig, «Ende März, Anfang April sehen wir uns wieder. Nächstes Jahr», sagte Jakob, das also brauchte Erneste nicht zu sagen, und Jakobs Ton ließ keinen Zweifel daran, daß er es ehrlich meinte, daß er an dieses

Wiedersehen glaubte, daß er sich wünschte, der Faden möge wieder aufgenommen werden, wo man ihn jetzt fallen lassen mußte. Ja, er war aufrichtig, und vielleicht würde alles so kommen, wie sie es in den vergangenen Tagen und Nächten immer wieder heraufbeschworen hatten, nichts sollte anders sein, wenn sie sich wiedersahen, die vorübergehende Trennung ein nicht nennenswertes Hindernis auf dem Weg in die Zukunft, dem man ebensowenig ausweichen konnte wie der Zukunft selbst. Erneste wußte, daß er nicht mit Post von Jakob rechnen durfte, allenfalls mit einer Neujahrskarte.

Spätestens eine Woche nach Neujahr wußte er, daß er nicht einmal eine Neujahrskarte erwarten durfte. Das lag nicht an der Post, es lag an Jakob, es lag an den Ablenkungen, die Jakobs Zeit beanspruchten, an seinen Freunden und an seiner Familie, vielleicht auch an seiner Arbeit, es lag nicht an Erneste, es lag vielleicht auch nur am Jahreswechsel, der in Deutschland ganz anders gefeiert wurde als in Frankreich.

Während Erneste Jakob bereits etliche Karten und Briefe geschrieben hatte, von denen er nur hoffen konnte, daß Jakobs Mutter sie nicht geöffnet hatte, war Jakob jede Antwort schuldig geblieben. Erneste hatte keine andere Wahl, als Jakobs Schweigen mit Nachsicht zu ertragen, aber das gelang ihm nur stundenweise, den Rest des Tages, während der Arbeit, und in noch stärkerem Maß während seiner Freistunden, dachte er an nichts anderes als an Jakob, und am Ende blieb die Vorstellung nicht aus, daß Jakob ihn betrog, so wie er selbst in Versuchung gekommen war, sich flüchtig, bloß für einige Tage, in einen kleinen Kerl zu verlieben, der als Liftboy im Lutétia arbeitete, doch war es bei körperlichen Vertraulichkeiten geblieben, denn schon nach den ersten zwei Begegnungen hatte ihn die Sehnsucht nach Jakob überwältigt. Nach dem vierten Rendezvous brach er die Beziehung zu dem kleinen Kerl ab.

Die Wintermonate in Paris hatten keine bleibenden Erinnerungen hinterlassen, außer dem kleinen Kerl war seinem Gedächtnis fast alles entschwunden, und wenn es eine allgemeine Erinnerung gab, so ähnelte sie eher einem Geschmack auf der Zunge als einem Bild, nach dem er die Hand hätte ausstrecken können. Dort, wo er hatte leben wollen, bei Jakob, war kein Platz, und so hatte er in Paris bereits jenes einsame Leben gelebt, in dem er sich später einrichten würde, es war, mitsamt dem kleinen Abenteuer, ein Vorgeschmack auf das, was später kommen würde, aber das wußte er noch nicht.

An trüben Tagen hatte er manchmal befürchtet, er würde Jakob nie wiedersehen, und so waren Freude und Beruhigung gleich groß, als er ihm am 26. April 1936 in Basel wieder gegenüberstand, im selben Gebäude, auf demselben Bahnsteig, auf dem sie sich sechs Monate zuvor mit einem Händedruck verabschiedet hatten, nur daß jetzt noch mehr Leute hin und her eilten, unvermummte diesmal, denn es war warm, ein richtiger Frühlingstag. Und diesmal fiel es ihm noch schwerer, Jakob nicht um den Hals zu fallen. Er mußte sich zurückhalten, seine Lippen nicht dorthin zu drücken, wo die Haut womöglich am empfindlichsten ist, beinahe hätte er ihn auf den Hals geküßt.

Während sich der Stundenzeiger der Bahnhofsuhr im Verlauf der vergangenen sechs Monate unbeirrbar mehr als viertausendmal im Kreis gedreht hatte, schien Erneste in diesem Augenblick dieselbe Zeit in einer einzigen irrwitzigen Umdrehung verstrichen zu sein. Er stand an derselben Stelle, an der er sechs Monate zuvor gestanden hatte, und hatte sich nie von hier fortbewegt, nur die Passanten hatten ihre Kleidung gewechselt. Was geschehen sein mochte, war ohne Bedeutung, es war gar nichts gewesen, die Zeiger hatten sich gar nicht bewegt, er auch nicht, auch Jakob nicht. Aber sich einzureden, nichts habe sich verändert, war eine kurzlebige Illusion, er mußte bald einsehen, daß sich fast alles verändert hatte.

Der Winter in Paris, bestehend aus fortgesetzter Enttäuschung, stumpfsinniger Arbeit und einem flüchtigen Abenteuer, war ausgelöscht, als Erneste Jakobs Hand drückte und wieder losließ. Da war die Wärme immer noch, als hätten sie sich nie getrennt. Doch als er Jakob in die Augen sah, ergriff ein Gefühl niederschmetternder Hoffnungslosigkeit Besitz von ihm. Es waren Jakobs grüne Augen, die den Eindruck erweckten, als ob sie inzwischen Dinge gesehen hätten, über die er nicht sprechen würde.

Zugleich aber war er noch schöner geworden, ein junger Mann mit dem kräftigen Händedruck eines Erwachsenen, der Erneste ein wenig herablassend und unverbindlich zulächelte. Wenn Erneste auch nichts wußte und diese Unwissenheit ihn zu ersticken drohte, so ahnte er in diesem Augenblick zumindest eines, daß dieser fremdartig neue Jakob ihn verlassen würde, vielleicht sogar für eine Frau, nicht heute, nicht morgen, aber es würde geschehen. Erneste fühlte sich klein und nichtswürdig, ein Niemand neben diesem schönen, großen jungen Mann, den einzuholen und festzuhalten ihm nie gelingen würde, mochte er ihm noch soviel Geborgenheit bieten und Zuneigung entgegenbringen, Jakob war ihm stets einen Schritt voraus. Erneste lief hinter ihm her.

Hätte er damals auf dem Absatz kehrtgemacht, sein Leben hätte eine andere Wendung genommen. Ohne es zu wissen, zog er den langen Schmerz dem kurzen vor.

8

Manchmal ertappte er sich dabei, wie er den wahren Jakob begehrte, während der echte doch neben ihm lag. Obwohl er dessen Wärme spürte, dachte er an jenen Jakob, der ihn damals, auf dem Bahnsteig in Basel, verlassen hatte und der sich dann zu Hause in Köln, fern von Erneste, in Luft aufgelöst hatte. Jakobs Körper, den er besser kannte als seinen eigenen, schien seit seiner Rückkehr aus Deutschland von einem anderen bewohnt zu sein. Zwar war Jakobs Stimme noch immer dieselbe, doch seine Art zu sprechen und mit Worten auszudrücken, was er sah und hörte, war eine andere.

Jakob war auf eine Weise unbescheiden geworden, wie es einem Kellner, sei er noch so hübsch und beliebt, nicht ansteht. Das schmerzte Erneste, weil er um Jakobs

Zukunft und um sein Ansehen fürchtete, und er versuchte es ihm zu sagen, er sagte ein paarmal: Jakob, paß auf, was du sagst, oder: Jakob, nimm den Mund nicht so voll, sie mögen es nicht, aber es nützte nichts, Jakob lächelte, rieb sich mit dem Zeigefinger das rechte Auge oder legte seine Hand auf Ernestes Bauch und sagte nur: Schon gut. Ernestes Warnung, er werde eines Tages ernsthafte Schwierigkeiten mit Herrn Direktor Dr. Wagner oder mit einem der Gäste bekommen, beeindruckte ihn nicht, er war sich seiner Sache sicher. Wenn er auch nicht mehr derselbe war wie früher, Schwierigkeiten bekam er nicht. Die Veränderungen, die Erneste an ihm feststellte, schadeten seiner Beliebtheit nicht, im Gegenteil, sie schienen sie zu fördern.

Erneste mußte einsehen, daß es nur diesen Jakob in diesem Körper gab, in einem Körper, der sich ihm nie verweigerte, an keinem Tag, in keiner Nacht. Dennoch klammerte er sich an die Hoffnung, der wahre Jakob werde eines Tages in diesen Körper, den er so gut kannte, zurückkehren, so, als sei er nur auf einer Reise gewesen. Den Körper konnte er festhalten, alles andere nicht. Was sich darin verbarg, entzog sich ihm. Der Fremde lag neben ihm, und er verzehrte sich nach dem entschwundenen Bekannten, der sich hinter der Fassade eines anderen versteckte. Während ihm der Verlorene sicher war, gewährte ihm der neue Jakob nur eine Gnadenfrist. Er liebte den alten, aber der alte war fort.

Erneste war sicher, daß Jakob ihn über kurz oder lang verlassen würde, er kannte sein Schicksal, er würde nicht kämpfen, das Schicksal nahm seinen Lauf auch gegen seinen Willen, trotz seines Widerstands.

Jakobs Veränderungen brachten auch Vorteile mit sich. Jakob verschaffte ihm jede Nacht noch größeres Vergnügen, und das hatte, wie Erneste annahm, mit seinem Aufenthalt zu Hause zu tun. Im winterlichen Köln hatte Jakob etwas gelernt, worüber sie nicht sprachen, er verspürte einen Heißhunger, der kaum gestillt werden konnte, und da sonst niemand da war, der ihn stillen konnte, war es Erneste, der dafür sorgte, daß Jakob am Ende ruhig schlief. Hätte Jakob ihn nicht täglich dazu herausgefordert, ihn zu befriedigen und dabei keine Rücksicht zu nehmen, wäre Erneste vielleicht verrückt geworden, verrückt aus Liebe nach dem wahren Jakob, den er nicht wiederfand, aber vielleicht waren das ja Gedanken, die ihm erst später kamen, als er viel zuviel Zeit zum Nachdenken hatte, als alles vorbei war, als er einsehen mußte, daß die erhofften Nachrichten aus Amerika nie eintreffen würden, denn zunächst einmal ging es in Giessbach darum, die Gäste zufriedenzustellen, die sich in einem bislang nicht dagewesenen Umfang einstellten. Es waren bisweilen so viele, die kommen wollten, daß täglich Anfragen abgelehnt werden mußten, es war, als wolle sich die ganze Welt im Grandhotel Giessbach versammeln, bevor sie sich in viele Einzelteile auflöste. Natürlich wurden Stammgäste des Hauses bevorzugt behandelt.

Es waren in den meisten Fällen Gäste aus Deutschland, vor allem jüdische Familien, denen es gelungen war, ihr Vermögen oder zumindest Teile davon außer Landes zu schaffen, die nun im Grandhotel entweder auf ein Visum nach England oder Amerika oder auf eine baldige Bewilligung zur Niederlassung in der

Schweiz oder auf eine grundsätzliche politische Veränderung in Deutschland warteten, wobei sie diese Veränderung vergeblich ersehnten, während noch Hoffnung auf ein *affidavit*, aber nur wenig Aussicht auf eine Niederlassungsbewilligung für die Schweiz bestand, die freilich nicht sonderlich begehrt war, da man sich hier kaum sicherer fühlen konnte als anderswo in Europa. Die deutschen Volksgenossen hatten es auf alle möglichen Feinde abgesehen, das erzählte auch Jakob, insbesondere auf Juden, für die seit dem vergangenen September besondere Gesetze galten. Es gab aber auch andere Gäste, die selbstverständlich nach Deutschland zurückkehren würden, weil es für sie keinen Grund gab, das Land zu verlassen, und so bildeten sich kleinere und größere Gruppen, die den Kontakt miteinander suchten oder mieden, und Monsieur Flamin mußte sein ganzes strategisches Geschick aufbieten, um die Gäste im großen Speisesaal, insbesondere aber im erheblich enger bestuhlten Frühstückszimmer, richtig zu plazieren, denn manche Gäste fürchteten, von anderen Gästen belauscht zu werden, obwohl es sich bei jenen, vor denen sie glaubten, sich schützen zu müssen, nicht selten um harmlose ältere Ehepaare handelte. Der Schein konnte trügen. Es waren Deutsche. Echte Gefahr, darin war man sich einig, ging von den Jüngeren aus. Monsieur Flamin wußte, was er zu tun hatte, und er tat es nicht ohne Vergnügen an der Bewältigung heikler Situationen.

Erneste und Jakob und die vielen anderen Angestellten hatten also alle Hände voll zu tun. Zum Nachdenken über ihre eigene Situation blieb ihnen wenig

Zeit. Eine eigenartige Euphorie hatte sich vor allem unter den jüngeren Gästen breitgemacht, eine Mischung aus Leichtsinn und Angst, aus Niedergeschlagenheit und Aufbruchsstimmung, man war froh, davongekommen zu sein, wenn man auch nicht wußte, wohin es einen am Ende verschlagen würde, denn inzwischen waren alle überzeugt, daß der nächste Krieg unvermeidlich war. Einige Gäste, die sich erst in Giessbach kennengelernt hatten, saßen oft bis zum Morgengrauen in der Bar, und Jakob erzählte Erneste, woher sie kamen und worüber sie sprachen. Er hatte sich als erster zum Nachtdienst hinter der Bar gemeldet. Er wollte, wie er sagte, internationale Leute sehen.

Im Juni 1936 traf Julius Klinger in Begleitung seiner Frau und seiner beiden Kinder in Giessbach ein, und seine Ankunft sorgte für mehr Aufregung als die Ankunft irgendeines anderen Gastes aus dem Ausland, nicht nur deshalb, weil er berühmt war. Außer Erneste und den anderen fremdländischen Angestellten schien jeder in Giessbach den Namen Julius Klinger zu kennen, selbst Jakob, der keine einzige Zeile von ihm gelesen hatte. Jakob behauptete, jedes Kind in Deutschland kenne ihn, seine Bücher seien verfilmt worden, und dann nannte er Titel von Büchern und Filmen, die Erneste nichts sagten. Die Titel der Filme, die er gesehen hatte, waren ihm längst entfallen, meist auch, wovon sie handelten.

Nachdem das Gerücht von Klingers Ankunft schon seit Tagen die Runde gemacht hatte, versammelten sich am 19. Juni 1936 etwa dreißig Personen in der Hotelhalle, um Klinger durch ihre Anwesenheit und mit Beifall für seine unbestechliche, durch keine Not erzwungene Haltung zu danken. Obwohl sich Klinger bis vor kurzem, selbst während des Weltkriegs, jeder politischen Meinungsäußerung enthalten hatte, war er den neuen Machthabern in Deutschland nun doch entgegengetreten. Sie waren ihm zuwider. In den Augen der Emigranten, die bei seiner Ankunft in der Hotelhalle standen und applaudierten, vertrat er die besseren Werte jenes Landes, das sie widerstrebend hatten verlassen müssen. Er hatte sich durch keine Schmeicheleien seitens des Regimes beeindrucken lassen, auch nicht durch Versuche, Druck auf ihn auszuüben.

Nachdem Julius Klingers Werke weder öffentlich verbrannt noch verunglimpft worden waren, sondern totgeschwiegen wurden, hatte er sich drei Wochen vor seiner Reise nach Giessbach entschlossen, sich mit dem ganzen Gewicht eines einzigen Satzes zu Wort zu melden. Der Brief, den er am 20. Mai 1936 an Goebbels adressiert und der *Neuen Zürcher Zeitung* zum Abdruck überlassen hatte, enthielt kein Wort des Vorwurfs oder der Anklage, und dennoch erregte er mehr Aufsehen im In- und Ausland, als Klinger erwartet hatte, dies trotz seiner Kürze, die ihn um so dringlicher erscheinen ließ. Er war bestens geeignet, in der ausländischen Presse zitiert zu werden. Sein Brief wurde selbst in der *New York Times* veröffentlicht.

Nicht wenige, die bereits außer Landes gegangen waren, hatten aufgrund seines langen Schweigens an Klingers vielbeschworener Integrität zu zweifeln begonnen, als sie aber von dem Brief erfuhren, erst recht, als sie dessen Inhalt kannten, wendete sich das Blatt sogleich zu Klingers Gunsten, nicht er allein stand nun im Mittelpunkt des Interesses, es wurden auch jene berücksichtigt, die man aus Deutschland vertrieben hatte. Er hatte zum richtigen Zeitpunkt getan, was man von ihm erwarten durfte, er hatte mit einem einzigen schneidenden Satz – «Wir wahren Deutschen werden euch eines Besseren belehren müssen; nichts anderes bleibt uns übrig» das anständige Deutschland beschworen, das sie verkörperten, und damit die Richtigkeit ihres eigenen Handelns beglaubigt, ja ihnen in gewisser Weise sogar bescheinigt, daß sie als Juden, die in Deutschland selbst keine Rechte mehr hatten, diejenigen seien, die dazu berufen waren, das wahre Deutschtum außerhalb Deutschlands aufrechtzuerhalten, so lange, bis bessere Zeiten gekommen waren, in denen man sie zurückrufen würde.

Klingers Brief enthielt keine Drohung, er war ein Mahnruf, darüber herrschte Einigkeit. Ob Klinger zwischen den Zeilen auf seinen möglichen Abschied von Deutschland anspielte, von dem tatsächlich mit keinem Wort die Rede war, blieb unklar und war auch in Giessbach Gegenstand hitziger Debatten gewesen. Goebbels hatte sich nichts anderes einfallen lassen, als Klinger nachzubellen, er sei, wofür er ihn schon immer gehalten habe, ein dekadenter, verjudeter Snob. Seine Zeit als Künstler sei längst abgelaufen, wörtlich: «Sie sind ein Mann des letzten Jahrhunderts, solche wie Sie brauchen wir nicht, suchen Sie Ihr Glück im Bolschewismus!»

Das alles erfuhr Erneste von Jakob, der nicht müde

wurde, ihm zu erzählen, was nachts in der Hotelbar geredet wurde, wo Klinger sich übrigens nie zeigte. Das Ehepaar Klinger, das außer bei Tisch niemals Alkohol trank, zog sich früh zurück, meist unmittelbar nach dem Abendessen. Die Kinder allerdings mischten sich mit der größten Selbstverständlichkeit unter die Gesellschaft, wogegen die Eltern offenbar nichts einzuwenden hatten, obwohl der Junge höchstens siebzehn war, er wirkte aber älter. Es hieß, die Tochter sei Malerin, man sah sie jedoch nie mit einem Zeichenblock, sie wirkte genauso unbeschäftigt wie ihr Bruder, der noch zur Schule ging, aufgrund der Umstände bis auf weiteres aber von seiner Mutter und seiner Schwester unterrichtet wurde. Es hieß – Jakob erzählte es Erneste –, auch der Junge sei künstlerisch veranlagt, kein Wunder bei diesen Eltern, er spiele ausgezeichnet Klavier. Aber obwohl im Ballsaal ein Flügel und im Frühstücksraum ein Klavier stand, sah man ihn niemals darauf spielen. Daß seine Mutter nicht mehr auftrat, war bekannt. Bis zur Geburt ihrer Tochter 1916 hatte sie während vier Spielzeiten an der Berliner Lindenoper auch unter Richard Strauss gesungen und sich dann überraschend von der Bühne zurückgezogen, aber es existierten immerhin zwei Schallplattenaufnahmen von ihr, *Ah, ma petite table!* auf der einen, *Voi che sapete* auf der anderen Seite. Julius Klinger, der dem deutschen Repertoire, vor allem Richard Wagner, bei weitem den Vorzug gab, hatte mit Wagners Witwe Cosima während einiger Zeit in engem Kontakt gestanden, da er sich vor Beginn des Krieges und vor dem Erfolg seines zweiten Romans *Oporta* eine Weile mit dem Gedanken getragen hatte, eine romanhafte Biographie über seinen Lieblingskomponisten zu schreiben, wozu es allerdings nie gekommen war.

Trotz des Briefs an Goebbels hatte man Klinger in Berlin nicht festgehalten. Man ließ ihn reisen, weil man Reaktionen aus dem Ausland fürchtete, vermutlich war man auch erleichtert, ihn los zu sein. Niemand konnte wissen, was Klinger später in seinem einzigen autobiographischen Essay in wenigen Sätzen behandelte, daß er nämlich während der ersten zwei Wochen seines Aufenthalts im Grandhotel Giessbach, das er in diesem Zusammenhang ausdrücklich erwähnte, mit einem Umsturz gerechnet habe. Er war im festen Glauben nach Giessbach gereist, daß wichtige Männer der Wehrmacht dem Wahnsinn in Deutschland binnen kurzem ein Ende machen würden, und er hatte keinen Grund, jenen zu mißtrauen, die ihn von dem angeblich unmittelbar bevorstehenden Putsch in Kenntnis gesetzt hatten. Tatsächlich aber wartete Klinger ebenso vergebens darauf wie der Rest der Welt, der Umsturz fand nicht statt, Hitler blieb an der Macht, die Deutschen waren zufrieden, und Klinger verbrachte weitere Wochen in Giessbach, in denen er zum einen seine Emigration vorbereitete, und zum anderen an seinem Werk arbeitete. Er konnte nicht untätig warten. Man bewunderte ihn ja nicht zuletzt wegen des Umfangs dieses Werks, er schrieb und überarbeitete jeden Tag mehrere Seiten, er brauchte das Werk, die Arbeit, das Schreiben wie die Luft zum Atmen.

Allmählich begann man sich an seine Anwesenheit zu gewöhnen. Sein Erscheinen bei Tisch erregte kaum noch Aufsehen, weniger Aufsehen jedenfalls als das seiner Kinder, deren Vorrat an extravaganter Kleidung schier unerschöpflich zu sein schien, während an Klinger nur das feine Tuch und die englischen Schuhe und an seiner Frau vor allem die schwarzen Locken und die dunkelbraunen Augen auffielen. Marianne Klinger war «von südländischem Zuschnitt», wie Klinger schrieb, man konnte sie aber auch für eine Jüdin halten. Sie war klein und nach der Geburt ihres Sohnes Maximilian etwas rundlich geworden. Aber noch immer zogen ihre Beine die Blicke der Männer auf sich. Ein gewisses Interesse an Klinger hielten lediglich die Neuankömmlinge aufrecht, die immer wieder versuchten, ein paar Worte mit ihm zu wechseln, was nicht nur deshalb schwierig war, weil er mit Fremden sehr leise sprach. Im Gegensatz zu seinen Kindern ging Klinger zufälligen Begegnungen nach Möglichkeit aus dem Weg. Wenn es aber unumgänglich war, konnte er freundlich lächeln, Hände schütteln und Bücher signieren, aber er weigerte sich, seinen Namenszug auf Speisekarten oder Briefpapier zu hinterlassen.

Zwei Wochen nach ihrer Ankunft stieß Frau Moser zu ihnen, die Hausangestellte aus Berlin, die den Klingers später ins Exil folgen sollte. Begleitet von zwei Hilfskellnern, holte Erneste sie am Bootssteg ab. Außer einem Schrankkoffer mußten fünf Koffer ins Hotel geschafft werden. Frau Moser, eine stille, ungeschminkte junge Person, bezog ein kleines Zimmer im Hotel und aß am Tisch der Klingers mit, was bei einigen Gästen beträchtliches Unverständnis hervorrief. Da sie aber nicht wie eine Angestellte, sondern eher wie ein benachteiligtes Familienmitglied aussah, gewöhnten sich am Ende auch jene an ihre Anwesenheit im Speisesaal, die sich am lautesten darüber ausgelassen hatten, zumal sie sich nur dann zu sprechen erlaubte, wenn sie von Klinger oder von Klingers Frau ausdrücklich dazu aufgefordert wurde, ansonsten schwieg sie und wirkte unbeteiligt und bescheiden, ganz anders als die Kinder, die immer als erste vom Tisch aufstanden, manchmal sogar, während die Erwachsenen noch beim Dessert waren. Laut Erneste, der für ihren Tisch verantwortlich war, schien Klinger ihr ungezogenes Verhalten gar nicht wahrzunehmen, während seine Frau es zwar wahrnahm, aber nicht dagegen einschritt. Sie störte sich auch nicht daran, wenn Klinger, noch während sie aß, zu rauchen begann, und sie hakte nicht nach, wenn sie auf Fragen keine Antwort erhielt. Dennoch wirkte sie weder verbittert, noch schien sie jemals gekränkt zu sein, sie machte den Eindruck einer nachsichtigen, etwas undurchschaubaren Frau. So bürgerlich das Auftreten dieser Familie war, glaubte man in ihrem Benehmen, in ihren Freiheiten doch immer noch das Bohèmienhafte zu erkennen, denn sie hatten einst zweifellos zur Bohème gehört, er als Schriftsteller, sie als Sängerin, und wenn sie auch spätestens nach ihrer Eheschließung alles abgelegt hatten, was äußerlich an ihre bewegte Vergangenheit erinnerte, waren und blieben sie doch Künstler, und das entschuldigte in den Augen der anderen Gäste naturgemäß manche Absonderlichkeit ihres Betragens, es waren aber wirklich nur Kleinigkeiten.

Erneste war Klingers Tisch nicht sonderlich sympathisch, und als Jakob, der am anderen Ende des Saals bediente, ihn darum bat, seinen Service übernehmen zu dürfen, hatte er nichts dagegen. Er hatte Verständnis für Jakobs Interesse an dem deutschen Dichter, obwohl dieser das Hotelpersonal nicht einmal dann zu bemerken schien, wenn man ihm Feuer gab oder ihm den Stuhl unter den Hintern schob, wenn er sich zu Tisch setzte. Im übrigen hatte Erneste mittlerweile eine Entdeckung gemacht, die ihm den Wechsel zum anderen Ende des Saals leichtmachte.

Julius Klinger war ein empfindsamer Mann, empfindsam, aber auch empfindlich, ein Mann, der seine Aufgabe ausschließlich darin sah, seine Gedanken zu verfolgen und die richtigen Worte dafür zu finden. Er übte einen Beruf aus, über dessen Bedingungen seine Leser kaum etwas wußten. Diese waren vermutlich der Überzeugung, dem erfolgreichen Schriftsteller fielen die Worte ebenso mühelos in den Schoß wie dem erfolgreichen Spekulanten die Renditen.

Sein eigentliches Leben spielte sich nicht in irgendwelchen Speisesälen oder Salons ab, sondern an seinem Schreibtisch vor einem Blatt Papier, alles andere interessierte ihn nur am Rande, zum Zeitvertreib oder noch besser als Antriebskraft für seine Arbeit. Es bedurfte schon außergewöhnlicher Attraktionen, um ihn aufhorchen oder aufblicken zu lassen. Daß es solche Attraktionen gab, wußte bestenfalls seine nächste Umgebung, seine Frau und seine Tochter, vielleicht Frau Moser.

Seine eigentliche, um nicht zu sagen ausschließliche Aufgabe sah Klinger darin, Worte für Dinge und Situationen zu finden, von denen er natürlich wußte, daß sie bereits unzählige Male vor ihm von anderen Autoren aus den unterschiedlichsten Kulturen geschildert worden waren. Gerade die Tatsache, daß er entschlossen war, das Alte, das Ewiggleiche neu zu benennen, nahm fast seine ganze Zeit in Anspruch, seine Zeit am Schreibtisch, mit der verglichen etwa die Zeit im Speisesaal eines beliebigen Hotels völlig unwichtig, wenn auch erholsam, vor allem aber nützlich war, da er sie zur Beobachtung kleinster Begebenheiten verwandte, die anderen gar nicht auffielen, oder bestenfalls, daß er abwesend wirkte, was er nicht war. Niemand hätte in jenen Augenblicken konzentrierter sein können als Klinger. Während er in sich hineinzuhorchen schien, belauschte, beobachtete und zerlegte er in Wirklichkeit die anderen.

Was er schrieb, durfte den Vergleich mit den Worten seiner erklärten und heimlichen Vorbilder nicht scheuen, und deshalb war die Zeit am Schreibtisch Klingers wichtigste Zeit. Es ließ sich mit anderen Worten alles, was bereits beschrieben war, noch einmal und anders sagen, denn andere Worte warfen neues Licht auf das, was alle sahen und zugleich übersahen. Natürlich mußte das, was er glaubte sagen zu müssen, nicht wirklich noch einmal gesagt sein, die Erde würde sich auch weiterdrehen, wenn es ungesagt blieb, aber nichts konnte ihn daran hindern, es trotzdem zu versuchen, das war seine Aufgabe, seine tägliche Beschäftigung, sein Kampf, die richtigen Worte zu finden, und nichts war weniger einfach als das, und wenn es ihm nicht gelang, konnte es passieren, daß er Situationen, die er schon ganz deutlich vor sich gesehen hatte, verwerfen mußte, weil er die richtigen Worte nicht fand, und im

Zuge solcher widerstrebend begangenen Zerstörungen blieben manche Nebenfiguren auf halbem Weg auf der Strecke, das konnte passieren, andere aber lernte er überhaupt erst auf diesem Weg kennen, auf dem intimen Weg über die Worte, mit denen er sie beschrieb und dazu brachte, Dinge zu tun und zu sagen, die zu tun und zu sagen ähnliche Einzelpersonen im ähnlich wirklichen Leben möglicherweise gar nicht fähig gewesen wären.

Klinger bezeichnete sich gern als literarischen Charakter, ohne jemals genauer auszuführen, was er damit meinte. Ob und inwiefern er seine Umgebung literarisch verwertete, hätte außer seiner Frau wohl niemand sagen können. Aber seine Frau sprach mit Fremden grundsätzlich nicht über ihren Mann, und Biographen ließ der Achtundvierzigjährige nicht an sich heran. So blieb, wie Klinger es wünschte, vieles ungewiß. Jeder Zug an ihm sei Literatur, er sei ständig auf der Suche nach dem richtigen Ausdruck unter Vermeidung noch der verborgensten Platitüde, denn wenn sein Werk etwas nicht verkraften könne, so leere Worte, Phrasen, die in seinen Augen – und mit seinen Worten – Packpapier um Vorurteile seien. Darüber konnte er sich stundenlang auslassen, was er ohne Rücksichtnahme in Gegenwart seiner Familie tat, hier brauchte er kein Blatt vor den Mund zu nehmen, hier brauchte er sich aus Höflichkeit nicht selbst zu unterbrechen, hier unterbrachen ihn auch die anderen nicht, hier konnte er alles sagen, und alles bedeutete natürlich auch, sich zu wiederholen, hier mußte er nicht befürchten, sich lächerlich zu machen, er redete, und sie hörten zu. Vielleicht waren sie in Gedanken auch woanders, das kümmerte ihn nicht. Indem er redete, kam er manchmal doch auf andere Gedanken, und das war die Hauptsache. Was Marianne Klinger darüber dachte, drang nicht nach außen.

Meistens aber saß er am Schreibtisch und wägte Worte gegeneinander ab, und es dauerte lange, manchmal stunden-, manchmal tagelang, bis er mit ihnen zufrieden war, und wenn er es war, empfand er kurze Gefühle unantastbaren Glücks, das kam nicht täglich vor, nicht einmal wöchentlich, entsprechend schlechtgelaunt kannte und fürchtete ihn seine nächste Umgebung, seine Frau und seine Kinder, die sich lange Zeit vor nichts in der Welt so gefürchtet hatten wie vor den Launen ihres berühmten Vaters. Die Furcht vor ihm hatte sie allerdings auch gelehrt, sich vor allem anderen nicht zu fürchten, denn alles andere war, verglichen mit Klingers Launen, recht harmlos.


Zunächst hielt Erneste sie für das, was sie natürlich auch waren, für ganz gewöhnliche Gäste, ein frischverheiratetes Ehepaar auf der Durchreise nach Italien, das einen mehrtägigen Abstecher an den Brienzersee machte, weil ein Aufenthalt in den Schweizer Bergen für viele ebenso zum unumgänglichen Programm einer Hochzeitsreise gehörte wie eine Reise nach Venedig, und wenn Erneste überhaupt etwas an diesem angeblichen Brautpaar auffiel, so war es der Umstand, daß sich die Eheleute auf verblüffende Weise ähnlich sahen, so ähnlich, daß man sie leicht für Geschwister hätte halten können, was natürlich in auffälligem Gegensatz zu ihrem neuerworbenen Zivilstand und zum Anlaß ihrer Reise stand. Ansonsten aber gingen sie inmitten der zahlreichen Gäste, die an jenem Tag, drei Tage nach Klingers Ankunft, anreisten, völlig unter. Es gab keinen Grund, diesem jungen Paar mehr Beachtung zu schenken als den anderen Gästen, die an jenem Nachmittag eintrafen.

Erneste beaufsichtigte den Transfer der Koffer vom Dampfer zur Seilbahn und hinauf zum Hotel, er hatte folglich wenig Zeit, sich mit den einzelnen Gästen näher als erforderlich zu befassen. Er trieb seine Helfer zur Eile an und beruhigte jene Reisenden, die einzelne Gepäckstücke nicht fanden.

Drei Tage nach ihrer Ankunft in Giessbach begegnete Erneste nachmittags Madame Jolivay, so hieß die junge Frau, die ihrem Gatten so ähnlich sah, zufällig auf dem Korridor vor ihrem Zimmer in der ersten Etage. Sie war allein und ausgehbereit, sie trug einen Hut mit einer Pfauenfeder. War es Zufall, oder hatte sie es auf diese Begegnung angelegt? Wenn Erneste sie in der Zwischenzeit gesehen hatte, dann nur von ferne, bis zu diesem Augenblick hatten sie kein Wort miteinander gewechselt. Sie war es, die die Gelegenheit ergriff und ihn ansprach.

Madame Jolivay fragte ihn nach seinem Namen, und kaum hatte er ihn genannt, rief sie aus: «*C'est toi. Je n'ai pas en tort. Erneste, mon petit Erneste!* Ärnschdli! *C'est toi!* Dü bisch es!» Und in diesem Augenblick erkannte er sie natürlich wieder, seine Cousine Julie aus Erstein, und alle Gepflogenheiten mißachtend, umarmte er sie mitten auf dem schlechtbeleuchteten Korridor, auf dem außer ihnen weder andere Gäste noch andere Angestellte zu sehen waren. Cousin und Cousine hielten sich fest wie ein Liebespaar nach einer langen Trennung, und sie verharrten in dieser Stellung, bis Julie ihn sanft von sich stieß, um ihn in aller Ruhe genauer betrachten zu können. Sie kniff die Augen zusammen und streckte die rechte Hand aus, um seine Schulter zu berühren, dann ließ sie sie langsam sinken, und sein Blick folgte diesen ruhigen Bewegungen.

Erneste sagte: «Julie, Julie, wie lange haben wir uns nicht gesehen», und Julie sagte: «Lange. Zehn Jahre? Nein, sicher mehr!» Und natürlich sprachen sie jetzt nicht Französisch, sondern erinnerungstrunken, wie sie waren, Elsässerdeutsch, die Sprache, die sie als Kinder miteinander gesprochen hatten und die er nicht verlernt hatte.

Erneste hatte Julie seit seinem elften Lebensjahr nicht mehr gesehen, denn damals war sie mit ihren Eltern von Straßburg nach Paris gezogen, und trotz ihrer Beteuerungen, sie werde ihm immer schreiben und immer an ihn denken und ihn auch weiterhin jeden Sommer besuchen, wenn sie ihr Urlaubsdomizil bezogen, war sie nie mehr ins Dorf zurückgekehrt, denn die Dinge hatten sich anders entwickelt, und sie hatte sie nicht in der Hand gehabt. Schließlich war das Haus, das ihre Eltern in Ernestes Heimatdorf besaßen, verkauft worden. Den Verkauf regelte ein Notar, Julie und ihre Eltern ließen sich in Erstein nicht mehr blicken, und geschrieben hatte Julie nach ihrer Übersiedlung nach Paris, wo ihr Vater die seit langem angestrebte Anstellung als Ingenieur gefunden hatte, lediglich zwei, drei

Postkarten, die jeder lesen konnte, die Posthalterin, der Briefträger, Ernestes Eltern, seine Geschwister.

Die Frau, die er auf dem Korridor umarmte, war erwachsen, sie hatte keine Ähnlichkeit mit seiner kleinen Cousine von damals, nur die Farbe ihrer Augen war unverändert, blau. Hätte sie ihn nicht angesprochen, hätte er sie nicht wiedererkannt, denn sie war durch und durch eine elegante, fein nach Reispuder riechende Pariserin mit einem schwarzen *grain de beauté* auf der linken Wange, kein wildes Mädchen mehr, das die Erwachsenen imitierte. Nein, er hatte schon lange nicht mehr an sie gedacht. Wie das Bild des Dorfes, in dem er aufgewachsen und unglücklich gewesen war, war auch ihr Bild allmählich verblichen, ein Traumbild hinterlassend, das sich verflüchtigte, sobald er es zu fassen versuchte. Er wollte es nicht halten, denn Erstein war nicht wichtig, beinahe so, als hätte es das Dorf niemals gegeben. An ihrer Stimme hätte er Julie nicht erkannt, weder an ihrer Stimme noch an ihrem Gang. Vielleicht an ihren Augen? Woran sie ihn erkannt hatte, wußte er nicht. Er unterließ es, sie danach zu fragen.

Am Abend desselben Tages machte Julie Erneste mit Philippe bekannt, ihrem Ehemann, dessen ganzes Interesse der Erfindung, Entwicklung und Produktion von Spielwaren, Brettspielen, Kartenspielen und Baukästen galt, für die er schon in frühester Jugend eine Hingabe entwickelt hatte, die offenbar jede andere Leidenschaft, selbst die für eine Frau, ausschloß. Als Julie ihn drei Wochen zuvor geheiratet hatte, wußte sie, worauf sie sich einließ, die Ehe war für ihn ein Spiel mit lebenden Figuren, mit Regeln und Regelverletzungen, mit

Gewinnern und Verlierern, wer heute verlor, konnte morgen gewinnen. Für Verstöße, die sich außerhalb des Spielbretts ereigneten, war er blind, denn dort pflegte er sich nicht aufzuhalten. Für Julie war die Ehe eine Möglichkeit, sich selbständig zu machen, die einzige, die ihr akzeptabel erschien. Für Jolivay bedeutete sie eine Möglichkeit, sich schnell ein Publikum zu schaffen. Er wollte Kinder, und sie wußte das.

Philippe Jolivay war sechsundzwanzig Jahre alt und seit Monaten rastlos damit beschäftigt, eine eigene Fabrik außerhalb von Paris aufzubauen, eine moderne Produktionsstätte, in der er all jene Vorstellungen zu verwirklichen gedachte, die ihm schon seit seiner Kindheit vorschwebten.

Die Begegnung in der Hotelhalle dauerte nur kurz, Aufstehen, Händeschütteln, Nicken, zwei, drei Worte. Der Empfangschef schaute argwöhnisch in ihre Richtung, ausführliche Unterhaltungen zwischen Angestellten und Gästen störten das subtile Gleichgewicht. Doch spätestens als Jolivay in seinen Sessel zurücksank, sein Notizbuch aufschlug, seinen Bleistift nahm und mit seinen Entwürfen und Berechnungen fortfuhr, war es wiederhergestellt. Julies Mann schien Ablenkungen nicht sonderlich zu schätzen. Ihn interessiere nur eines, sagte Julie, indem sie sich neben ihren Mann setzte: «Spielzeug und Spiele, Spiele und Spielzeug, sonst nichts, und jetzt bringst du uns bitte einen schön gekühlten Weißwein», fuhr sie fort, und Erneste war erleichtert, sich entfernen zu dürfen, um das Gewünschte zu holen.

Philippe, so erfuhr Erneste später, konnte seine

Pläne deshalb verwirklichen, weil er ein Jahr vor seiner Eheschließung ein beträchtliches Vermögen geerbt hatte. «Sollte ich einen armen Schlucker nehmen?» sagte Julie. «Nein, nein, nein, ich wußte immer, daß er eines Tages reich sein würde.» Julies Beitrag zur Verwirklichung seines Traums erschöpfte sich darin, ihren Ehemann in Ruhe gewähren zu lassen und seiner Fabrik ihren Namen zu leihen. *Juliejouets* hieß das Unternehmen in Vincennes, das bereits während des Krieges einen zufriedenstellenden Absatz machte und nach dem Krieg auf ungeahnte Weise erfolgreich wurde und Jolivay und seine Familie bestens ernährte. Im übrigen schenkte ihm Julie im Lauf der Jahre zwei Töchter und zwei Söhne.

Da er in Gedanken nur selten da war, wo Julie war, konnte es nicht ausbleiben, daß das Unausweichliche geschah, und als es geschah, bemerkte Philippe nichts. Julie, der Philippe nicht genügte, verließ das Spielbrett und setzte damit die ungeschriebenen, aber allgemein bekannten Regeln des Ehespiels, auf das sie sich mit ihrem Jawort eingelassen hatte, mit einem einzigen Zug außer Kraft, als sie sich jener ersten und bald fortgesetzten Übertretung schuldig machte, die man Ehebruch nennt und die unter den Augen ihres ahnungslosen Ehemanns und unter jenen Ernestes in Giessbach ihren Anfang nahm.

Da die Trennung Julies von ihrem Liebhaber ebenso vorhersehbar war wie das Abenteuer selbst, war sie der Beschleunigung des Abenteuers nur förderlich. Der Abschied würde schmerzlich sein. Doch durch nichts ließ sich der Schmerz besser stillen, als indem man jede sich bietende Gelegenheit nutzte, die sehrend brennende Wunde aufzureißen. Erneste half, so gut er konnte. Er war unverzüglich in das Verhältnis eingeweiht worden, er war der heimliche Botengänger, der für den Austausch der Liebesbriefe und Verabredungen zwischen Julie und Steve Boulton, ihrem englischen Liebhaber, verantwortlich war, wie er es in anderen Fällen gewesen war, denn heimliche Beziehungen waren durchaus nichts Ungewöhnliches. Eine Urlaubsliaison wie diese, bei der alles erlaubt war, sofern man sich nicht dabei erwischen ließ, stand hier wie in jedem anderen Hotel auf der Tagesordnung.

Indes Jakobs Interesse Klinger und seiner Familie galt, richtete sich Ernestes Interesse mehr und mehr auf Julie und Boulton, und so war es nur natürlich, daß sie sich nachts, nach der Arbeit, eine Menge über jene Menschen zu erzählen hatten, die sie betreuten und denen sie deshalb besonders nahe standen.

Während Boulton, der in jenem Sommer zum ersten Mal ohne Familie verreist war, bereits zwei Kinder hatte, wurde Julies erstes Kind, ein Mädchen, genau neun Monate später geboren. Es erhielt den Namen Victoria, nicht Victorine, nicht Victorienne, sondern Victoria nach der englischen Königin, wie Julie gern betonte, und gänzlich unnötigerweise wies sie manchmal sogar darauf hin, daß es weder ihr noch ihrem Ehemann ähnelte, was angesichts der Tatsache, daß man die Gatten für Geschwister hätte halten können, seltsam anmutete. Als die Gesichtszüge des Mädchens allmählich an Kontur gewannen, zeigte sich, daß Victoria ihrem Vater Steve wie aus dem Gesicht geschnitten war.

Hätte man Philippe aber nach einem Mr. Boulton gefragt, hätte er nur den Kopf geschüttelt, einem Mr. Boulton war er niemals begegnet. Aber selbstverständlich stellte niemand Fragen. Tatsächlich hatten sich ihre Wege 1936 im Speisesaal des Grandhotels in Giessbach täglich wohl mehrmals gekreuzt, Julie dachte oft mit einem frivolen Schauer daran zurück. Sie dachte gern daran zurück. Ihre Geschichte, sagte sie sich, konnte noch nicht zu Ende sein.

Die Geschichte zwischen Ernestes Cousine Julie und Steve Boulton, dem Geschäftsmann aus London, war noch lange nicht zu Ende, es sah vielmehr so aus, als ob sie bis an ihr Lebensende fortbestehen würde. Bereits 1937, im Jahr, nachdem sie sich kennengelernt hatten, nahmen die beiden ihr heimliches Liebesverhältnis, das sie in der Zwischenzeit brieflich aufrechterhalten hatten, wieder auf, um es dann, von der durch den Krieg bedingten Unterbrechung abgesehen, regelmäßig aufzufrischen. Bis zum Ausbruch des Kriegs setzten sie es jeden Sommer in Giessbach, in unmittelbarer Nähe der beiden ahnungslosen Gatten und ihrer Kinder, fort, nach dem Krieg in der Stadt am See, die sich wie keine andere für die erforderlichen Täuschungsmanöver eignete. Nachdem Giessbach nach dem Krieg als Treffpunkt nicht mehr in Frage kam, weil das Hotel inzwischen geschlossen war, mußte das Liebespaar einen überzeugenden Vorwand finden, um die Familien in London und Paris während mindestens drei Wochen allein zu lassen. Offiziell befand sich Boulton auf

Geschäftsreise auf dem Kontinent, hauptsächlich aber in der deutschen Schweiz, während sich Julie in einem Badeort namens Zurzach aufhielt, wo sie ihre Gelenkschmerzen kurierte. Es gab keinen Grund, an ihrer Ehrbarkeit und an seiner Ehrlichkeit zu zweifeln. Als ihr Verhältnis im Grunde längst kein Abenteuer, sondern fast schon eine Gewohnheit war, blieb es doch etwas Exklusives, weil es vor Philippe Jolivay und Angie Boulton geheimgehalten werden mußte. Julie und Steve trafen sich also in der Stadt am See und dort in einem kleinen Hotel, wo eine Entdeckung, anders als in Giessbach, nicht zu befürchten war, hier war niemand, der das Recht hatte, sie zu verdächtigen oder gar zu überwachen. Über die anderen, die sie vielleicht verdächtigten, ohne Besitzansprüche geltend machen zu können, konnten sie gelassen hinwegsehen. Obwohl sie nicht mehr die Jüngsten waren, fühlten sie sich, zumindest während ihrer heimlichen Zusammenkünfte, noch lange Zeit wie junge Leute. Erst Anfang der sechziger Jahre machte sich eine gewisse Beklemmung breit, wenn sie sich wiedersahen, denn nun war nicht mehr zu verkennen, daß Steve allmählich dicker wurde und Julies Gesicht sich mit Falten überzog.

Die Badekuren in Zurzach und die Geschäftsreisen in die Schweiz waren wirksame Anwendungen gegen eheliche Langeweile und beruflichen Alltagstrott. Während sich Julie nur ein einziges Mal nach Zurzach begeben hatte, reiste Boulton in Geschäften tatsächlich ein wenig durch die Schweiz, und so war nicht alles Lüge, was sie ihren Ehegatten zu Hause erzählten.

## 9

Am nächsten Tag stand Erneste um neun Uhr auf, zog sich an, suchte in seinem Schrank nach einer Wollmütze, setzte sie auf, zog sie tief in die Stirn und verließ die Wohnung, um sich krank zu melden. Zur Überraschung aller, die ihn kannten, erschien Erneste zum ersten Mal nicht bei der Arbeit. Die Telefonkabine befand sich etwa hundert Meter von seiner Wohnung entfernt auf der gegenüberliegenden Straßenseite.

Sich krank zu melden, kostete ihn fast ebensoviel Überwindung wie das Aufstehen und Anziehen. Sein Körper schien leer, aber obwohl er leer schien, war er ihm unerträglich lästig. Er hallte von den nächtlichen Schlägen wider. Er konnte sich kaum bewegen, am Ende gelang es ihm doch, wenn auch nur langsam und unter größter Anstrengung. Es gelang ihm aufzustehen, er konnte sich anziehen, er schwankte, fiel aber nicht hin, er setzte die Mütze auf, ging die Treppe hinunter und überquerte die Straße. Er konnte telefonieren, als ob er unversehrt wäre, und dabei fiel ihm auf, daß er nicht an die vergangene Nacht dachte, solange er beschäftigt war. Beim Sprechen platzte die verletzte Oberlippe wieder auf und begann zu bluten, aber niemand sah es. Niemand sollte sehen, wie man ihn zugerichtet hatte, und weil die Straße um diese Zeit fast leer war und die Mütze, die er tief in die Stirn gezogen hatte, ihn vor neugierigen Blicken schützte, sah ihn tatsächlich niemand. Julie rief er nicht an. Was er als nächstes tun würde, mußte er noch überlegen. Daß er irgend etwas tun mußte, wußte er, seitdem er aufgewacht war. Sein erster Gedanke hatte Jakob gegolten, sein zweiter Gedanke galt Klinger, mit dem er sich in Verbindung setzen mußte, nur wußte er nicht, wie er es anstellen sollte – ob er ihm schrieb, ob er ihn anrief oder ihn besser zu Hause überraschte? Er brauchte Zeit zum Überlegen, jetzt hatte er den ganzen Tag zum Überlegen, genügend Zeit also, notfalls die darauffolgende Nacht und auch den nächsten Tag.

Da sein Anblick den Gästen nicht zuzumuten war, würde er dem Restaurant auch während der nächsten Tage fernbleiben. Man sah ihm allzu deutlich an, was geschehen war. Er erklärte dem Geschäftsführer am Telefon, er sei unglücklich gestürzt und müsse sich möglicherweise im Krankenhaus behandeln lassen. «Kommen Sie zurecht?» – «Ja, ich komme zurecht.»


Fast mußte er den Schlägern dankbar sein, daß sie ihn dazu gezwungen hatten, zu Hause zu bleiben. Während er bei der Arbeit keinen eindeutigen Entschluß hätte fassen können, würde er zu Hause zu einem Ergebnis gelangen. Jetzt hatte er Zeit, er durfte sie nicht verstreichen lassen, er mußte sie nutzen.

Nachts, die Nacht lag weit zurück, hatte Erneste gebadet, stundenlang hatte er in der Badewanne im warmen Wasser gelegen, nachdem er minutenlang geduscht hatte, und immer wieder hatte er heißes Wasser nachlaufen und kaltes abfließen lassen, um die Temperatur in der Wanne zu halten, denn er mußte einen

Damm gegen die Kälte errichten, die ihn von innen bedrohte, eine Kälte, die das Wasser, in dem er lag, schneller kühlte als gewöhnlich.

Und nun lag er mit offenen Augen auf dem Bett und versuchte zu denken. Er wollte Klarheit, aber noch ließ sich nichts fassen. Nur dunkel erinnerte er sich daran, wie er nach Hause gekommen war. Er erinnerte sich nicht, wie lange es gedauert hatte, noch welchen Weg er gegangen war. Sein Blick war durch die geschwollenen Lider und das Blut, das ihm anfangs in die Augen tropfte, getrübt gewesen, und so war er vielleicht eine Stunde gegangen, bis er seine Wohnung erreicht hatte.

Ohne Rücksicht auf den Mieter zu nehmen, der unter ihm wohnte, hatte er sich in die Badewanne gelegt. Um das Rauschen etwas zu dämpfen, hatte er ein Handtuch unter den Wasserstrahl gelegt. Dann hatte er die Badewanne bis zum Rand gefüllt. Niemand hatte sich beschwert, niemand schien sich gestört zu fühlen. Während er sich wusch, schliefen die anderen noch. Er versuchte abzuwaschen und damit zu vergessen, was geschehen war. Er wußte, daß es ihm nur gelingen würde, wenn er später richtig handelte. Ein Bad genügte nicht, auch ein zweites nicht.

Nachdem er telefoniert hatte, kehrte er in seine Wohnung zurück. Er zog sich aus und legte sich wieder ins Bett. Er starrte an die Decke, und plötzlich begann er zu frieren. Fröstelnd stand er auf und holte eine Wolldecke aus dem Schrank, aus dem einzigen Schrank, den er besaß, in dem er seine Kleider aufbewahrte, seine Unterwäsche und seine Hemden, seine Bettwäsche, seine Strümpfe, seine Taschentücher, ein paar abgegriffene Magazine, ein paar Briefe und Schreibzeug und einen Koffer, der viel zu schwer war. Er hatte den Schrank im Schaufenster eines Trödlers entdeckt und eigentlich nur deshalb gekauft, weil der Händler bereit gewesen war, ihm den Schrank kostenlos nach Hause zu liefern. Das war zehn Jahre her, und der Schrank hatte keine fünfzig Franken gekostet. Zehn Jahre, in denen er unverrückbar an seinem Platz gestanden hatte. Nachdem der Trödler den Schrank zusammengebaut und aufgestellt und Erneste ihn mit all den Gegenständen gefüllt hatte, die bis dahin verstreut in der kleinen Wohnung herumgelegen hatten, war er überzeugt gewesen, daß diese Neuerung auch sein Leben verändern würde: Kein Schrank, das alte Leben, ein neuer Schrank, ein neues Leben. So unsinnig diese Vorstellung war, sie hatte ihn tagelang nicht losgelassen, bis er schließlich einsehen mußte, was offenkundig war, daß sich in seinem Leben nie etwas ändern würde, solange er in dieser Stadt in dieser Wohnung blieb, weder mit einem neuen Schrank noch mit jener ungewohnten Ordnung, die dank des neuen Möbels in seiner Wohnung herrschte. Nicht, solange er nichts unternahm, aber was hätte er unternehmen können? Jetzt konnte er etwas unternehmen, und dadurch würde sich wohl vieles ändern.

Der Schrank war mit weißem Kunststoff überzogen, er war wertlos und unansehnlich, und wenngleich er Erneste gehörte, sah er nicht gern auf diesen Schrank. Er sah ihn unweigerlich, wenn er im Bett lag, denn der Schrank stand dem Bett genau gegenüber. Da Erneste die helle, glatte Fläche nicht mochte, ließ er eine der beiden Türen stets offenstehen. So blickte er nicht auf den Schrank, sondern auf seine Kleider und auf die Regale und durch all das hindurch ins Dunkle dahinter. Die Rückwand des Schranks war nicht zu sehen. Niemand außer ihm hatte in den letzten zehn Jahren je diesen Schrank bei Tag gesehen, denn niemand außer ihm betrat tagsüber dieses Zimmer.

Er legte sich wieder hin, deckte sich zu und führte sich vor Augen, was in den letzten Wochen geschehen war, in denen im Grunde nichts geschehen war, außer daß er einen Brief erhalten hatte und dann einen zweiten, und daß sich mit jedem dieser Briefe die versteinerte Vergangenheit einen weiteren Weg in die Gegenwart gesprengt hatte. Äußerlich war er ruhig, aber in seinem Inneren hatte eine Explosion stattgefunden. Das, was sie ausgelöst hatte, drängte nun nach außen. Das empfand er nicht weniger stark als die Verunstaltungen in seinem Gesicht. Er wußte, was geschehen war, er war sich aber noch nicht darüber im klaren, was jetzt geschehen mußte.

Am nächsten Tag begannen die Wunden zu verheilen, und er fühlte sich besser. Um zehn Uhr morgens telefonierte er mit dem Geschäftsführer und teilte ihm mit, er könne spätestens am Dienstag, vielleicht schon am Montag wieder arbeiten. Besorgnis war aus der Stimme des Geschäftsführers nicht mehr herauszuhören. Er schien sich kaum noch an das gestrige Gespräch zu erinnern. Erneste mußte die abwegige Befürchtung unterdrücken, wegen seiner Abwesenheit gekündigt zu werden.

Dann rief er Julie in ihrem kleinen Hotel an. Sie war entsetzt, als sie hörte, was geschehen war, dennoch ließ er nicht locker. Er schilderte ihr in allen Einzelheiten, was sich in der vorvergangenen Nacht, kurz nachdem sie sich voneinander verabschiedet hatten, zugetragen hatte. Sie wollte ihn sehen, aber er wehrte ab. Er müsse nachdenken, sie wollte wissen, worüber, warum er nicht zur Polizei gegangen sei und Anzeige erstattet habe. Darauf sagte er nur: «Genieße die letzten Tage mit deinem Engländer. Ich komme zurecht, ich werde dir schreiben, wenn es etwas zu schreiben gibt. Versprochen. Schreib du mir auch.»

Am nächsten Tag würde sie nach Paris zurückkehren. Es gab keinen Grund, den Abschied, den sie bereits zwei Tage zuvor gefeiert hatten, zu wiederholen. Julie sagte nie: Besuch uns doch mal in Paris. Nach den glücklichen Tagen in der Schweiz setzte Julie ihr Familienleben, das im Grunde kaum weniger glücklich war als ihr heimliches Leben, in Paris fort, genau wie Steve es in London tat.

«Nächstes Jahr sehen wir uns wieder», sagte Erneste, und nach einer kurzen Pause antwortete Julie: «Paß auf, was mit dir geschieht», und gegen seinen Willen kamen Erneste bei diesen Worten so überraschend die Tränen, daß er sie nicht unterdrücken konnte, doch glücklicherweise war das Gespräch zu Ende, und er faßte sich schnell. Nach einem Adieu legte er den Hörer auf, aber er verließ die Telefonzelle noch nicht.

Er war unerreichbar, niemand konnte wissen, wo er war, niemand konnte ihn anrufen, aber er konnte anrufen, wen er wollte. Wäre jetzt draußen jemand gestanden, hätte er seinen Entschluß vielleicht noch rückgängig gemacht, da draußen aber niemand stand, hatte er keine Veranlassung, ihn zu ändern, alles schien ihm jetzt klar und unaufschiebbar.

Klinger wohnte außerhalb der Stadt in einem kleinen Dorf direkt am See. Was war aus seinen Kindern geworden? Was kümmerte es Erneste? Sie waren vermutlich in Amerika geblieben. In der Illustrierten, die Erneste beim Friseur gelesen hatte, wurden sie nicht einmal erwähnt, erwähnt wurde lediglich Klingers Frau, und nur deshalb, weil sie wenige Woche vor Erscheinen des Artikels gestorben war. Der Zufall wollte es, daß ihm der Name des Orts, in dem Klinger lebte, in Erinnerung geblieben war.

Nach kurzem Blättern stieß er auf Julius Klingers Namen. Das Telefonbuch sah aus, als wäre es nie benutzt worden. Erneste warf zwanzig Rappen ein und begann zu wählen. Seine Hände waren wie durch ein Wunder heil geblieben. Er wartete. Am anderen Ende klingelte es fünfmal. Dann meldete sich eine Frauenstimme, vielleicht die Tochter, nein, es war eine Hausangestellte: «Bei Klinger» und: «Bitteschön, Sie wünschen?»

Erneste nannte seinen Namen, aber der Name sagte ihr nichts. Sie wollte wissen, in welcher Angelegenheit er Klinger zu sprechen wünsche. «In einer persönlichen Angelegenheit, es ist dringend», antwortete Erneste.

«Dringend? Sind Sie Franzose?»

«Jawohl, ich bin Franzose. Ich muß Herrn Klinger sprechen. Ist das möglich?»

«Nein, morgens ist er nie zu sprechen, für niemanden, unmöglich. Worum geht es denn?»

«Das kann ich Ihnen am Telefon nicht sagen.»

«Tut mir leid, dann kann ich Sie auch nicht anmelden. Ich muß wissen, worum es geht, wenn ich Sie anmelden soll. Sind Sie Journalist? Schriftsteller?»

«Es geht um einen gemeinsamen Bekannten.»

«Um wen?»

«Wenn er weiß, um wen es sich handelt, will er vielleicht gar nicht mit mir sprechen.»

«Dann hat er sicher seine Gründe.»

«Ich muß ihn sprechen.»

«Dann sagen Sie mir einfach, worum es geht.»

Zu spät suchte Erneste nach einem Vorwand. Aber ihm fiel weder ein Vorwand noch eine Lüge ein, also sagte er die Wahrheit: «Sagen sie ihm, es geht um Jakob, er kennt ihn.»

Es dauerte eine Weile, bis das Hausmädchen fragte: «Um Jakob? Jakob Meier?» Und dann verstummte sie. Nach einer Weile fragte sie: «Was ist passiert?»

«Ich kann es Ihnen nicht erzählen. Ich muß mit Klinger sprechen. Jakob Meier hat mir geschrieben. Er hat mir zweimal geschrieben. Reden Sie mit ihm, sagen sie ihm, daß ich ihn sprechen muß, ich habe Nachrichten von Jakob, keine guten Nachrichten.»

Aber es war offenbar nicht nötig, mit Klinger Rücksprache zu halten. «Kommen Sie heute nachmittag vorbei, heute nachmittag hat Herr Klinger Zeit, dann kann er mit Ihnen sprechen. Nach zwei. Kennen Sie Jakob?»

«Ich kannte ihn gut. So gut wie Klinger, vielleicht sogar noch besser.»

«Besser?» Der bittere Ton in ihrer Stimme ließ darauf schließen, daß auch sie Jakobs Bekanntschaft gemacht hatte.

## 10

Allmählich schien die alte Vertrautheit zwischen Erneste und Jakob zurückzukehren, und Erneste fragte sich, ob das vielleicht an der ungewohnten Hitze lag, die seit Mitte Juli selbst auf Giessbach lastete, wo zu dieser Jahreszeit gewöhnlich mildere Temperaturen als in Thun oder Interlaken gemessen wurden. Die Hitze versetzte die Gäste in einen Zustand zähester Gleichgültigkeit gegenüber sich selbst, gegenüber den anderen und selbst gegenüber dem Weltgeschehen. Egal was geschah, die Hitze war stärker, sie verwischte, zumindest bei Tage, alles, was sonst so fest umrissen und sicher verankert war.

Erst gegen Abend, wenn es endlich dunkel und etwas kühler wurde, begann man sich zu regen, und wo man sich regte, erwachte eine unbestimmte Auflehnung gegen die Untätigkeit, der man sich tagsüber haltlos hingegeben hatte, doch gegen die Natur ließ sich nicht viel ausrichten, und so sah man sich trotz aller guten Vorsätze vom Abend am nächsten Morgen erneut zum Nichtstun gezwungen. Jede Bewegung erhöhte den Blutdruck oder ließ einen in Schweiß ausbrechen. Tropische Zustände, sagten jene, von denen man annehmen konnte, daß sie wußten, wovon sie sprachen, weil sie in der Welt herumgekommen waren, viel zu schwül, um denken zu können, sagten die anderen.

Da sich die meisten Gäste in den Nachmittagsstunden entweder in ihre abgedunkelten Zimmer zurückzogen oder mit der Standseilbahn zum See hinunterfuhren, um zu baden, wirkten sich die ungewohnten Temperaturen auch auf die Arbeit der Hotelangestellten aus. Weil man, vor allem nachmittags, deren Dienste weniger oft in Anspruch nahm als sonst, kamen sie in den Genuß zusätzlicher Freistunden. Während Erneste mehr Zeit für Jakob und Julie hatte, schlief Jakob aus und las.

Einige Gäste hatten es sich zur Gewohnheit gemacht, am Vormittag in leichter Kleidung zum Giessbach hinüberzugehen, um sich von der Gischt des mächtigen Wasserfalls besprühen zu lassen. Diesen Spaziergängern gelang es, der fast unüberwindbaren Trägheit zumindest für einige Augenblicke etwas entgegenzusetzen, als Ergebnis ihrer Anstrengung winkte eine leichte Erfrischung. Belebt kehrten sie ins Hotel zurück, doch lange hielt die Abkühlung nie an. Manche entledigten sich im Verlauf ihrer kurzen Wanderungen des einen oder anderen lästigen Kleidungsstücks, doch war niemand so schamlos, die Grenzen unverfänglicher Freizügigkeit zu überschreiten. Was man sich erlaubte, blieb stets im Rahmen des Gebotenen.

Eine verschwindend kleine Minderheit aber, zu der auch Klinger gehörte, beachtete die Kleiderregeln eisern. Trotz der übermäßigen Hitze zeigten sich Männer wie er in der Öffentlichkeit nie anders als im dunklen Anzug, im weißen Hemd, mit Weste, bis oben zugeknöpft. Mit feuchter Stirn und schwach nach Kölnisch Wasser duftend, gab er sich damit als Wahlverwandter jenes New Yorker Bürgermeisters zu erkennen, der sein Haus nie ohne Diener verließ, der stets ein

Bügeleisen bei sich trug, um notfalls unerwünschte Falten aus dem Jackett seines Herrn zu bügeln. Im Unterschied zu seiner Frau, erst recht im Gegensatz zu seinen Kindern, galt Klinger Nachlässigkeit in Fragen der Kleidung, überhaupt des äußeren Anscheins, als eine unentschuldbare Verletzung des Anstands, doch versuchte er nie, seiner Umgebung seine Ansichten aufzudrängen.

Die Sitten waren nicht lockerer als sonst, sie wurden infolge der Hitze nur etwas freizügiger gehandhabt. Die wahre Sittenlosigkeit, wie sie etwa von Julie und ihrem Liebhaber praktiziert wurde, spielte sich auch weiterhin im Verborgenen ab, die Wände hatten keine Ohren, die Angestellten waren von vorbildlicher Verschwiegenheit. Je mehr man über die Hitze stöhnte, desto ausgiebiger konnte man sie genießen, man lieferte sich ihr aus, indem man sich zurücklehnte, man lag im Schatten alter Bäume unter dem zitternden Laub in ausgebleichten Liegestühlen, las oder döste vor sich hin, und da und dort senkten sich die Arme, die Bücher und Zeitungen fielen ins Gras, man nickte ein und wachte mit dumpfem Kopf wieder auf, wenn man zu lange ungeschützt in der prallen Sonne gelegen hatte.

Wer hungrig war, begab sich zum Mittagessen in den Speisesaal, dort war es etwas kühler als draußen, da man in allen vier Ecken Ventilatoren aufgestellt hatte. Kleider und Gardinen bauschten sich im künstlichen Luftzug, den die brummenden Motoren geräuschvoll erzeugten. Nur eine kleine Minderheit bestand darauf, den Lunch auf der Terrasse zu nehmen, geschützt allein durch Sonnenschirme, unter denen die Eiswürfel rasch schmolzen und die kalten Speisen binnen kürzester Zeit unansehnlich wurden, also mußte schnell getrunken und schnell gegessen werden, und so war man bald gehobener Stimmung. Klingers Kinder gehörten zu jenen, die sich draußen in der Mittagsglut offenbar wohlfühlten. Kurzärmelig, mit offenem Hemd, Seidenbluse, ohne Strümpfe, in leichten Schuhen, manchmal sogar barfuß, waren sie bald zum Mittelpunkt einer kleinen, widerstandsfähigen Gruppe geworden, deren Mitglieder täglich wechselten, während Maxi und Josefa stets den Kern bildeten.

Erneste konnte sie von dort, wo er servierte, beobachten, er sah und hörte sie lachen, und es fiel ihm auf, daß es den jungen Klingers jederzeit gelang, ein paar Leute um sich zu scharen, und nicht nur Gleichaltrige. Sie waren wirklich eine Attraktion, jung, scheinbar unbeschwert, hübsch, träumerisch, abenteuerlich und auch verloren. Die Welt stand ihnen offen. Draußen auf der Terrasse bediente ein Sizilianer, dem die Hitze weniger zu schaffen machte als anderen, er erzählte drinnen manchmal, was draußen vorging, nichts von Bedeutung, kindliche Spielereien, der Junge fast noch ein Kind, das Mädchen umschwärmt. Sie führte vornehmlich das Wort. Doch da die Deutschen schnell redeten, verstand der Sizilianer nur wenig.

Nach dem Mittagessen kehrte Ruhe ein. Ein Kind schrie, ein Raubvogel zog enge Kreise am Himmel, ein zweiter folgte in geringerer Höhe, zog einen weiteren Kreis, eine Krähe warf sich dazwischen, Geschrei und Krächzen der drei Vögel, Wolken bedeckten die Sonne und verzogen sich wieder, der erhoffte Regen kam im Juli nur einmal in Form eines heftigen nächtlichen Gewitters, es roch nach Majoran und Eukalyptus, nach heimischen Kräutern und solchen, die hier nicht wuchsen, wer weiß, vielleicht wuchsen sie hier doch. Spätestens um zwei waren alle, selbst die, die auf der Terrasse unter den Schirmen zu Mittag gegessen hatten, von der Bildfläche verschwunden, die Kellner waren die letzten, die den Speisesaal verließen, nachdem sie die Tische abgeräumt und neu gedeckt hatten, hinter der Rezeption wurde unermüdlich, aber lautlos gearbeitet, Herr Direktor Dr. Wagner trat hin und wieder gebeugt aus seinem Büro, um ebenso gebeugt dorthin zurückzukehren. Er richtete sich nur auf, wenn Gäste sich näherten, kaum waren sie fort, zog er sich wieder zurück. Unterbrochen wurde die Stille nur vom nicht zu unterdrückenden Klingeln des Telefons, vom Schreien eines Kindes in der Ferne, vom Schrei eines Raubvogels, vom Krächzen einer Krähe, von der Stimme des Empfangschefs, der den Telefonhörer abnahm und weglegte oder auflegte. Die Ferngespräche, die er führte, dauerten gewöhnlich nicht lange, fast immer wurden die Anrufer nach oben durchgestellt, denn die meisten Zimmer hatten einen eigenen Anschluß, ein besonderer Luxus in dieser Abgeschiedenheit. Manchmal bestellten Gäste telefonisch Wasser, Limonade oder Eis, dann erfolgte eine kurze Meldung vom Empfangschef zum diensthabenden Zimmerkellner, der in der Küche auf Aufträge wartete und von seinem Stuhl hochschreckte, wenn das Telefon klingelte. Der Zimmerkellner, dankbar für jede Unterbrechung, besorgte das Gewünschte und trug es auf einem Tablett nach oben, so verliefen die ungewöhnlich langen Nachmittage in ungewohnter Schwerfälligkeit. Was zu tun war, tat man, so gut es ging, gedankenlos.

Da Jakob bis zum Morgengrauen in der Hotelbar arbeitete, brauchte er mittags nicht zum Service zu erscheinen. Wenn er sich hinlegte, hatte er die vorgeschriebenen Arbeitszeiten so weit überschritten, daß er ausschlafen konnte, so lange er wollte. Seine Dienste wurden erst ab vier Uhr nachmittags benötigt. Die Bar öffnete um sechs.

Wenn Erneste morgens aufstand, schlief Jakob noch. Vor drei Uhr morgens kam er nur selten ins Bett. Da es nachts kaum abkühlte, schliefen sie nackt. Ernestes Erregung wuchs mit jedem Atemzug, mit jedem eigenen, mit jedem Jakobs, mit jedem Gedanken, mit jedem Zucken von Jakobs Fingern. Es war nicht leicht, dem Anblick des schlafenden Freundes zu widerstehen. Erneste empfand keine Scham, wenn er sich neben dem Schlafenden selbst befriedigte.

Erneste stand auf und wusch sich am Waschbecken. Die Intimität zwischen den beiden jungen Männern schien einen Punkt erreicht zu haben, der nicht mehr überschritten werden konnte. Erneste hatte das Gefühl, Jakob gehöre ihm, und wenn nicht Jakob, dann sein Körper. So wie Ernestes Körper Jakob gehörte. Nichts war mehr wie am ersten Tag.

Jakob trat morgens so leise ins Zimmer, daß Erneste ihn meist nicht kommen hörte. Doch wenn er ihn hörte, war er hellwach. Er konnte jedes Kleidungsstück benennen, wenn es zu Boden fiel. Das Jackett, die Weste, das

Hemd, die Hose, die Unterhose, die Strümpfe. Ernestes Erregung steigerte sich mit jedem Kleidungsstück.

Wenn Jakob neben ihm lag und ihm die Hand auf die Schulter legte, entzog er sich ihm nicht, im Gegenteil, was Jakob forderte, führte er mit Leidenschaft aus. Stets begriff er, was Jakob von ihm wollte, gleich wollte er dasselbe, und selbst durch die Gerüche ließ er sich nicht stören, von denen Jakobs Körper neuerdings durchdrungen war, denn nachts roch er nach Rauch, manchmal nach Alkohol, obwohl er selber nicht trank, wie er behauptete, was Erneste nicht anzweifelte. So vermischten und verdichteten sich die Gerüche der Hotelbar mit den Küchendünsten, die Erneste entgegenschlugen, wenn er die Hotelküche betrat, und von denen seine eigene Haut so imprägniert war, daß sie sich kaum noch abwaschen ließen. In ihren Schweiß und ihre Küsse mischten sich die vielfältigen Geräusche des Tages, die Grobheiten der Köche, die Geschäftigkeit der Kollegen, das unverständliche Geplauder der Gäste, der Alkohol, die Trunkenheit, das alles haftete am Ende dieses Arbeitstages, am Anfang eines neuen Arbeitstages wie eine Hülle an ihrer Haut. Zweifellos auch die Befürchtungen und Ängste, von denen die Gäste nicht sprachen, selbst wenn sie mit Händen zu greifen waren.

Erneste kleidete sich an. Manchmal wachte Jakob währenddessen auf, und es genügte eine Handbewegung, ein Blick, ein einziger Augenaufschlag, damit Erneste sich wieder zu Jakob legte. Oft aber schlief er so fest, daß Erneste ihn ungestört betrachten konnte. Während sich die Pupillen unter den geschlossenen

Lidern bewegten, ballte er manchmal die Fäuste und schlug damit nach einem unsichtbaren Gegner. Wer das war, würde Erneste nie erfahren, denn sie sprachen nicht über ihre Träume. Jakob beruhigte sich wieder und lag mit halbgeöffneten Lippen, leicht entblößten Zähnen da, so schön, fast unantastbar, als sei er fern von allem, selbst von sich selbst, so daß Erneste sich abwenden mußte.

Es gab genügend Gründe, der Zukunft zu mißtrauen, ja vor ihr Angst zu haben. Würde sie nicht unfehlbar schrecklich sein, wenn der Krieg, von dem alle sprachen, erst einmal begonnen hatte und alles und alle auseinanderriß? Erneste mußte sich beherrschen, Jakob nicht aufzuwecken, er ließ ihn schlafen. Auch Erneste war davon überzeugt, daß es Krieg geben würde, so viele, denen unvergleichlich mehr Informationen zur Verfügung standen als ihm, konnten sich unmöglich irren, alle sprachen vom Krieg, und wenn sie nicht davon sprachen, dann dachten sie daran, das sah man ihnen an.

Wenn Erneste nach dem Mittagsservice das Zimmer wieder betrat, lag Jakob meistens noch im Bett, er schlief, las oder rechnete. Er besaß ein dünnes Heft, in das er Zahlen eintrug, die seine Einkünfte und Ausgaben festhielten. Er brauchte eine Übersicht, und natürlich war er glücklich, wenn die Einkünfte die Ausgaben überstiegen. So oft er konnte, führte er Buch, und einmal sagte er: «Irgendwann mal werde ich reich sein.» Wenn Jakob solche Dinge sagte, verspürte Erneste nicht Stolz oder Respekt, sondern eine Mischung aus Mitleid und Unbehagen, und am liebsten hätte er zu

Jakob gesagt: Nein, du wirst nie reich sein, wir beide nicht, wir haben nicht das Zeug dazu, aber weil ihm nichts ferner lag, als Jakob zu verletzen, und weil er ihn für verletzlich hielt, schwieg er und hoffte, sein Schweigen sei beredt. Aber Jakob verstand ihn nicht, Erneste hätte deutlicher werden müssen, er hätte ihm ins Gesicht sagen müssen, daß der Erfolg für andere reserviert sei. Jakob lebte in einer Welt, die weiter war als Ernestes Welt, er besaß eine Zuversicht, die Erneste fehlte, und vielleicht machte ihn gerade diese Zuversicht so stark. Jakob dachte von seinem Platz aus weiter.

Da die Hitze unter dem Dach kaum zu ertragen war, hüllte sich Jakob tagsüber in feuchte Handtücher. Darin eingewickelt, legte er sich aufs Bett, schlief weiter, hing seinen überspannten Gedanken nach oder rechnete, des öfteren las er auch, und oft schlief er über seiner Lektüre ein. So traf ihn Erneste am Nachmittag an, wenn er nach dem Mittagsservice das Zimmer betrat, schlafend, seinen Gedanken nachhängend, manchmal rechnend, manchmal lesend, und wenn er mit der Lektüre auch nur langsam vorwärtskam, gab er nicht auf, unverdrossen kämpfte er sich durch dieses dicke Buch, und wenn es manchmal auch lange dauerte, bis er die nächste Seite von Klingers *Oporta* in Angriff nahm, kapitulierte er nicht, immer weiter drang er zu den Geheimnissen dieses dicken Buches vor, und weil er Erneste fast täglich erzählte, was er gelesen hatte, kannte Erneste am Ende zumindest die ersten Kapitel dieses hochgelobten und vielgelesenen Meisterwerks fast ebensogut, als hätte er sie selbst gelesen.

Es dauerte nicht lange, und das Handtuch begann

auf Jakobs Haut zu trocknen. Dann stand er auf, legte es ins Waschbecken und ließ kaltes Wasser darüber laufen, er wrang es aus und wickelte es um seinen Körper, dann legte er sich wieder hin und beobachtete Erneste. «Das tut gut», sagte Jakob. Dann zog Erneste sich aus, wusch sich mit bloßen Händen am Waschbecken und hielt den Kopf unters fließende Wasser. Alles war feucht, das Leintuch, der Körper, erst kühl, dann lau, bald schien das Zimmer unter dem Dach zu dampfen, ein paradiesisches Verlies mit Schlössern und Schlüsseln, zu dem die Welt keinen Zutritt hatte. Erneste legte sich neben Jakob, es war still, hin und wieder knackte Gebälk jenseits der dünnen Zimmerdecke, die Hitze machte das Holz wieder lebendig.

Am wohlsten fühlte sich Erneste, wenn sie schweigend nebeneinanderlagen, wenn keine Worte nötig waren, wenn im Gegenteil jedes Wort nur störte. Es war Erneste in höchstem Maße unangenehm, wenn Jakob abfällig über Hotelgäste sprach, was leider immer öfter vorkam. Dann wies er ihn zurecht, er habe kein Recht, so über jene zu sprechen, denen er Lohn und Brot verdanke, aber seine Einwände verhallten. Jakob lachte ihn aus, und sein Lachen war ansteckend. «Lohn und Brot! Lohn und Brot», sagte er, indem er Ernestes Akzent imitierte und lachte, und am Ende lachte Erneste mit.

Erneste wurde den Verdacht nicht los, daß Jakobs Ansichten über gewisse Hotelgäste nicht wirklich seiner eigenen Meinung entsprachen, daß er sie vielmehr irgendwo aufgeschnappt hatte, es gab ja unter den Angestellten immer welche, die sich das Maul über die

Gäste zerrissen. «Mich interessiert das nicht», sagte Erneste, «es geht mich nichts an, wir sind nicht so wie sie, sie sind nicht so wie wir, solange sie uns unsere Arbeit tun lassen, sollten wir uns nicht um sie kümmern, und wenn sie etwas an uns auszusetzen haben, dann haben sie wahrscheinlich Grund dazu», aber meistens schwieg er, wenn Jakob über geistlose Deutsche und geldgierige Juden herzog. «Woher willst du das wissen, das kannst du doch gar nicht wissen», erwiderte Erneste, oder er ließ Jakob reden, bis ihm nichts mehr einfiel.

Eines Tages stieß Erneste zufällig auf einen Fünfliber, der unter Jakobs Kissen lag. Als er Jakob fragte, wie das frischgeprägte Fünffrankenstück, es trug die Jahreszahl 1936, dorthin gelangt sei, warum er es nicht zu seinen übrigen Ersparnissen gelegt habe, zögerte Jakob kurz, und weil er zögerte, wurde Erneste stutzig, und weil Erneste stutzig wurde, wurde Jakob unsicher. Das Geld gehörte Jakob, daran zweifelte Erneste nicht, es lag unter Jakobs Kissen, Erneste vermißte kein Geld. Jakob zögerte, aber dann öffnete er seine Hand, und Erneste ließ den Fünfliber in seine Hand fallen, ein kleines Stück jenes langsam wachsenden Vermögens, mit dem Jakob seine Zukunft zu sichern hoffte, ein kleines Hotel in Köln, ein Ausflugslokal am Rhein oder im bergischen Land, etwas in dieser Art, nach dem Krieg, wenn denn der Krieg tatsächlich kam.

«Wie kommt das Geld unter dein Kopfkissen?» Jakob erinnerte sich nicht. Dann erinnerte er sich doch. Es sei das Trinkgeld eines Gastes, der vor wenigen Tagen abgereist war. Er nannte einen Namen, Erneste erinnerte sich an diesen Gast. Fünf Franken waren viel Geld, aber seitdem Jakob in der Hotelbar arbeitete, häuften sich die Zuwendungen, die er mit niemandem teilen mußte, eine Belohnung für die liebenswürdige Art, mit der er sich nachts in der Bar um seine Gäste kümmerte, späte Gäste, die lange blieben und auf den Gesichtern der Angestellten keine Ungeduld zu sehen wünschten. Jakobs Miene verriet nichts davon. Sie hatten genug eigene Sorgen, fremde ertrugen sie schlecht. Vielleicht erkauften sie sich auch sein Schweigen, denn viele, die hier warteten, fürchteten sich vor deutschen Spitzeln. Fürchteten sie, Jakob könnte einer sein?

Jakob hielt den Fünfliber in seiner Faust. «Er ist mir beim Ausziehen wohl aus der Tasche gefallen.» Er küßte Erneste, streckte sich aus und verschränkte die Arme hinter dem Kopf. Das Geldstück ließ er nicht los. Erneste vergaß den Fund. Elf Tage später erinnerte er sich wieder daran.

11

Kurz nach ein Uhr bestieg er den Regionalzug, der am unteren Seeufer entlang in östliche Richtung fuhr. Die Fahrt dauerte siebenunddreißig Minuten, der Waggon, in dem er saß, war nur mäßig besetzt, vorwiegend mit älteren Leuten und einigen Kindern. Der Zug fuhr pünktlich. Bei jeder Station stiegen Passagiere aus, aber es stiegen keine neuen zu, nach der vierten war er allein. Der Ort, an dem Klinger lebte, war offenbar kein Ausflugsziel, und jene Passagiere, die den Regionalzug täglich benutzten, waren jetzt bei der Arbeit. Erneste versuchte, sich auf die Landschaft zu konzentrieren, links der See, rechts kleine Dörfer und Weinberge, aber seine Gedanken waren woanders, sie überflogen die Landschaft, wirr irrend bewegten sie sich auf unvertrautem Gebiet, der größte Teil dessen, was er hätte in sich aufnehmen können, strömte an ihm vorbei, ohne daß er es wahrnahm. Die einzelnen Bahnstationen hinterließen keinen bleibenden Eindruck, einmal fiel ihm das bräunliche Laub vertrockneter Geranien auf der Fensterbank eines Wartesaals auf, davor ein Mädchen von etwa siebzehn Jahren, das mit dem Ausdruck unendlicher Langeweile auf einer Bank saß und ebenso vernachlässigt wirkte wie die Blumen hinter ihm. Einmal peitschte eine Regenbö gegen das Zugfenster, kurze Zeit später schien wieder die Sonne. Er bemerkte es, ohne sich zu wundern.

Erneste trug seinen grauen Anzug, einen anderen besaß er nicht, der graue Anzug paßte zu jedem Anlaß, dazu eine helle, blaugepunktete Krawatte, darüber seinen leichten Mantel, denn es war kühl geworden. Den Regenschirm hatte er zwischen Sitzbank und Armlehne geklemmt, zweimal fiel er um, zweimal klemmte Erneste ihn wieder fest, und unablässig versuchte er sich zu konzentrieren. Es war noch nicht zu spät, seinen Entschluß rückgängig zu machen. Wenn er ihn aber nicht rückgängig machte, mußte er gut vorbereitet sein, also versuchte er sich vorzubereiten, das bedeutete aber auch, daß er sich etwas vorzustellen versuchte, was er sich nicht vorstellen konnte, seine Begegnung mit Klinger. Daß er ihm gegenüberstehen würde.

Nach siebenunddreißig Minuten hielt der Zug zum sechstenmal. Erneste stieg aus, der Zug fuhr weiter. Erneste studierte den Fahrplan. Stündlich fuhr ein Zug in die Stadt zurück.

Bevor er sich auf den Weg zu Klinger machte, wollte er noch etwas trinken, er durchquerte den Schalterraum und betrat das kleine Bahnhofsrestaurant. Er fühlte sich schwach, seine Hände zitterten, aber er wußte, womit sich dieses Zittern beheben ließ. Er hatte Zeit, einen Cognac zu trinken.

Er stieß die schwere Glastür auf, der Türgriff fühlte sich klebrig an. In dem ungelüfteten Raum saßen vereinzelte Gäste, jeder trug das seine dazu bei, die dumpfe Atmosphäre aufrechtzuerhalten, sie aßen, tranken und rauchten. Von gelegentlichen Geräuschen aus der Küche abgesehen, herrschte Stille. Eine ältere Frau mit ungewaschenem grauen Haar blickte hoch, als Erneste den Raum betrat, und musterte ihn über den Rand ihrer Brille hinweg, die Kellnerin wirkte verschlafen, aber sie war schnell. Drei Minuten später stand ein lauwarmer, ledrig schmeckender *Cognac maison* vor ihm. Ein Totenbeinchen zierte das kleine Tablett, jenes feste Haselnußgebäck, das die Einheimischen so schätzten. Erneste nahm das Glas und trank es in einem Zug leer, dann bezahlte er, stand auf und ging. Seinen Mantel hatte er nicht ausgezogen. Keiner der Gäste des Restaurants am Berg hätte ihn hier wiedererkannt, aber auch er hätte vermutlich keinen der Gäste des Restaurants am Berg hier wiedererkannt, doch war es höchst unwahrscheinlich, daß sich einer von ihnen hierher verirrte. Das Totenbeinchen hatte er auf dem Unterteller liegenlassen, er aß nie Kekse.

*Qu'il était beau le Postillon de Lonjumeau...*

Seitdem er das Lokal verlassen hatte, ging ihm die Melodie unentwegt durch den Kopf. Er starrte auf das Schild der Bushaltestelle und blickte sich um, einen Taxistand gab es hier nicht, das Postauto fuhr ohne Halt den See entlang ins nächste Dorf, also ging er, etwas unschlüssig, geradeaus, er entfernte sich langsam vom See, irgendwann würde er jemanden sehen, den er nach dem Weg fragen konnte, und so war es auch. Schon nach wenigen Schritten kam ihm ein Mann entgegen, der einen großen schwarzen Hund spazierenführte. Der Mann konnte ihm Auskunft geben, und er tat es gleichmütig und sicher nicht zum ersten Mal. Die Einheimischen waren es bestimmt gewohnt, nach Klinger gefragt zu werden, die Ortsunkundigen wollten alle zu Klinger, und jeder wußte hier, wer Klinger war und wo er wohnte.

Der Mann fragte ihn, ob er Journalist sei, aber es war nicht Neugier, sondern Höflichkeit, die ihn zu dieser Frage veranlaßte. Erneste verneinte, dann erklärte der Einheimische: «Taxis gibt es hier nicht», und Erneste antwortete, das habe er auch nicht erwartet, er gehe zu Fuß. Er könne den Weg unmöglich verfehlen, das Dorf sei klein, die Straßen seien übersichtlich. Geradeaus bergauf, nach hundert Metern rechts, wieder geradeaus bergauf, dann rechts. «Sie werden sehen, von dort aus hat man die schönste Sicht auf den See und die Berge», sagte der Einheimische. Damit war die Unterhaltung beendet, und Erneste machte sich auf den Weg.

Vielleicht, sagte er sich, war der Mann doch ein wenig neugierig, denn nun glaubte er dessen Blick in seinem Rücken zu spüren. Er wandte sich jedoch nicht um, vielleicht täuschte er sich. Der Hund, der sich bis dahin still verhalten hatte, bellte kurz und heiser. Das Bellen galt nicht ihm. Vielleicht war der Einheimische mit einem anderen Spaziergänger zusammengetroffen, der ebenfalls seinen Hund spazierenführte, doch was ging ihn das an?
*Qu'il était beau le Postillon de Lonjumeau...*
Eine Viertelstunde später stand Erneste vor Klingers Gartentor. Das Haus war hinter einer dichten, hohen Taxushecke kaum zu erkennen, die Ausmaße des Gebäudes waren nur zu erahnen. Immerhin gab das niedrige Gartentor den Blick auf einen schmalen Weg frei, der zur Haustür führte und mit Stauden und Rosenbäumchen gesäumt war. Das Gartentor und die Pflanzen machten einen ungepflegten, verwilderten Eindruck, die verblühten Rosen waren nicht entfernt worden, das Gartentor mit einer feinen Moosschicht bedeckt, vor der Haustür lag ein geborstener Ziegel, der wohl vom Vordach gefallen war. Noch war es Zeit, umzukehren, und einen Augenblick war Erneste drauf und dran, es zu tun. Sein Fernbleiben würde wahrscheinlich gar nicht auffallen, so viele kamen und gingen, um Klinger zu sehen, daß sein Versäumnis nicht ins Gewicht fallen konnte. Hinter diesem Gartentor, hinter diesen unsichtbaren Mauern lag eine Welt, in der er nichts verloren hatte, er wußte es, in der er nichts gewinnen konnte, er wußte es, er wußte es so genau, als würde er jene Welt tatsächlich kennen. Aber er kannte

sie nur von außen, als Beobachter, in seiner Funktion als Kellner. Von außen betrachtet, besaß sie keine Anziehungskraft. Wenn er jetzt klingelte, dann tat er es für Jakob. Das einzige, was er für ihn tun konnte, war der Versuch, mit Klinger zu sprechen. Vielleicht war eine Verständigung zwischen ihnen möglich, vielleicht auch nicht, Klinger war ein berühmter Mann, den nichts mit Erneste verband bis auf die Tatsache, daß er vor nunmehr dreißig Jahren sein unbedeutendes Leben zerstört hatte oder zumindest sein unbedeutendes Leben noch etwas unbedeutender gemacht hatte, als es ohnehin schon gewesen war.

Rechts war die Klingel. Erneste starrte auf den Knopf und auf das Metallschild, in welches Klingers Initialen eingraviert waren, es war schwärzlich angelaufen und abgegriffen. Erneste hatte sich einen imposanteren Empfang vorgestellt. Er streckte die rechte Hand aus und drückte dreimal auf den Knopf, ohne noch einmal zu zögern. Kurz darauf ertönte ein Summer, das Gartentor gab einen knackenden Laut von sich und sprang einige Zentimeter auf. Er stieß es auf, trat ein und ging auf das Haus zu. Die Haustür wurde geöffnet.

Er erkannte Frau Moser, die den Klingers im Sommer 1936 von Berlin nach Giessbach und dann in die Staaten gefolgt war. Es war Frau Moser, die in der Haustür stand und wartete, bis Erneste die fünf Treppenstufen hinaufgestiegen und unter das schadhafte Vordach getreten war. Sie begrüßte ihn mit gesenkter Stimme und ausdruckslosem Gesicht, und Erneste hatte das Gefühl, daß sie ihre Stimme niemals erhob und ihre Miene sich nie veränderte. Sie trug keine Schürze, und dennoch war nicht zu verkennen, daß sie kein Familienmitglied war. Daß sie sich nicht namentlich vorstellte, war nicht das einzige Indiz für ihre untergeordnete Stellung.

Frau Moser trat zur Seite, nahm Erneste den Mantel ab und bat ihn, im Vorzimmer zu warten. Dann zog sie sich zurück, und Erneste war allein, und er dachte: Sie weiß alles, aber sie wird niemals darüber sprechen. Aus ihrem Mund wird niemand je etwas erfahren. Die Tür blieb angelehnt. Das Haus wirkte verlassen, aber nicht unbewohnt.

Erneste stand in einem großen Raum voller Bücher, aber das war kein Vorzimmer, wie Frau Moser es genannt hatte, sondern eine Bibliothek. In der Mitte des Raums stand ein Rauchtisch, daran waren zwei tiefe Sessel gerückt, an den Wänden Bücherregale, die bis zur Decke reichten, dazwischen Vitrinenschränke, darin untergebracht antike Gegenstände, Erinnerungsstücke, die aus fernen Ländern stammten, Geschenke und Mitbringsel, lauter Dinge, wie Erneste sie nie zuvor gesehen hatte, etruskische Schließen, chinesisches Porzellan, indische Tücher, präkolumbische Pfeile, afrikanische Figürchen, steinzeitliches Werkzeug und zahllose Versteinerungen. An den Wänden hingen Schmetterlingskästen, Stadtansichten, Zeichnungen und Skizzen, Kupferstiche, ein nackter Athlet, Kopien alter Meister sowie in einer Ecke eine Zimmerpflanze, deren bläßlichgrüne Arme bis unter die Decke und hinter die Bücherreihen wucherten.

Das Zimmer lag in ungewöhnlich warmem Licht. Dessen Quelle wirkte natürlich, was unmöglich war, denn draußen schien die Sonne nicht. Während das Haus von außen einen etwas heruntergekommenen Eindruck machte, war das, was Erneste vom Inneren zu sehen bekam, friedlich und aufgeräumt. Jedes Möbelstück, jeder Gegenstand war von edler Beschaffenheit, die Außenwelt aus diesem Paradies verbannt. Dieses Paradies auch nur einen Augenblick mit seiner eigenen Wohnung vergleichen zu wollen, wäre mehr als unangemessen gewesen, denn hier war einfach alles anders, mit nichts vergleichbar, was Erneste bisher gesehen hatte. Umgeben von solchen schönen Dingen also hatte Jakob einen Teil seines Lebens zugebracht, doch wie viele Jahre es gewesen waren, wußte Erneste nicht, und da kam ihm der Gedanke, daß Jakobs und Klingers Wege sich möglicherweise schon nach kurzer Zeit wieder getrennt hatten. Wofür sollte Klinger zahlen, was war er ihm schuldig? Wie so viele Wendungen in Jakobs Briefen war Erneste auch jene unverständlich geblieben: *Es ist nur recht und billig, dass er mir zahlt.*

Klinger stand plötzlich in der Tür, durch die Erneste vor wenigen Minuten das Zimmer betreten hatte. Da die Tür nur angelehnt war und sich in Ernestes Rücken befand, gelang es Klinger, ihn zu überraschen, ja zu erschrecken, und einen Augenblick dachte Erneste, er habe das mit Absicht getan. Klinger räusperte sich, und Erneste sprang auf, ein Unsichtbarer war plötzlich sichtbar geworden. Eine Rückenansicht verwandelte sich in eine Vorderansicht. Ein erstarrtes Bild erzitterte. Was darauf dargestellt war, setzte sich unerwartet in Bewegung. Was in Ernestes Gedächtnis am Nachmittag des 28. Juli 1936 festgehalten worden war, um jederzeit, oft nach Jahren, erneut hervorgeholt werden zu können, wurde für einige Augenblicke gegenstandslos. Klinger war gealtert, das war nicht zu übersehen, aber auch ihn erkannte Erneste sofort wieder.

Nicht zu übersehen war die fast unverzüglich unterdrückte Bestürzung in Klingers Augen beim Anblick dessen, was von den Schlägen noch zu sehen war, mit denen Erneste vor wenigen Tagen so furchtbar traktiert worden war, beim Anblick der Spuren jener üblen Zurichtung, die ihn veranlaßt hatte, sich mit Klinger in Verbindung zu setzen, nachdem er sich kurz zuvor entschlossen hatte, Jakob sich selbst zu überlassen, indem er jeden weiteren Gedanken an ihn vermied. Klingers tief in den Höhlen liegende Augen bildeten einen irritierenden Gegensatz zu seiner übrigen Erscheinung, er hatte den undurchdringlich abwesenden, in sich gekehrten Blick einer Eule. Er wollte gleichgültig erscheinen, konnte aber nicht verbergen, daß er auf der Hut war.

Er trat auf Erneste zu. Er war größer als in Ernestes Erinnerung, und er sah nicht aus wie siebenundsiebzig. In wenigen Wochen würde er seinen achtundsiebzigsten Geburtstag feiern.

Dann tat Klinger etwas, womit Erneste nicht gerechnet hatte, obwohl es doch ganz selbstverständlich war. Er gab ihm die Hand und hielt seine Hand länger als notwendig fest. Er sah ihm in die Augen, als wollte er seine Aufrichtigkeit prüfen. In diesem Augenblick kehrte das Bild zurück, das seine Erinnerung all die Jahre von Klinger bewahrt und vergiftet hatte, und unwillkürlich zog Erneste seine Hand zurück, unwillkürlich dachte er, daß Klinger wisse, was ihm in diesem Augenblick durch den Kopf ging, unwillkürlich sah er ihn wieder, wie er ihn an jenem 28. Juli 1936 gesehen hatte, als man nicht mit ihm, Erneste, gerechnet hatte, als man ihn unbeabsichtigt, aber um so erbarmungsloser zu der Erkenntnis gezwungen hatte, daß er die Macht über Jakob verloren hatte, daß er sie vielleicht schon lange nicht mehr besaß. Klinger besaß die Macht, über andere zu herrschen, auch über deren Gedanken.

Noch bevor sie sich an den Rauchtisch setzten und Frau Moser das Zimmer mit einem vollen Tablett betrat, überraschte ihn Klinger mit der Feststellung: «Es ist lange her, aber ich erinnere mich an Sie. Sie waren Jakobs junger Freund. Nun ja, jünger waren wir alle.» Die Unbekümmertheit, mit der dieser Satz über seine Lippen kam, ließ vermuten, daß Erneste in Klingers Erinnerung keine größere Rolle gespielt hatte, seltsam nur, daß er sich überhaupt an ihn erinnerte.

«Sie waren ein zurückhaltender junger Mann, ein perfekter Kellner. Perfekter, als Jakob es je gewesen ist, verschwiegen und – es wäre vielleicht besser gewesen, ich hätte Sie und nicht Jakob mitgenommen.» Als Frau Moser das Tablett auf den Tisch stellte, verstummte er. Nachdem sie sich entfernt hatte, fuhr er in unverändertem Ton fort: «Nehmen Sie, was und soviel Sie mögen, Tee oder Kaffee. Den Kuchen hat Frau Moser selbst gebacken, sie ist eine ausgezeichnete Köchin. Frau Moser» – die vermutlich im angrenzenden Zimmer darauf wartete und darauf vorbereitet war, jederzeit gerufen zu werden – «ist der einzige Mensch, der mir von früher geblieben ist. Fast alle, die mir nahestanden, sind fort oder tot, meine Frau, mein Sohn, fast alle.» Klinger ließ Erneste nicht aus den Augen. «Meine Tochter ist drüben geblieben, sie hat Kinder, sie ist inzwischen selbst Großmutter.»

Obwohl Klinger sich den Anschein gab, als gebe er sich preis, hatte Erneste nicht das Gefühl, dieser Offenherzigkeit mit gleicher Offenherzigkeit begegnen zu müssen, später vielleicht, jetzt noch nicht. Wollte er ihn durch seine Freimütigkeit zu Vertraulichkeiten ermuntern, um so schnell wie möglich ans Ziel zu gelangen, ging es Klinger einfach darum, so rasch wie möglich so viel wie möglich über Jakob zu erfahren? Erneste hatte kein Recht, ihm Fragen zu stellen, und keinen Anspruch auf Antworten, er hätte jedoch gerne gewußt, warum Klinger so mitteilsam war. Erneste hatte einen mürrischen, erschöpften Greis erwartet, nun stellte sich heraus, daß er einem Mann gegenübersaß, der die Konstitution eines Sechzigjährigen hatte, er war weder mürrisch noch erschöpft, sondern gesprächig und offenbar bei guter Gesundheit. Erneste hatte den Eindruck, daß dieser Mann, zu dem er gekommen war, um etwas von ihm zu fordern, tatsächlich etwas von ihm fordern würde, die Wahrheit über Jakob. Doch welche Wahrheit? Daß Erneste sie nicht kannte, konnte Klinger nicht wissen. Er kannte sie so wenig wie Klinger, aber er hatte Neuigkeiten von Jakob, zwei Briefe immerhin.

Klinger war es gewohnt, über seine Zeit zu bestimmen, und so war es nur natürlich, daß er auch über die Zeit jener bestimmte, die seine Zeit in Anspruch nahmen, egal, in welcher Angelegenheit sie ihn zu sprechen wünschten. Er hielt sich nicht lange mit Höflichkeiten auf, aber er blieb zugänglich, oder zumindest tat er alles, um diesen Eindruck zu erwecken. Erneste blieb wenig Zeit zum Überlegen, er gab die Vorstellung auf, planmäßig vorgehen zu können, er hatte keinen Plan. Er wählte Kaffee, und er nahm ein Stück Kuchen, es war zu spät, um abzulehnen. Er hatte keinen Hunger mehr, aber er würde den Kuchen aufessen, das ganze Stück.

Klinger lehnte sich zurück. Eine Weile saß er reglos da, er nahm weder Tee noch Kaffee, er nahm keinen Kuchen, doch plötzlich schnellte seine Hand vor, und sein Zeigefinger zielte auf Erneste: «Damals, dort oben, das muß gräßlich für Sie gewesen sein.» Auch damit hatte Erneste nicht gerechnet.

Das Bild, das er am 28. Juli 1936 sah und das sich ihm für immer einprägen sollte, stellte zwei Männer in folgender Haltung dar: Der eine stand breitbeinig mit dem Gesicht zur Tür, dem Betrachter zugewandt, während der andere so dicht vor ihm auf dem Boden kniete, daß kein Zweifel darüber aufkommen konnte, was hier vor sich ging. Der deutlich ältere Mann beugte sich so tief über den Rücken des wesentlich jüngeren Mannes, der sein Sohn hätte sein können, daß seine Stirn beinahe dessen Schulter berührte. Während der auf dem Boden Kauernde nackt war, hatte sich der andere seiner Kleider nur teilweise entledigt. Der eine war Klinger, der andere war Jakob. Klinger trug goldene Manschettenknöpfe mit seinen Initialen.

Da Erneste, wie immer, wenn er vermutete, daß Jakob noch schlief, die Tür vorsichtig geöffnet hatte, dauerte es einige Sekunden, bis zunächst Klinger, kurz darauf auch Jakob, gewahr wurden, daß sie nicht mehr allein waren. Das geschah in Klingers Fall spätestens in dem Augenblick, als die Tür hinter Erneste leise, aber nicht geräuschlos ins Schloß fiel. Obwohl natürlich menschliche Laute, Geräusche unterschiedlicher Herkunft, aber auch Gerüche das kleine, erhitzte Zimmer erfüllten, hatten sich alle Laute, Geräusche und Gerüche aus dem Bild, das Erneste später immer wieder vor sich sehen sollte, verflüchtigt. Es war ein lebloses, stummes, fast schwarzes Bild.

Auf diesem Bild war auch Klingers Jackett zu sehen, es lag seitlich hinter ihm, er, der soviel Wert auf sein Äußeres legte, hatte es hinter sich auf den Boden fallen lassen, und halb darüber, halb davor lag auch seine seidene Weste. Sein Hemd war vorne halb aufgeknöpft, sein Unterhemd, unter dem sich Jakobs ausgestreckte linke Hand abzeichnete, hochgerutscht. Es war leicht zu erraten, was Jakobs andere Hand umschloß.

Eine dicke Fliege flog gegen die Fensterscheibe, immer wieder, aber Erneste war der einzige, der ihre vergeblichen Fluchtversuche bemerkte. Auf dem ungemachten Bett lag Jakobs feuchtes Handtuch, das Handtuch, das er zur Abkühlung benutzte. Auf dem Handtuch lag ein glänzender Fünfliber, der Lohn seiner Bemühungen um Klingers Wohlbefinden, bei dessen Anblick Ernestes rechte Hand zu zucken begann. Mit Erneste hatte niemand gerechnet.

Erneste war müde gewesen und hatte deshalb Monsieur Flamin gebeten, sich früher zurückziehen zu dürfen, als hätte er etwas geahnt. Tatsächlich war er nur müde gewesen, er hatte nichts geahnt, denn hätte er auch nur den geringsten Verdacht geschöpft, wäre er ihm gewiß nicht nachgegangen.

Als er nach oben ging, war es gerade zwei. Er wollte zu Jakob, er wollte sich hinlegen. Jetzt stand er hinter Jakob vor Klinger. Eine einfache Situation ohne Geheimnis.

Klinger war wie üblich kurz vor eins vom Tisch aufgestanden, Erneste hatte ihn weggehen sehen. Er hatte seine Frau auf ihr Zimmer begleitet, dann hatte er sich beeilt, zu Jakob zu kommen. Die Kinder waren noch auf der Terrasse.

Klinger hielt mit beiden Händen Jakobs Kopf. Seine Daumen zeigten senkrecht nach oben, seine Handflächen bedeckten Jakobs Ohren, Jakob war taub für entfernte Geräusche. Nichts hätte deutlicher veranschaulichen können, daß Jakobs Körper, den Erneste bis zu diesem Augenblick als sein Eigentum betrachtet hatte, ihm nun nicht mehr gehörte, und dabei spielte es nicht die geringste Rolle, ob Jakob seinen Körper verkaufte oder ihn zu seinem Vergnügen zur Verfügung stellte. Was Jakob tat, tat er freiwillig, es gab nichts, was ihn dazu zwang, und daran würden auch all die Argumente nichts ändern, mit denen er womöglich um Verständnis für sein Verhalten bitten mochte. Jakobs Körper gehörte Erneste nicht mehr, seine Stimme würde ihn nicht mehr erreichen, Jakob war in Klingers Besitz übergegangen.

Klinger richtete sich auf. Was auch immer ihn dazu bewogen hatte, in diesem Augenblick den Blick zu heben, ein Atemzug Ernestes oder die Tatsache, daß dieser den Atem anhielt, jetzt sah er in die getrübten Augen seines Gegenübers. Die erste Überraschung wich blankem Entsetzen, der große Dichter, Ehemann und Vater zweier Kinder sah sich von einem Angestellten des Grandhotels dabei ertappt, wie er von einem anderen Angestellten des Grandhotels in einer Dachkammer befriedigt wurde wie ein Freier von einem Stricher. Es gab gewiß anstößigere Arten des verbotenen Verkehrs zwischen Männern, aber diese war peinlich genug, um ihm die Schamröte ins Gesicht zu treiben.

Nun dauerte es nur noch zwei, drei Sekunden, bis auch Jakob die Situation erfaßte, denn Klinger stieß ihn von sich. Ein Blick nach oben genügte, und Jakob wandte sich um. Er sah Erneste dort stehen, wo er eine geschlossene Tür erwartet hatte, und starrte ihn mit offenem Mund an. Ein wenig Speichel tropfte von seinen Lippen. Klinger bückte sich und griff nach dem Bund seiner Hose. Er zog sie hoch, sie entglitt ihm, schamhaft bedeckte er seine Blöße.

Während er sich hastig ankleidete, fiel kein Wort, es fiel kein Wort, solange Klinger anwesend war. Jakob, der keine Anstalten machte, aufzustehen und sich ebenfalls anzuziehen, reichte Klinger Weste und Jackett, er hob den Arm, er senkte ihn, er hob und senkte ihn von neuem und ließ dabei Erneste nicht aus den Augen. Erneste trat zur Seite und öffnete die Tür. Klinger ging hinaus, ohne ihn anzublicken. Eine Weile stand die Tür sperrangelweit offen. Klingers eilige Schritte ertönten auf der Treppe. Erneste und Jakob waren allein.

Klingers Vermutung, die Entdeckung müsse für Erneste gräßlich gewesen sein, blieb unwidersprochen und unbestätigt im Raum stehen. Erneste senkte den Blick auf das Kuchenstück, er aß einen Bissen und trank Kaffee. Er wartete, weil er wußte, daß Klinger von alleine weitersprechen würde.

«Ich wußte bis zu diesem Zeitpunkt nichts von Ihrer Beziehung zu Jakob, er hatte Sie nie erwähnt. Ich wußte nicht einmal, daß er sein Zimmer mit jemandem teilte, ich war allerdings davon überzeugt, daß er schon einige Erfahrungen in dieser Richtung gesammelt hatte. In der Großstadt, nicht in Giessbach. Als Sie damals das Zimmer betraten, von dem ich geglaubt hatte, er bewohne es allein, dachte ich natürlich, daß es ein Irrtum sei, daß Sie sich in der Tür geirrt hätten oder sein Zimmergenosse seien, von dem ich nichts wußte, und der, der uns da anstarrte, sei einfach über das entsetzt, was er sah, weil er so etwas noch nie gesehen hatte. Erst später begriff ich, wie es wirklich gewesen war. In Amerika hat er mir erzählt, welche Rolle Sie in seinem Leben spielten. Eine wichtige Rolle, wie ich erfuhr, und das glaubte ich ihm, und Ihnen hätte ich es erst recht geglaubt, aber wenn ich mich recht erinnere, haben wir damals kein Wort miteinander gewechselt. Nicht wahr? Ich habe den Mann, der uns dort oben überraschte, einen Mann ohne Gesicht, erst später mit jenem Kellner identifiziert, der uns im Speisesaal mit gleichgültiger Miene manchmal an unseren Tisch begleitete. Aber was hätte es schon genützt, mich von ihm abzubringen. Es war zu spät, ich war ihm längst verfallen, ich hätte ihn niemandem zurückgegeben.»

Klinger sprach stockend, aber er sprach unbeirrt, er suchte nach den richtigen Worten und er schien zu wissen, daß sie ihm zuflogen, solange ihm jemand zuhörte, und Erneste war bereit, sich in jedes Detail zu versenken, das Klinger ihm gewährte. Er redete, als hätte er jahrzehntelang auf diesen Augenblick gewartet.

«Drüben in Amerika hat er Sie dann oft erwähnt, aber unsere Beziehung war nicht so, daß sie intime Geständnisse oder Gespräche zugelassen hätte. Er hat Sie erwähnt, um mich zu demütigen, nicht aus Nostalgie oder Liebe. Ich will Ihnen nichts vormachen. Ich kannte meinen jungen Freund, ich hatte ihn längst durchschaut, aber meine Leidenschaft und meine uneingeschränkte, durch keine noch so große Gemeinheit zu erschütternde Bereitschaft, mich lächerlich zu machen und von ihm abhängig zu bleiben, meine Hingabe an seine Schönheit erloschen deshalb nicht, noch lange nicht. Der junge Herr kannte mich gut, er kannte mich, wie der Herr seinen Hund kennt, er brauchte den Hund gar nicht zu schlagen, ein Blick, ein Zungenschlag genügte, und er gehorchte, ich gehorchte. Jakob nutzte seine Stärke, meine Schwäche, gründlich aus, immer zu seinen Gunsten. Ich war der lächerliche Alte, er die leuchtende Jugend. Er war schön, und er besaß die Fähigkeit, seine Schönheit einzusetzen, es gelang ihm sogar, sie im Laufe der Zeit noch zu verfeinern. Sie kannten ihn, und Sie verstehen sicher, was ich damit meine. Ich weiß bis heute nicht, wie er das machte, seine Schönheit schien sich zu dehnen. Er war im Besitz genau jener Droge, die ich täglich brauchte, auf die ich nicht verzichten konnte, ich war gezwungen, sie ihm abzukaufen, denn ich konnte ohne sie nicht leben. So hielt er mich gefangen und reizte und erregte mich, und erst wenn ich ihn besessen hatte, war ich ruhig – und erst recht in seiner Hand. Wenn er sich mir aber verweigerte, konnte ich nicht arbeiten. Er raubte mir den Atem. Während die Schlange satt und zufrieden in der Sonne Kaliforniens lag, verdurstete das Kaninchen fast.

Ich hatte einen Vorwand gefunden, damit er immer in meiner Nähe war. Er lernte Schreibmaschine schreiben, dazu konnte ich ihn überreden. Da mich niemand stören durfte, wenn ich arbeitete, waren wir stundenlang allein, niemand nahm daran Anstoß, wenn ich mich tagsüber mit Jakob einschloß. Als mein Sekretär hatte er die Aufgabe, sich jederzeit verfügbar zu halten. Niemand schöpfte Verdacht. Ich ermöglichte ihm ein komfortables Leben in meinem allmählich schrumpfenden Schatten, und mir ermöglichte ich das Glück seiner ständigen Gegenwart. Ich war glücklich, ihn hin und wieder küssen und berühren zu bedürfen. Manchmal erlaubte er mehr. Nebenbei tippte er meine Manuskripte, ohne viel davon zu verstehen, das war nicht schwierig, denn meine Handschrift ist leserlich. Er servierte mittags und abends bei Tisch, darauf bestand meine Frau, sie sagte: Ist er nicht ein hübscher Junge, so einen hat man gern um sich. Und es gefiel mir, ihn bei solchen Gelegenheiten zu beobachten und zu sehen, wie ihn auch die anderen mit Wohlgefallen beobachteten, und manchmal warf er mir einen Blick zu, in dem unsere ganze Komplizität aufgehoben war, dann war ich stolz – und begierig, seine Hände zu küssen, vor allen anderen, aber natürlich hielt ich mich zurück. Wenn er uns nicht chauffieren mußte, hatte er nach dem Abendbrot frei. Er hatte ein Zimmer über der Garage, in dem unser Auto stand, aber dieses Zimmer habe ich nie betreten. Abends ging er aus, ich ließ ihm seine Freiheit, er durfte den Wagen benutzen, ich fragte ihn nie nach seinen Bekanntschaften und Erlebnissen, er lernte schnell Englisch und war beliebt, wie hätte ich ihm seine Beliebtheit zum Vorwurf machen können? Das Erwachen erfolgte später, viel später, nach Kriegsausbruch, als die anfängliche Euphorie schwächer geworden war und die Verdächtigungen allmählich Gestalt annahmen, als wir bereits in New York lebten. Mehr als zwanzig Jahre ist das her. Hätte ich meiner Frau die Wahrheit gesagt ...» Klinger verstummte, obwohl ihm noch etwas auf der Zunge lag. Vielleicht gerade deshalb.

«Inzwischen bin ich überzeugt, daß sie zumindest einen Verdacht hegte. Sie hat es mich nicht spüren lassen. Dabei war meine Abhängigkeit so augenfällig, daß ich glaubte, sie schlüge mir aus jedem Spiegel entgegen. Was bot ich meiner Mitwelt für ein absurdes Vaudeville. Aber ob meine Frau es wußte oder nicht, wir konnten nie darüber sprechen, weder damals noch später, selbst nach dem Tod meines Sohnes nicht. Sie ließ mich gewähren, sie tat einfach so, als wisse sie nichts, sie stellte sich blind. Sie war nachsichtig und verständnisvoll. Eine wunderbare Frau. Vielleicht zu wunderbar. Von einer Rücksichtnahme, die sich schließlich als unbewußte Herzlosigkeit entpuppte. Auch die anderen heimlichen Mitwisser gaben sich nicht zu erkennen, wenn es sie denn gab. Die Situation mußte ihnen peinlich sein. Ein Verhältnis mit dem Sekretär und Diener peinlich, der Altersunterschied peinlich, zwei Männer, die göttliche Konzeption des Widernatürlichen, niemand wollte darüber sprechen. Mit wem denn? Mit mir? Ich hätte jeden zum Teufel gejagt, und jeder wußte das. Der Rausch, in dem ich lebte, mein Doppelleben, löste bei denen, die mich durchschauten, entweder Widerwillen oder Mitleid aus, bestenfalls Mitleid, vornehmlich aber Widerwillen, großen Ekel. Er hätte bei mir selbst nichts anderes ausgelöst, wäre es um jemand anderen gegangen. Aber ich selbst war betroffen. Und der Betroffene ist immer schuldlos. Ich kannte solche Männer und hatte sie stets gemieden, ihr effeminiertes Getue und Geziere war mir ein Greuel, ich redete mir ein, sie seien alle so. Aber Jakob war anders, seine Männlichkeit war ganz und gar natürlich. Er war ein Mann, kein Zweifel. Auch ich war anders, aber worin unterschied ich mich tatsächlich von anderen Männern? Nun ja, man selbst betrachtet sich von seiner eigenen Mitte aus, man sieht nicht, was die anderen sehen. Warten wir ab, bis die erste Biographie erscheint, die die dunklen Seiten des Urnings Julius Klinger beleuchtet. Ich werde sie nicht mehr erleben, aber was auch immer man über mich schreiben wird, die Wahrheit liegt in meinem Werk. Im Dasein anderer mag sie woanders liegen.»

«Ich war kein Zuschauer. Ich habe kein Werk», sagte Erneste.

«Nein», sagte Klinger.

Er streckte die Hand nach der leeren Tasse aus, füllte diese aber nicht.

«Wofür hätte ich Sie halten sollen? Ich hielt Sie für einen Störenfried. Ich habe mir überhaupt keine Gedanken über Sie gemacht. Sobald ich aus dem Zimmer war, hatte mein Gedächtnis Ihr Gesicht gelöscht. Solange wir uns in Giessbach aufhielten, hat Jakob nicht über Sie gesprochen. Er hatte zweifellos seine Gründe, mir weiszumachen, ich sei der einzige, der Auserwählte, der in den Genuß seiner Jugend und seines Körpers kam, und ich meine Motive, ihm zu glauben. Ich hielt mich für verjüngt! Ich war es doch auch.» Und Klinger lachte plötzlich.

«Ich war genauso verdorben wie er, jeder war auf seine Weise von der unanfechtbaren Richtigkeit seines Handelns überzeugt, sie war die Grundlage unseres persönlichen Wohlbefindens, und was konnte wichtiger sein als unser Wohlbefinden, solange man keinem Dritten Schaden zufügte, und den fügte man so lange nicht zu, wie jener Dritte nicht erfuhr, was wirklich geschah, noch besser, man wußte nichts von dessen Existenz, ich wußte nichts von dessen Existenz, ich wußte wirklich nichts von Ihnen. Und wenn ich etwas gewußt hätte, hätte es auch nichts geändert. Der Vorfall in der Dachkammer, der mir die Augen hätte öffnen müssen, wurde nicht mehr erwähnt. Was bedeutete es schon, daß ein anderer junger Mann, ein Kellner, der sich in der Tür geirrt hatte, Zeuge meiner Neigungen geworden war?

Nach jenem Zwischenfall trafen wir uns nur noch in meinem Zimmer. Er hat über Sie erst gesprochen, als er entdeckte, daß Sie zur Waffe gegen mich taugten. Die Waffe hieß Jugend, das Ziel war mein Alter. Nicht zu verfehlen. Irgendwann hat er begonnen, Sie gegen mich einzusetzen, zuerst Sie und dann allerlei junge Männer, die er von der Straße holte, und deshalb kenne ich Sie vielleicht besser, als Sie sich vorstellen können. Es ist lange her, aber ich habe nicht alles vergessen, ein paar Details sind haftengeblieben. Jakob hat sich seiner Erinnerungen bedient, um mich zu quälen, und die Erinnerungen, die besonders geeignet waren, mich zu verletzen, waren jene an Sie, an seine erste Liebe, an den, der mir in seinen Augen alles voraus hatte, Jugend, Kraft, Unbekümmertheit. Sie waren die Kugel, die immer ins Schwarze traf, dabei hätte es eine gegeben, die tödlicher war, aber von dieser erfuhr ich erst später. Nachdem sie sich im Netz unserer Beziehung verirrt hatte, kam ein anderer um. Weshalb sind Sie gekommen?»

«Sie haben ihn bezahlt.»

Klinger zuckte kaum merklich zurück.

«Erinnern Sie sich nicht? Fünf Franken. Jedesmal bekam Jakob fünf Franken. Sie legten ihm das Geld aufs Bett. Sie kannten seine Konditionen. Sie wußten, daß er Sie nicht liebte, er hat Sie keinen Augenblick geliebt. Was er tat, tat er freiwillig, aber nicht umsonst. Jedesmal, wenn Sie ihn brauchten, mußten Sie ihm einen Fünfliber geben, ich weiß es genau, denn er hat über seine Einnahmen und Ausgaben Buch geführt, und ich habe dieses Buch gelesen. Seine Hingabe war kein Geschenk, sondern eine Leistung für erhaltenen Lohn. Er erhielt ihn vor getaner Arbeit, nicht wahr? Sie vertrauten ihm blind. Ich bin sicher, er hat nie versagt. Jakob war nicht perfekt, er war vollkommen. Sie haben bar bezahlt und Jakob bekommen. Jakob gab es für Sie nur gegen Bezahlung.»

Während Erneste die Worte beinahe so schnell über die Lippen kamen, wie ihm die Gedanken durch den Kopf schossen, begann Klinger aus seiner Erstarrung zu erwachen. Einen Augenblick dachte Erneste, er wolle ihn zum Schweigen bringen, aber er wartete, bis Erneste schwieg. Dann sagte er langsam: «Ich sagte ja, Sie hatten mir alles voraus. Nur wußte ich es damals noch nicht. Ich war von meiner eigenen Bedeutung überzeugt.»

Erneste fuhr fort: «Sie mußten so lange bezahlen, bis seine Überfahrt nach Amerika gesichert und geregelt war. Vielleicht sogar noch länger?» Klinger blieb stumm. «Bis zu dem Augenblick, als ich Sie in unserem Zimmer überraschte, hatten sie ihm für seine Dienste insgesamt fünfundvierzig Schweizer Franken bezahlt. Ich habe das genau nachgezählt, und ich weiß es heute noch, weil ich leider nichts vergessen habe. Sie wußten, wofür Sie zahlten, und er wußte, wofür er sich bezahlen ließ. Zu dem Zeitpunkt, als ich ins Zimmer platzte, war er Ihnen bereits neunmal zu Diensten gewesen.»

«Möglich.»

«Jakob war sich seines Werts bewußt. Er kannte seinen Preis. Da ich glaubte, ein Anrecht auf die Wahrheit zu haben, wühlte ich in Jakobs Sachen, ich fand sein Ausgabenbuch im Schrank, den wir uns teilten. Ich stieß sofort auf Ihre Initialen und auf die Zahlenreihe, die aus lauter Fünfern bestand, neun Fünfer, fünfundvierzig Franken, neunmal Verkehr zu je fünf Franken. Aber das Geschäft hatte sich offenbar nicht nur für ihn gelohnt, sondern auch für Sie. Denn so schön wie er war, war sein Erwerb im Grunde doch preiswert. Und dann winkte ihm Amerika, die Freiheit.»

«Ja, mangelnden Geschäftssinn konnte man ihm tatsächlich nicht vorwerfen. Aber ich hätte noch viel mehr bezahlt, um ihn zu haben, er hätte bloß fordern müssen, er hätte alles bekommen, das wußte er. Ich war mir darüber im klaren, daß er mich nicht liebte, aber ich brauchte ihn. Ich brauchte keine Gespräche, kein Verständnis, nicht einmal Zuneigung. Ich brauchte nur diesen Jungen, seinen Geruch und seinen Körper, ich brauchte seine Unbefangenheit, daß er tat, was ich wollte, wenn es ihm paßte, daß ich über ihn verfügen konnte, daß er es zuließ. Den blanken Besitz dieses Körpers. Es war mir völlig egal, auf welche Weise diese unfaßbare Kostbarkeit in meinen Besitz gelangte. Ich wollte ihn behalten. Ich mußte ihn dafür belohnen, daß er mir als erster die Möglichkeit geboten hatte, zu bekommen, worauf ich schon so lange gewartet, was zu verlangen ich mich aber nie getraut hatte, weil ich Angst davor hatte. Ich wollte etwas», er zögerte, «was ich nie zuvor genossen hatte. Jahrelang hatte ich darauf gewartet, war zerfressen von einem unglückseligen Verlangen, das an meinen Kräften zehrte und befreit werden mußte. Ein rasender Gott schrie nach Erlösung. Ich war beinahe fünfzig, ich hätte so nicht länger weiterleben können, ich hatte keine andere Wahl, ich brauchte Jakob zum Leben, meinen feuerbringenden, lebensspendenden Prometheus, bevor ich selbst Prometheus wurde, täglich von neuem zerfressen. Eine Weile ließ er mich vergessen, daß meine Jugend vorbei war und daß ich beinahe alles versäumt hatte, wonach ich mich seit meiner Jugend gesehnt hatte, eine Sehnsucht, die in den letzten Jahren immer stärker und in jenen Monaten des

Umbruchs geradezu körperlich spürbar geworden war, eine Sehnsucht, die nachts meinen Körper abwechselnd durchglühte und gefrieren ließ, ich wollte und konnte nicht sterben, ohne das getan zu haben, wonach ich mich, so lange ich denken konnte, verzehrt hatte. Ich mußte einen Mann berühren, kein Preis war da zu hoch. Ich ersetzte den rasenden Gott, der in mir tobte, durch ein Laster, das ich vor den anderen zu verbergen wußte, ich betete Jakob wahrhaftig an, hätte er es von mir verlangt, ich hätte es getan, ich wäre vor ihm niedergekniet wie vor einem Altar, ich war verrückt und verloren. Jakob erfüllte mich ganz. Ich dachte nur: Schnell nach Amerika, in unser gelobtes Land, weg von hier, nach Amerika.»

Kurz nachdem Klinger das Zimmer verlassen hatte, ging auch Erneste, und vielleicht sagte er noch: Ich brauche Luft, denn er brauchte tatsächlich Luft, aber daran erinnerte er sich nicht. Währenddessen blieb Jakob stumm, er versuchte nicht, Worte zu finden, um sein Verhalten zu erklären, es schien sich von selbst zu erklären. Statt der Situation etwas von ihrer Ausweglosigkeit zu nehmen, schwieg er und ließ damit die Situation im ungewissen, er entschuldigte sich nicht, er rechtfertigte sich nicht, endlich erhob er sich dann, auf seinen Knien zeichneten sich rötliche Flecken ab, sein Gesicht war erstarrt, er wirkte fassungslos, und weil Erneste diesen Blick, die rötlichen Knie, Jakobs Fassungslosigkeit und seine eigene Pein nicht länger ertrug, ergriff er die Flucht. Er wandte sich um und ging, und nichts konnte ihn an dieser Fluchtbewegung, die vielleicht die falscheste Bewegung war, die er je getan hatte, hindern. Statt Jakob zu verzeihen, ließ er ihn allein. Er glaubte zu ersticken, er brauchte Luft.

Auf der Suche nach irgendeiner Aufgabe, die ihn vielleicht abgelenkt hätte, irrte er durch das Hotel. Er fand niemanden, der seine Dienste in Anspruch nehmen wollte, die Küche war verlassen, die Terrasse menschenleer, die Bar geschlossen, die Empfangshalle mit Ausnahme der Rezeption wie ausgestorben. Er verließ das Haus durch einen Seitenausgang, stürzte geradewegs in die Sonne und begann zu laufen. Es war kurz vor zwei Uhr, in weniger als einer halben Stunde war sein Leben wie ein Handschuh gewendet worden. Der Schmerz war erbarmungslos, er nahm mit jedem Atemzug, mit jedem Schritt, mit jedem Gedanken zu. Erneste hatte sich nicht getäuscht, Jakob war schon lange nicht mehr derselbe, er war ein anderer, seit er im Frühling aus Deutschland zurückgekommen war. Jakob brauchte ihn nicht, er ging seit damals seinen eigenen Weg.

Obwohl man die Angestellten gebeten hatte, beim Ausgehen immer Zivil zu tragen, verließ Erneste das Hotel im Dienstanzug. Er achtete aber darauf, niemandem zu begegnen, denn er wollte nicht gesehen werden und nicht reden müssen. Ohne darüber nachzudenken, wohin er sich wenden sollte, lief er durch den Wald, er lief hinunter zum See, er ging zu schnell, er stolperte, er kam an jener Stelle vorbei, an der sie sich zum ersten Mal geküßt hatten, er blieb stehen, und plötzlich krümmte er sich vor Schmerz mitten auf dem Weg, dann lief er weiter zum See, ans Ufer, dort starrte er lange aufs Wasser. Als sich ein Dampfer voller Passagiere näherte, kehrte er um.

Er betrat das Zimmer, aber Jakob war fort. Es war drei Uhr, und nichts würde sich fügen, nichts ließ sich wiedergutmachen, vorbei. Ihm war von der Hitze und vom Laufen plötzlich so schwindelig, daß er sich hinlegen mußte. Er streifte die staubbedeckten schwarzen Schuhe von seinen Füßen. Das wovon er manchmal geträumt hatte, war jetzt eingetreten. Es war kein Alptraum, es spielte sich genau dort ab, wo er sich im Augenblick befand. Er brauchte sich nur umzusehen, um zu erkennen, wo er war.


Zwei Tage lang sprachen sie kein Wort miteinander. Sie konnten einander nicht immer aus dem Weg gehen, aber ihre ungleichen Arbeitszeiten kamen ihnen bei ihren Ausweichmanövern gelegen. Mit angehaltenem Atem stellte Erneste sich schlafend, wenn Jakob frühmorgens das Zimmer betrat, und er wagte kaum zu schlucken, wenn er sich neben Jakob legte. Zwei Tage lang wechselten sie keinen Blick. Nachmittags allerdings trafen sie unweigerlich in ihrem Zimmer zusammen.

Erneste hatte das Gefühl, durch eine Wand zu gehen, und nur mit Mühe erfaßten seine Augen die Gegenstände, die im Zimmer standen. Unfähig, klar zu denken, konnte er auch nicht sprechen, und obwohl er eine ziemlich genaue Vorstellung davon hatte, wie diese unendliche Qual hätte beendet werden können, beendete er sie nicht, schweigend lagen sie nebeneinander.

Erneste war überzeugt, daß Jakob sich auch weiterhin mit Klinger traf, doch die indirekte Bestätigung seines Verdachts übertraf seine Befürchtungen. Am dritten Tag teilte Jakob ihm mit, er habe mit Direktor Dr. Wagner gesprochen und seine Kündigung eingereicht. Das war der erste Satz, der zwischen ihnen fiel, nachdem sie zwei Tage lang geschwiegen hatten, er fiel gewissermaßen zwischen Tür und Angel, morgens, als Erneste sich gerade anschickte, das Zimmer zu verlassen, die Hand auf der Klinke. Er ließ sie los. Schwerer hätte ein Satz nicht wiegen können.

Jakob hatte sich im Bett aufgerichtet, der unheilvolle Satz war kurz und unmißverständlich, er lautete:

«Ich habe heute mit dem Direktor gesprochen, ich habe gekündigt.»

«Was heißt das?»

«Ich gehe weg, ich gehe nach Amerika, in ein paar Wochen.»

«Nach Amerika? Wieso?»

«Klinger braucht einen Diener. Ich gehe mit Klinger.»

«Ich verstehe, du bist ein guter Diener.»

«Ich glaube auch. Ich muß weg von hier.»

«Weg von mir.»

«Weg von hier, denn wenn es Krieg gibt, und es wird Krieg geben, muß ich nach Köln zurück. Alle sagen es, Klinger sagt es. Und ich will nicht zurück.»

«Klinger sagt es, und du folgst ihm. Er rettet dich.»

«Ja. Er hilft mir.»

Jakob nickte, und ohne zu verstehen, was es bedeutete, sagte Erneste scheinbar gefaßt: «Und ich bleibe solange hier und warte, bis der Krieg zu Ende ist. Alles weitere wird sich finden.»

Er hatte alles mögliche erwartet, aber er hatte nicht damit gerechnet, daß hinter seinem Rücken über Jakobs Zukunft längst entschieden worden war, ohne daß auch nur ein einziger Gedanke daran verschwendet worden wäre, daß damit vielleicht auch über seine Zukunft entschieden wurde.

Nichts konnte Jakob davon abhalten, Erneste für immer zu verlassen. Klinger hatte bereits alles in die Wege geleitet, um das zu tun, was Jakob wünschte, Jakob hatte Klinger gewählt, weil er wußte, daß Klinger ihn wählen würde. Klinger konnte Jakob helfen, das war nicht von der Hand zu weisen. Jakob folgte ihm und seiner Familie im Kostüm des Dieners als Liebhaber nach Amerika. Als Erneste sich die Tragweite dieser Veränderungen vor Augen führte, glaubte er den Verstand zu verlieren. Doch dieser Zustand würde nicht lange andauern. Er verlor den Verstand nicht. Er arbeitete, als wäre nichts geschehen.


«Wenn Leidenschaft zum Sklavenhalter wird», sagte Klinger, «wird sie gefährlich. Jakob liebte mich nicht, während ich mir nichts anderes wünschte, als daß er ausschließlich mir gehörte. Er wußte das, nutzte es aus und hat mich dafür verachtet. Seine eigene Rolle ignorierte er, er fand sich nicht verächtlich. Später, kurz nach dem Krieg, habe ich eine Novelle geschrieben, die in verhüllter Form von unserer Verbindung handelte, sie heißt *Die Kränkung* und ist mir gründlich mißlungen, denn ich habe das, worüber ich hätte schreiben sollen, mehr als nur lückenhaft behandelt. Ich habe keinen Versuch gemacht, die Wahrheit zu schreiben, mir fehlte der Mut. So hielt sich alles an der Oberfläche. Ich erzählte von der verhängnisvollen Liebe eines älteren Mannes zu einer jüngeren Frau, die ihn in den Wahnsinn treibt, nicht von der Liebe eines Mannes zu einem anderen Mann, der ihn zu einem Nichts herunterkommen lässt und so beinahe auslöscht. Ich habe es in der *Kränkung* mit der Wahrheit nicht einmal versucht, ich habe sie ohne Rücksicht auf den Verlust der Wahrhaftigkeit einfach umgangen. Ich hatte keinen Mut, also wurde ich zum Lügner. Ich konnte leider nur wiederholen, was in der Literatur nicht einzigartig ist, und trotzdem war die kleine Novelle fast ein Skandal, und deshalb fand sie große Beachtung. Welche Wut hätte sie provoziert, hätte ich nur einen Bruchteil dessen erzählt, was ich hätte erzählen sollen. Doch so wurde sie sogar verfilmt, vielleicht haben Sie von diesem Film gehört. Der Film war nur ein weiterer Schritt auf dem Weg der Verschleierung. Eine zweitklassige Besetzung, ein mittelmäßiger Regisseur und ein opportunistischer Drehbuchautor waren die verdiente Strafe für meinen Umgang mit der Wahrheit. Meine Novelle endet mit einem Mord. Der Film beginnt mit einem Mord und ist eine einzige Rechtfertigung dieses Mordes, die Schuld des Mörders wird relativiert und damit entschuldigt. Meine Geschichte, die wahre Geschichte, endete ganz anders. Ich hätte diese Geschichte schreiben sollen! Aber ich war dazu nicht fähig, ich habe es nicht einmal versucht, denn für solche Geschichten ist die Zeit noch nicht reif. In zwanzig, dreißig Jahren wird sich eine solche Geschichte vielleicht erzählen lassen, warten wir es ab. Hätte ich jemals Tagebuch geführt, was ich leider nicht tat, wäre die Geschichte meiner Abhängigkeit von Jakob in allen Einzelheiten dokumentiert, und eines Tages könnte sie von jedermann gelesen werden, ein Dokument dessen, was ein Mann leiden und was man ihm antun kann. Bedauerlicherweise ist das nicht geschehen. Sie sind der einzige, Monsieur Erneste, dem ich es jemals erzählt habe. In meinen Erinnerungen habe ich Jakob mit keinem Wort erwähnt. Sie brechen dort ab, wo die Emigration beginnt, eine Fortsetzung wird es nicht geben. Es wäre schön, wenn ich jetzt sagen könnte, ich würde nun in Frieden sterben, im Einklang mit mir und meiner Geschichte, aber das ist nicht der Fall. Und ich fürchte, daß meine Geschichte Sie gar nicht sonderlich interessiert. Andererseits kann ich sie nur dem erzählen, dem sie völlig gleichgültig, zugleich aber vertraut ist. Denn natürlich bin ich Ihnen völlig gleichgültig.»

«So gleichgültig, wie ich Ihnen damals war, als Sie mir Jakob weggenommen haben oder als ich das so sah. Natürlich tat er, was er wollte.»

Der Tee war kalt, das Teelicht erloschen, auf Ernestes Untertasse saß eine Fliege. Er blickte auf die Kuchenstücke, die auf dem Teller lagen, Frau Moser hatte sich nicht wieder blicken lassen. In Klingers Haus herrschte eine fast besänftigende Stille.

«Und jetzt sagen Sie mir, weshalb Sie gekommen sind. Was wollen Sie?»

«Jakob hat geschrieben. Ich habe zwei Briefe von ihm erhalten.»

«Sie stehen mit ihm in Verbindung?»

«Gewissermaßen.»

«Sie standen all die Jahre mit ihm in Verbindung?»

«Überhaupt nicht. Er hat sich dreißig Jahre lang nicht gemeldet. Ich wußte nicht einmal, ob er noch in Amerika lebt, ob er überhaupt noch lebt.»

«Er lebt also.»

«Ja, sicher.»

«Was will er?»

«Er schreibt, daß ich mich an Sie wenden soll.»

«Was will er?»

Erneste zog Jakobs Briefe aus der Innentasche seines Jacketts und legte sie neben das Tablett. Klinger warf einen Blick darauf und erkannte offenbar die Handschrift Jakobs, aber seine Erziehung machte es ihm unmöglich, sofort nach den Briefen zu greifen.

«Worum geht es?»

«Um Geld.»

Als könnten sie sich in diesem Raum in Luft auflösen, blickte Erneste unverwandt auf die Briefe.

«Er schickt mich als Vermittler. Das ist die Rolle, die er mir zuteilt. Er will, daß Sie ihm helfen. Das ist mein Auftrag.»

«Ist er krank?»

«Nein. Ich glaube nicht.»

Er reichte Klinger die Briefe und ließ ihn in den folgenden Minuten, in denen Klinger las, nicht aus den Augen. Klinger setzte seine Brille auf. Seine Miene veränderte sich allmählich, Ungläubigkeit machte sich breit. Während er hin und wieder tonlos wiederholte, was er gelesen hatte – «*Nobelpreis ... wer außer ihm hat Geld ... FBI ... Weston ...*» –, stand er auf und machte, ohne von seiner Lektüre aufzusehen, einen Schritt zurück und einen Schritt vor, dann blieb er unvermittelt stehen und richtete seinen Blick auf Erneste:

«Er muß verrückt geworden sein, völlig verrückt, zu glauben, mich mit diesen Ammenmärchen erweichen zu können. Die Verfolger, dieser Weston, dieser Burlington und wie sie alle hießen, sind längst in ihrem eigenen Sumpf erstickt. Die Zeiten haben sich geändert, keiner will mehr was von mir. Ich bin auch drüben ein angesehener Mann.»

Erneste zuckte die Schultern: «Und trotzdem müssen Sie ihm helfen.»

«Wie alt und häßlich muß er geworden sein, wie tief gesunken, daß er solche Tricks anwenden muß. Man kann sich nicht vor Leuten fürchten, die keine Macht mehr haben. Die Leute, von denen er spricht, die Leute, die ihn angeblich verfolgen, haben längst keinen Einfluß mehr. Ihr Vorgesetzter ist vor zehn Jahren gestorben. Der mächtigste Mann Amerikas ist tot. Für wie uninformiert hält er mich bloß?»

«Sie wollen ihm nicht helfen?»

Und während er sich wieder setzte, die Briefe auf den Tisch zurücklegte und seine Brille abnahm, sagte Klinger langsam:

«Selbst wenn ich es wollte, ich kann es nicht. Er müßte es wissen.»

«Warum nicht?»

Getragen von einer unbezwingbaren Erregung,

deren Ausbruch ihn selbst überraschte, stand Erneste plötzlich auf und schrie, schrie. Seine Frage blieb unbeantwortet. Klinger, der nicht bereit war, ihm zu antworten, rief nach Frau Moser und sank ein wenig in seinem Sessel ein. Er schüttelte den Kopf, aber das war keine Antwort. Wenige Sekunden später betrat Frau Moser das Zimmer, in dem das abnehmende Tageslicht nur schwach beleuchtete, wie abgekämpft und weich die beiden Männer wirkten. Sie sah von einem zum anderen und machte Erneste ein Zeichen, ihr zu folgen. Er zögerte nicht. Er nahm die Briefe, steckte sie ein und wandte sich um. Ohne sich von Klinger zu verabschieden, verließ er schweigend das Zimmer, in dem sein Schrei noch in der Luft zu hängen schien, und im grellen Licht eines aufzuckenden Blitzes, Einbildung oder Wirklichkeit, verwandelte sich die Szene, und er verließ dieses Zimmer mit genau demselben Gefühl, mit dem er dreißig Jahre zuvor jenes andere Zimmer in Giessbach verlassen hatte, dort kniete Jakob am Boden, dort saß jetzt Klinger, wo Jakob gekniet hatte, und wo Erneste gewesen war, war noch einmal Erneste, und keiner konnte ihm helfen, er spürte die Klinke wie damals, obwohl er sie diesmal gar nicht berührte, denn die Tür, durch die er das Zimmer verließ, stand offen. Er trat in die Diele, Frau Moser ging ihm voraus und verabschiedete ihn an der Haustür. Sie nickte. Das Zimmer unter dem Dach war leer. So kehrte er übergangslos von der Vergangenheit in die Gegenwart zurück, er durchquerte den Vorgarten, das Dorf in umgekehrter Richtung, betrat das Bahnhofsgelände, setzte sich am Bahnsteig auf eine Bank und wartete auf den nächsten Zug. Er sah auf seine Armbanduhr, noch siebzehn Minuten.

Zwölf Minuten später stand er auf. Er verließ den Bahnhof, durchquerte das Dorf und kehrte zu Klingers Haus zurück, er ging schnell und zielstrebig, jetzt kannte er den Weg, er brauchte niemanden danach zu fragen. Schließlich stand er vor Klingers Gartentor und drückte immer wieder auf die Klingel, doch ahnte er schon nach dem ersten Klingeln, daß man ihm nicht öffnen würde. Jetzt war er unerwünscht. Insofern ähnelte er nun Jakob. Man setzte ihn mit Jakob gleich. Das verlieh ihm eine gewisse Kraft. Jetzt, wo sie wußten, wer er war und was er wollte, waren ihre Ohren taub für das, worum er sie bat.

12

Am Tag nach seinem Besuch bei Klinger stand Erneste früh auf. Er badete und rasierte sich, und während er sich rasierte, betrachtete er eingehend sein Gesicht im Spiegel. Es gelang ihm, es wie ein fremdes Gesicht zu betrachten. Zwar zeigte es noch immer leichte Spuren seiner Verletzungen, doch waren diese inzwischen so geringfügig, daß er nicht befürchten mußte, sie könnten Anlaß zu irgendwelchen Vermutungen geben. Er konnte seine Arbeit ohne Bedenken wieder aufnehmen.

Eine Stunde später, wie immer war er zu Fuß gegangen, betrat er das Restaurant am Berg durch den Lieferanteneingang und stellte zu seiner Überraschung fest, daß nicht nur der Geschäftsführer, sondern auch seine Arbeitskollegen, selbst die Köche und Kasseroliers, über sein Erscheinen erfreut waren. Wenn ihm auch niemand auf die Schultern klopfte oder gar nach dem Grund seiner mehrtägigen Abwesenheit fragte, konnte er doch aus ihren freundlichen Blicken schließen, daß sie ihn ein wenig vermißt hatten, ja, womöglich sogar um ihn besorgt gewesen waren. Erneste nahm seine Arbeit wieder auf, als hätte er sie niemals unterbrochen, er begutachtete die Tische im blauen Saal, die gerade gedeckt wurden, die Lage der Servietten, die Ausrichtung des Bestecks und die Aufstellung der Gläser, und während der ersten Stunden, in denen er mit sparsamen Handgriffen da und dort kleine Korrekturen vornahm, fühlte er sich in seiner gewohnten Umgebung geradezu behaglich, hier war er kein Gast, hier war er zu Hause, denn man gab ihm zu verstehen, daß er gebraucht wurde. In den folgenden Tagen arbeitete er vielleicht noch etwas angestrengter als gewöhnlich, blind für alles, was außerhalb seiner Arbeit geschah, er hatte seine Gründe.

Denn natürlich war er sich darüber im klaren, daß er nichts erreicht hatte. Er versuchte so zu tun, als sei alles in Ordnung, aber auch die anstrengendste Arbeit konnte nicht darüber hinwegtäuschen, daß er in Wirklichkeit einfach nichts erreicht hatte. Seine Bemühung, sich Gehör zu verschaffen, war fehlgeschlagen, er stand mit leeren Händen da, das war niederschmetternd. Nicht Jakob, der ihn um Hilfe gebeten hatte, nicht Klinger, der ihm jede Unterstützung verweigert hatte, sondern er, Erneste, der Jakob helfen wollte, hatte versagt. Klinger hatte ihn dazu benutzt, sich selbst zu entlasten, indem er ein Geheimnis lüftete, das er vermutlich bis an sein Lebensende für sich behalten hätte, wäre Erneste nicht bei ihm aufgetaucht. Er hatte ihn nicht zu sich gebeten, Erneste war aus freien Stücken erschienen. Sein Besuch war eine vielleicht willkommene, im Grunde aber belanglose Abwechslung in Klingers Leben gewesen, ein Pinselstrich, ein Farbtupfer auf seiner verblassenden Lebenspalette.

Der Gedanke, trotz seines Einsatzes überhaupt nichts zustande gebracht zu haben, machte ihm zu schaffen. Also versuchte er sich abzulenken, indem er sich auf seine Arbeit konzentrierte. Es gelang ihm so lange, nicht an Jakob zu denken, wie er von seinen Gästen und Kollegen in Anspruch genommen wurde, und wenn ihn der Gedanke an Jakob doch durchzuckte, schüttelte er ihn wie eine lästige Frage ab, um sich wieder seinen vielfältigen Pflichten zuzuwenden. Zwei Anlässe, eine große Gesellschaft am Freitagabend sowie eine Premierenfeier am Samstagabend, kamen ihm gelegen, sie fanden im großen Saal statt. Er bediente unter anderen den weltberühmten schwedischen Tenor und einen englischen Dirigenten, der ihn mit einem Blick bedachte, der so eindeutig war, daß er zusammenfuhr, noch bevor er sich geschmeichelt fühlen konnte. Das war es, was von diesem Abend übrigblieb, ein Autogramm des schwedischen Tenors, ein begehrlicher Blick. Er hatte alle Hände voll zu tun, bei beiden Anlässen wurde viel gegessen und getrunken. Die Abgänge des Tenors und der rumänischen Primadonna wurden aufmerksam verfolgt, während der Aufbruch des Dirigenten fast unbemerkt blieb. Erneste half ihm in den

Mantel, ein letzter Blick, als er sich stumm von ihm verabschiedete. Der Dirigent steckte Erneste eine Visitenkarte zu, auf deren Rückseite eine Telefonnummer notiert war.

Spätestens am Sonntagmorgen ließ sich der Gedanke an Jakob nicht länger beiseiteschieben. Bereits um sieben Uhr, vier Stunden nachdem Erneste sich hingelegt hatte, war er hellwach. Er starrte auf den offenen Schrank. Er hatte Kopfschmerzen, alles bereitete ihm Kopfschmerzen. Jakob wartete mit Ungeduld. Er wartete im Schrank, zwischen Ernestes Kleidern und in den herumliegenden Gegenständen. Er wartete hier, er wartete in New York. Er wartete auf eine Antwort, er wartete auf einen Brief, auf Geld, auf Hilfe. Aber selbst eine abschlägige Antwort wurde ihm verweigert. Der einzige, der ihm antworten konnte, war zu feige, es zu tun. Jakob zu schreiben, kam nicht in Frage, denn Jakob war an der Wahrheit nicht interessiert, aber belügen wollte Erneste ihn nicht, also würde er ihm nicht schreiben, noch nicht. Was konnte Erneste ohne fremde Hilfe tun, er brauchte, um zu handeln, Klingers Unterstützung, doch Klinger hatte sie ihm verweigert und würde sie ihm weiter verweigern, wenn er nichts unternahm, er mußte also etwas unternehmen. Es gab nur einen Ausweg aus dieser vermeintlich ausweglosen Sache, er mußte Klinger unter Druck setzen. Es gab nur ein Mittel, er würde dieses Mittel anwenden.

Er stand um acht Uhr auf und trank Kaffee. Zwei Tassen, eine dritte, eine vierte. Das Brot, die Butter und die Marmelade, die er auf den Tisch gestellt hatte, als wäre dies ein ganz gewöhnlicher Tag, rührte er nicht an. Er nahm ein Blatt Papier und notierte zuoberst Klingers Telefonnummer, darunter seine Forderung. Er trat ans Fenster und warf einen Blick auf die Straße und auf das gegenüberliegende Haus, wo der Schatten seiner unbekannten Nachbarin nachts auf und ab zu tanzen pflegte, dort brannte Licht, sie war nach der durchwachten Nacht morgens wohl doch noch eingeschlafen. Es war kühl, er zog einen Pullover und seinen Mantel an, dann verließ er die Wohnung. Der Wind schlug ihm kalt entgegen, er knöpfte seinen Mantel zu. Die Straße war menschenleer. Er machte sich auf den Weg zur Telefonzelle. Er ging schnell, als hätte er es eilig, dabei hatte er Zeit.

In der Telefonzelle roch es nach Urin, eine der Scheiben war außen beschmutzt. Mutwillig hatte man das Telefonbuch, das vor einer Woche noch intakt gewesen war, teilweise aus seiner festen Hülle gerissen und zerfetzt, einige herausgerissene Blätter lagen zwischen Bananenschalen und anderem Abfall zusammengeknüllt auf dem Fußboden, aber das Telefon funktionierte.

Erneste faltete das Blatt Papier auseinander, glättete es, legte es vor sich hin und wählte Klingers Nummer. Der Hörer war schwer, die Hörmuschel kalt. Er wartete, bis sich Frau Moser meldete. Sie schien nicht überrascht, seine Stimme zu hören. Sie wünschte zu wissen, was er von Klinger wolle. Erneste sagte: «Ich muß ihn unbedingt sprechen, es ist sehr dringend.» Frau Moser sagte: «Das will ich Ihnen gern glauben, aber Sie wissen ja, daß er morgens für niemanden zu sprechen ist. Nie und für niemanden. Rufen Sie heute nachmittag wieder an. Er arbeitet.»

«Ich muß *jetzt* mit ihm sprechen. Ich kann unmöglich länger warten.»

«Ich darf ihn morgens nicht stören.»

«Ich weiß. Aber ich muß mit ihm sprechen! Was ich ihm zu sagen habe, ist wichtiger als seine Arbeit. Sobald ich es ihm gesagt habe, kann er zu seiner Arbeit zurückkehren.»

«Ich will sehen, was sich tun läßt, aber machen Sie sich keine Hoffnungen.» Frau Moser legte den Hörer weg, und Erneste wartete. Während er wartete und sich fragte, ob sie tatsächlich Rücksprache mit Klinger hielt oder nur einfach die Hand über den Hörer legte, drehte er sich um und blickte die Straße hinunter, auf der sich nichts bewegte. Die Reglosigkeit entsprach seiner Lage.

Da Klinger es abgelehnt hatte, ans Telefon zu kommen, und da er sich vermutlich auch zu einem späteren Zeitpunkt weigern würde, mit ihm zu sprechen, hatte Erneste Frau Moser gebeten, ihm folgendes auszurichten: Wenn sich Klinger innerhalb von achtundvierzig Stunden nicht bereit erkläre, alles Notwendige in die Wege zu leiten, um Jakob zu helfen, werde er sich an die unseriöse Presse wenden und diese über einige Details, Klingers Privatleben betreffend, in Kenntnis setzen. Für diese Details würde sie sich bestimmt interessieren, denn nichts sei der unseriösen Presse zu vulgär, nichts könne vulgär genug sein, um von ihr nicht ausgeschlachtet zu werden. In der Erregung hatte er seine Stimme erhoben, aber was er befürchtet hatte, trat nicht ein, er verlor weder die Beherrschung noch den roten Faden, die Forderung kam klar und deutlich über seine Lippen, und dazu war es nicht einmal nötig, die Notizen zu Hilfe zu nehmen. Die unseriöse, aber sehr erfolgreiche Presse, fuhr er fort, die davon lebe, Intimitäten bekannter Persönlichkeiten zu enthüllen, würde sich die Gelegenheit, schmutzige Wäsche in der Öffentlichkeit zu waschen, mit Sicherheit nicht entgehen lassen, deren Bereitschaft, den Ruf prominenter Mitbürger zu schädigen oder gar zu ruinieren, sei bekannt, und mit der Schädigung von Klingers Ansehen, darüber sei sich Klinger sicher im klaren, würde auch das Ansehen jener beschädigt, die ihm in dieser Stadt nahestanden, vor allem also das Ansehen von Politikern wie etwa des Stadtpräsidenten, der Klinger erst vor kurzem zum Ehrenbürger ernannt hatte. Erneste würde ihnen die ihm bekannten Einzelheiten gegen Bezahlung liefern, das verspreche er Klinger, und notfalls noch ein paar dazuerfinden. Er habe nichts zu verlieren, Klinger hingegen habe vieles zu verlieren, sein Name und seine Ehre stünden auf dem Spiel. Mit dem Geld, das der Zeitung seine Enthüllungen wert seien, werde er Jakob helfen, so gut er könne. Das alles sei aber nicht nötig, wenn Klinger sich bereit erkläre, zu helfen, nicht etwa ihm zu helfen, wie sie sicher verstanden habe, sondern Jakob, um nichts anderes gehe es ihm, nur um Jakob, der sich in einer verzweifelten Lage befinde.

«Aber das ist ja Erpressung», sagte Frau Moser,

nachdem Erneste endlich schwieg. «Ja», antwortete er. «Sie haben ganz recht. Es ist das erste Mal und sicher auch das letzte, daß ich so etwas tue, aber in diesem besonderen Fall bleibt mir nichts anderes übrig.» Bevor Erneste den Hörer auflegte, bat er Frau Moser, seine Adresse zu notieren. «Ich erwarte eine Nachricht von Herrn Klinger.»

Erneste kehrte nach Hause zurück und verbrachte die restlichen Stunden des Morgens in seinem Schlafzimmer. Angekleidet legte er sich aufs Bett und starrte an die Decke, er war hungrig, aber er aß nichts. Später schaltete er das Radio an, das neben seinem Bett stand. Da der Empfang der anderen Sender unbefriedigend war, hörte er wie üblich Radio Beromünster, die Predigt, das Orchesterkonzert, die Nachrichten und dann das *Wir gratulieren*, jedoch kein *Postillon von Lonjumeau* an diesem letzten Sonntag im Oktober, er hätte ihn so gerne gehört. Die Stimme der Sprecherin, die die Musikstücke ansagte, war ihm vertraut, es war ein leichtes, sich in Begleitung von Puccinis *Crisantemi* leeren Träumereien hinzugeben.

Nachmittags öffnete er eine Dose Ravioli, wärmte sie im Wasserbad auf, aß sie zur Hälfte und trank zwei Glas Weißwein und Wasser dazu. Den Rest warf er weg. Er rasierte sich nicht, er hatte Zeit. Er wollte sich einen weiteren Kaffee machen, trank dann aber doch ein drittes Glas Wein, kein Wasser, keinen Kaffee, im Eisschrank war keine Milch mehr. Wenn es nach ihm gegangen wäre, hätte er achtundvierzig Stunden unbeweglich auf Klingers Antwort gewartet. Aber das war nicht nötig.

Kurz nach sieben Uhr, er war noch immer nicht rasiert, hielt ein Taxi vor dem Haus. Die Glocke auf dem schwarzen Gehäuse über seiner Wohnungstür ertönte. Erneste erwartete niemanden. Er drückte auf den Summer, schloß die Wohnungstür auf und horchte ins Treppenhaus. Er hörte die schleppenden Schritte einer einzigen Person, die sich ins dritte Stockwerk quälte. Er trat zurück, ließ die Tür angelehnt, ging ins Bad und warf einen Blick in den Spiegel. Er fuhr sich mit dem Kamm durchs Haar.

Als er durch den Türspion blickte, begann er zu zittern, obwohl er mit Klinger gerechnet hatte. Es war einleuchtend, daß Julius Klinger ihn besuchte. Klinger stieß die Tür auf, und Erneste trat beiseite.

Das Treppensteigen hatte dem alten Mann sichtlich Mühe bereitet, er atmete schwer und sah mitgenommen aus. Er trug einen ockerfarbenen Kamelhaarmantel, einen Hut, einen Schal und Handschuhe, seine Schuhe glänzten, alles war von feiner Qualität. Dagegen kam Erneste sich geradezu verwahrlost vor. Er hatte seine Wohnung seit Tagen nicht gelüftet. Er hatte seit Julies Besuch niemanden empfangen. Er war unvorbereitet. Doch Klinger schien sich nicht daran zu stören. Als sei es überflüssig, von ihm Notiz zu nehmen, sagte er nur: «Ich muß mich setzen.» Erneste antwortete: «Bitte.»

Er hatte mit einem Scheck oder mit einer Ablehnung, aber nicht mit seinem Besuch Klingers gerechnet. Klinger hatte sich her bemüht, also war sein Anliegen dringend. Ernestes Unverfrorenheit zeigte ihre Wirkung.

Erneste entschuldigte sich für seinen Aufzug – «Es ist Sonntag» – und für die Unordnung, die in seiner Wohnung herrschte, aber Klinger interessierte sich weder für sein Äußeres noch für den Zustand seiner Wohnung, er nahm seinen Hut ab, und Erneste legte ihn auf die Garderobe. Er führte Klinger ins Wohnzimmer und schloß die Schlafzimmertür. Das Bett war ungemacht, auf dem Fußboden lag schmutzige Wäsche, aber Klinger schien das nicht bemerkt zu haben. Er setzte sich in einen der beiden Sessel und sagte: «Bitte, bringen Sie mir ein Glas Wasser.»

Erneste ging in die Küche, drehte den Wasserhahn auf, ließ das Wasser einige Augenblicke laufen und erinnerte sich dann, daß im Eisschrank noch eine unangebrochene Flasche Mineralwasser stand. Bevor er diese aus dem Eisschrank nahm, griff er nach dem Weißwein und trank direkt aus der Flasche, er hatte sich zuvor versichert, daß Klinger ihn von seinem Sessel aus nicht sehen konnte. Ihm war ein wenig schwindelig. Den angebrochenen Wein konnte er Klinger nicht anbieten, vielleicht einen Cognac? Er stellte das Wasser und zwei Gläser auf ein Tablett. Hatte Klinger, der ohne Begleitung kam, die Polizei angerufen und den kleinen Kellner, der sich zuviel herausnahm, wegen Erpressung angezeigt? Würden sie den Ausländer des Landes verweisen? Erneste warf einen Blick aus dem Fenster. Die Straße war leer bis auf einen Mann, der vor der Haustür des Nachbarhauses stand, auf eine Klingel drückte und unentschieden nach oben blickte. Bei seiner Nachbarin brannte Licht, doch war sie nicht zu sehen. Es war offenbar nicht Klingers Art, seine Geschäfte durch Dritte erledigen zu lassen, er wußte, was er wollte, es blieb noch Zeit, Erneste anzuzeigen, er wartete auf nichts.

Dort saß er, leicht abgewandt, im Halbprofil in seinem Zimmer, deplaziert in seinem Mantel, als sei er nur zur Hälfte da, auf einen Sprung. Erneste trug das Wasser und die Gläser auf dem Tablett ins Zimmer, er stellte erst die Gläser, dann die Wasserflasche auf den ovalen Rauchtisch mit den bunten Steinintarsien. Er öffnete den Schraubverschluß der Wasserflasche und füllte erst Klingers, dann sein Glas. Er blieb stehen.

Klinger blickte auf. Er sagte: «Selbst zu Hause ein perfekter Kellner.» Ob er ihm dafür seine Anerkennung aussprach oder ihn einfach verhöhnte, war nicht auszumachen. Er hob die rechte Hand ein wenig und ließ sie wieder sinken. Er wirkte müde.

Klinger wartete, bis Erneste sich gesetzt hatte. Dann knöpfte er langsam seinen Mantel auf und zog einen Brief aus der Innentasche. Er legte den Brief auf den Tisch. Erneste warf einen Blick darauf, der Umschlag war mit einer amerikanischen Briefmarke versehen und mit der Schreibmaschine an Klingers amerikanischen Verlag adressiert. Klinger drehte den Brief in seiner Hand, bevor er mit der unteren Kante des Umschlags gegen die Tischplatte klopfte.

«Von Jakob?» fragte Erneste leise.

«Von Jakob und nicht von Jakob. Er kam über Umwege zu mir. Ich habe diesen Brief vier Tage nach Ihrem Besuch erhalten. Es ist eine Nachricht. Keine gute Nachricht. Ich hätte sie Ihnen nicht vorenthalten sollen. Ich habe vier Tage gewartet. Es ist vorbei. Dieser Brief macht Ihren Versuch, mich zu erpressen, überflüssig.»

«Warum? Hat Jakob Ihnen geschrieben?»
«Nein. Der Brief ist nicht von Jakob.» Er drehte den Brief um. «Von einem Mann namens Gingold.» Er machte eine Pause. «Was wir beide nicht wissen konnten, als Sie mich kürzlich besuchten, Jakob war bereits tot.» Eine riesige Hand griff nach Erneste und würgte ihn. Er konnte nicht sprechen, er konnte sich nicht bewegen, nicht aufstehen, nicht atmen.

Klinger legte den Brief mit der Anschrift nach oben auf den Tisch und deutete mit dem Zeigefinger darauf: «Dieser Brief enthält eine Todesanzeige. Eine Todesanzeige und einen Brief von Mr Gingold.» Er zog zwei Blätter unterschiedlichen Formats heraus. Eine hellgraue Karte mit Trauerrand. Darauf ein Palmzweig, ein Kreuz. *The Lord is my shepherd, Jack Meier 1914-1966.*

«Mr Gingold, ein Freund, der ihm wohl nahestand, schreibt mir, daß Jakob an den Folgen eines Gehirntumors starb, der viel zu spät diagnostiziert wurde. Als er vor drei Monaten den Arzt aufsuchte, weil er unter unerträglichen Kopfschmerzen litt, gab es keine Hoffnung mehr, der Tumor war zu weit fortgeschritten. Man konnte nichts mehr für ihn tun, eine Operation kam aufgrund der Lage und Größe des Tumors nicht in Frage. Sie wäre in jedem Fall äußerst riskant gewesen. Der Tumor wuchs ungehindert und mit unglaublicher Geschwindigkeit.» Er machte eine Pause. «*Incredible*, schreibt Mr Gingold. Der Gehirntumor hat auch jene Bewußtseinstrübung verursacht, die ihm die Briefe an Sie diktierte. Die Vorstellung, bedroht zu werden, war eine Folge seiner Krankheit. Ein Gehirntumor kann jede nur erdenkliche Art des Realitätsverlusts und

Wahnsinns befördern. Seine Vorstellung, von den FBI-Leuten verfolgt zu werden, die mich einst beschattet und dann gezwungen hatten, Amerika zu verlassen und nach Europa zurückzukehren, war nichts weiter als eine durch den Tumor bedingte Wahnvorstellung. Er glaubte, Hilfe zu brauchen, tatsächlich aber brauchte er weder Geld noch Hilfe, er war gut versorgt, er lebte in gesicherten Verhältnissen, das konnten Sie nicht wissen, und das konnte ich nicht wissen, aber das Gegenteil hätte doch nicht nur mich gewundert, nicht wahr? Das schreibt Mr Gingold, sein amerikanischer Freund, der von seinen Briefen an Sie erst erfuhr, als Jakob tot war. Als er sie schrieb, lebte Jakob bereits in einer anderen Welt, in seiner Wahnwelt, niemand konnte ihm helfen, man konnte ihm bloß beistehen. Als Sie seinen zweiten Brief erhielten, war er vermutlich schon tot. Sein amerikanischer Freund», er faltete den Brief auseinander, «Mr Gingold schreibt, er habe entsetzliche Kopfschmerzen gehabt. Erst als sie ihm schließlich Morphium in hohen Dosen verabreichten, nahmen die Schmerzen ab. Er schreibt, er habe nicht lange gelitten, der Tod kam schnell und gnädig. Er hatte gute Ärzte und mitfühlende Krankenschwestern, er war nicht allein. Zwei Tage vor seinem Tod verlor er das Bewußtsein, er erkannte niemanden mehr, er war erblindet.»

Klinger schob Erneste die Todesanzeige zu. Erneste starrte auf das Papier. «Er war erst zweiundfünfzig.»

Erneste dachte nur eines: Ich habe richtig gehört, ich werde ihn nie wiedersehen. Er versuchte die Worte für sich zu wiederholen: Ich habe richtig gehört, ich werde ihn nie wiedersehen. Er hatte richtig gehört. Er würde ihn nicht wiedersehen. Er konnte Jakob nicht mehr verzeihen. Die Wände des Zimmers, in dem sie saßen, klappten langsam und lautlos zusammen wie die Wände eines Kartenhauses. Nun konnte man Erneste und seinen Schmerz von allen Seiten besichtigen. Es war ihm egal, er besaß jetzt den Schlüssel zur Wahrheit. Jakob war tot und brauchte keine Hilfe.

«Wer ist Gingold?»

Klinger zuckte mit den Achseln. Sie schwiegen. Schließlich griff Klinger nach dem Wasserglas und trank es leer. Später schenkte er sich selbst nach, Erneste nahm es kaum wahr. Er war aus einem jahrelangen Schlaf gerissen worden und wurde nun in jenen Schlaf zurückversetzt. War das alles, was von ihm übrigblieb? Drei Sätze: Ich werde Jakob nicht wiedersehen. Habe ich richtig gehört? Ich habe richtig gehört.

«Ihr Versuch, mich zu erpressen, ist somit gegenstandslos geworden. Vergessen wir das.» Und dann, ganz unvermittelt, fuhr Klinger fort: «Sein Tod ist eine bittere, aber gerechte Strafe für seine Verderbtheit.» Erneste blickte ihn verständnislos an. Klinger machte keine Anstalten aufzustehen. Erneste fragte: «Meinen Sie das ernst?» Aber Klinger antwortete nicht, er war so durchsichtig wie die Dinge, durch die er hindurchsah. «Haben Sie Fotos von ihm?» Erneste antwortete nicht. Ja, er besaß Fotos, irgendwo im Keller, wo er nicht danach suchen würde.

13

Wenige Tage nach der amerikanischen Kriegserklärung am 7. Dezember 1941 besuchten Julius Klinger und seine Frau die Oper, doch kehrten sie früher als beabsichtigt nach Hause zurück, da Klingers Frau sich an diesem Abend nicht wohlfühlte. Klinger hatte die Aufführung so mißfallen, daß er das Theater ohne Bedauern bereits nach dem ersten Akt verließ.

Als sie auf die Straße traten, schneite es. Da sie seit ihrer Übersiedlung nach New York kein Auto mehr besaßen, fuhren sie mit dem Taxi nach Hause, wo Jakob, der vom Portier benachrichtigt worden war, an der Wohnungstür auf sie wartete.

Frau Moser war an diesem Abend mit einer Freundin ausgegangen, Josefa saß in der Bibliothek und legte Patiencen, Maxi hatte sich, laut Jakob, bereits am frühen Abend zum Studium in sein Zimmer zurückgezogen und seither nicht mehr blicken lassen. Als Klinger sich nach Maximilians Befinden erkundigte, gab Jakob ihm mit einem Achselzucken zu verstehen, daß er es nicht wisse. Als er versuchte, ihn zu berühren, wich Jakob aus, und er griff ins Leere, wie schon so oft. Daß es das letzte Mal war, hätte er sich in diesem Augenblick nicht träumen lassen. Klinger blickte Jakob nach, sein Verlangen nach Jakobs Körper war unvermindert maßlos und unstillbar, unglücklich und doch nicht gänzlich unbefriedigend. Inzwischen war er dreiundfünfzig. Jakob war fünfundzwanzig.

Die Stille, die in Klingers Wohnung herrschte, der

Schnee, der draußen fiel, das gedämpfte Licht, all das entsprach seiner inneren Verfassung, eine bessere Zukunft schien in Reichweite. Amerikas Eintritt in den Krieg, die Bereitschaft der USA, Hitler um jeden Preis zu stürzen, auch um den Preis des Verlusts eigener Soldaten, war ermutigend und erlaubte Klinger ein Gefühl der Befreiung. Er hätte gerne mit jemandem über die Zukunft gesprochen, doch da er wußte, wie ungern seine Tochter bei ihren Patiencen gestört wurde und wie wenig sich sein Sohn, der mittlerweile Jura studierte, für die Belange seines Vaters interessierte, verwarf er den Gedanken. An Maximilian war ohnedies nur schwer heranzukommen, er hatte sich seit ihrer Ankunft in Amerika der Familie mehr und mehr entzogen, er war wortkarg und abweisend geworden.

Klinger sah auf die Uhr, es war halb elf. Er sah aus dem Fenster, es schneite stärker. Er setzte seine ziellose Wanderung durch die Wohnung fort, es war Zeit, den Tag zu beenden, doch die Beiläufigkeit, mit der die nächtlichen Sekunden verstrichen, hielt ihn davon ab. Er hatte keine Eile. Gab es hinter der wohltuenden Stille einen störenden Faktor? Er entdeckte ihn nicht. In einer Stunde etwa würde er Jakob bitten, ihm eine Tasse Tee ans Bett zu bringen. Alles weitere würde sich ergeben oder nicht.

Marianne Klinger hatte sich inzwischen zurückgezogen. Vor morgen früh würde sie ihr Zimmer voraussichtlich nicht verlassen. Ihr Zimmer war eine einsame Insel, auf der statt Palmen Erinnerungen ins Unermeßliche wuchsen, Erinnerungen an frühere Zeiten, die von den unzähligen Souvenirs wachgehalten wurden, mit denen sie sich umgab, sie lebte schon lange ihr eigenes Leben. Es war zwanzig vor elf, es schneite noch immer, als Klinger das Licht in seinem Arbeitszimmer löschte, das an sein Schlafzimmer grenzte, neben dem Jakobs Zimmer lag. Zwischen diesen Zimmern gab es jeweils eine Verbindungstür. Jakob war immer in seiner Nähe. Er brauchte Jakob, Jakob war da. Klinger verließ sein Arbeitszimmer und damit seinen Schreibtisch und Jakobs kleinen, stets aufgeräumten Arbeitstisch, auf dem eine große amerikanische Schreibmaschine stand. Klingers *Adler* war in Deutschland geblieben.

Während seine Tochter Patiencen legte und Jakob sich in der Küche zu schaffen machte, schlenderte Klinger durch die weitläufige Wohnung, die im neunten Stock eines achtzehnstöckigen Gebäudes lag. Als er zum drittenmal an Maximilian Zimmer vorbeikam, war er versucht, an dessen Tür zu klopfen, es war so ruhig dahinter, er mußte über seinen Studien eingeschlafen sein. Wenn er tatsächlich schlief, würde er Klinger gar nicht bemerken, doch dann ließ dieser sein Vorhaben fallen, er wollte seinen Sohn nicht stören, und so ging er weiter, von Zimmer zu Zimmer, in jedem Zimmer brannte Licht, gedämpftes Licht, nie grelles Licht, in jedem Zimmer stand mindestens eine Steh- oder Tischlampe, er kam wieder an der Bibliothek vorbei, seine Tochter sah kurz von ihrer Patience auf, lächelte, nickte ihm flüchtig zu und legte schnell zwei Karten ab, sie wirkte so erwachsen, so alt, so abwesend, hatte sie keine Freundinnen, keinen Freund? Elf Uhr, er stand im Salon, er öffnete die Tür im Gehäuse der Standuhr, die ihn seit Jahren begleitete, und zog sie auf wie jeden

Abend. Er setzte sich, wartete, horchte. Ja, es war still. War es zu still? Wie viele Schritte waren sein Sohn, seine Tochter, seine Frau, Jakob von ihm entfernt, er würde es nie erfahren, es schien in diesem Augenblick gewiß nicht wichtig zu sein.

In diese friedliche Stille krachte eine Tür gegen eine Wand, dann hörte er eilige Schritte, die sich dem Salon näherten. Sie näherten sich ohne Zweifel ihm, und da er diese Schritte kannte, wunderte er sich nicht, als Jakob in der Tür stand.

Jakob stand in der Tür, und sein Gesichtsausdruck war ebenso eindeutig, wie das Geräusch seiner ungewohnt schnellen Schritte beunruhigend gewesen war, es war etwas geschehen, was nicht hätte geschehen dürfen. «Maxi», sagte Jakob leise, als sollten die anderen nicht hören, was er zu sagen hatte, er sagte: «Maxi», wiederholte es ein einziges Mal, dann versagte ihm die Stimme, und Klinger, der nicht wissen konnte, was geschehen war, spürte, daß keine Zeit für Fragen war, er stellte keine Fragen. Er sprang auf und folgte Jakob, sie durchquerten die Diele, Jakob ging voran, Klinger wußte, daß er kurz davor war, die Fassung zu verlieren, noch ohne zu wissen, weshalb, das würde sich gleich ändern, und er würde die Fassung doch nicht verlieren.

Klinger betrat hinter Jakob Maxis Zimmer. Daß die unbestimmte Angst, die ihn erfüllte, begründet war, bestätigte sich bald. Nur wenige Meter von ihm entfernt lag sein Sohn, lang ausgestreckt auf dem Bett, die Farbe seines Gesichts war wächsern und gelblich, das war kein Teint, das war der Tod. Was hatte er in Maximilians Zimmer zu suchen, wenn Maximilian ihn nicht rufen konnte? Im Zimmer brannte Licht. Wer hatte Licht gemacht? Maxi trug einen dunklen Anzug, den Klinger nie zuvor an ihm gesehen hatte, vielleicht war es ein neuer Anzug, und seine nackten weißen Füße ragten daraus hervor. Er trug weder Schuhe noch Strümpfe. Er trug eine Hose, ein weißes Hemd, eine dunkelblaue Krawatte, eine goldene Krawattennadel mit einem grünen Stein. Hemd, Hose, Krawatte, Nadel.

Hemd, Hose, Krawatte, Nadel. Dunkelblau und Gold. Und aus den Hosenbeinen schauten die nackten Füße hervor, die Füße eines Knaben fast, gelblich wie das Gesicht, noch nackter. Es sah aus, als wäre er nach seinem Tod aus seinem Körper hinausgestiegen, als hätte er sich über sich selbst gebeugt und sich zurechtgelegt, vielleicht sogar die hängenden Mundwinkel etwas hochgezogen, damit der Tod weniger erschreckend aussäh. Das war ihm jedoch nicht gelungen, denn er selbst war der Tod, er selbst war erschreckend, ob mit hellen oder düsteren Gesichtszügen. Er hatte vergessen, den Reißverschluß seiner Hose zu schließen, und er trug keine Unterhose, Klinger wandte sich ab, beschämt, peinlich berührt, sein Sohn war tot und trug keine Unterhose. Wenn er doch nichts dem Zufall überlassen hatte, warum dann das? Ihm war, als hätte er das Fleisch seines Glieds gesehen, vielleicht war es Einbildung, verfälschendes, täuschendes Licht, er wollte das nicht sehen, er mußte es auch nicht lange sehen, denn jetzt tat Jakob das, was er, sein Vater, hätte tun müssen. Was für einen Vater ganz selbstverständlich hätte sein müssen, war nicht für ihn, den Vater, sondern für seinen Diener und Liebhaber ganz selbstverständlich, nicht er, sondern Jakob beugte sich über Maxi, die Finger, die er so oft in seiner Hand gehalten hatte, zogen den Reißverschluß vorsichtig hoch, als könnte er den Toten verletzen, und so entzog er das tote Fleisch seines Sohnes den Blicken des Vaters, ein Stück Fleisch, dessen Aufgabe es war, Lust und Leben zu zeugen. Klinger wurde von einer Übelkeit erfaßt, wie er sie nie zuvor empfunden hatte und nie danach empfinden würde, einer Übelkeit, die er, der glaubte, wenn auch noch nicht alles beschrieben zu haben, so doch alles beschreiben zu können, niemals würde beschreiben können, er hatte keine Macht über die Geschicke lebender Personen, waren sie tot, blieben sie tot, es gab kein Mittel, keinen Radiergummi und keinen Federstrich, um den Tod wirklicher Personen rückgängig zu machen, eine schlichte Wahrheit, sein Sohn war tot. Aber er war keines natürlichen Todes gestorben. Die Gegenstände, die ihm zuletzt am nächsten gewesen waren, sprachen eine deutliche Sprache, die Flasche Gin, die Schlaftabletten, er hatte mit diesen Gegenständen gesprochen, und sie hatten mit ihm gesprochen, aber jetzt war er verstummt, jetzt sprachen sie nur zu sich selbst. Julius Klinger fand immer neue Worte für das Unerträgliche, aber seltsamerweise fehlten ihm die richtigen Gefühle. Er konnte nicht verstehen, was passiert war.

Es sah aus, als habe Maximilian im Sterben versucht, seine Hände zu falten, zugleich sah es aber auch aus, als habe ein Dritter versucht, die gefalteten Hände gewaltsam auseinanderzureißen, und dieser Versuch war besser gelungen als jener. So berührten sich nur die Fingerspitzen. Was für ein Anblick, sein eigener Sohn, sein eigenen Sohn in New York gestorben. Zweiundzwanzig

Jahre alt. Drei Jahre jünger als Jakob, einunddreißig Jahre jünger als er selbst. Welche Bedeutung hatten die nackten Füße, warum trug er keine Strümpfe, warum einen schwarzen Anzug, ein sauberes Hemd, eine Krawatte, aber keine Schuhe? Was hätte das in einem Buch bedeutet, in einem seiner eigenen Werke? Es war nicht schwer zu erraten, was geschehen war, es war nicht schwer, sich vorzustellen, was nun auf ihn und seine Familie zukommen würde, all das sah Klinger ganz deutlich vor sich. Es war an ihm, an die Schlafzimmertür seiner Frau zu klopfen und sie zu rufen und sie «auf etwas Furchtbares» vorzubereiten und sie ins Zimmer ihres toten Sohnes, ihres geliebten, einzigen Sohnes, zu begleiten, und über kurz oder lang würde er es natürlich tun, noch aber stand er reglos, in einem Abstand von etwa einem Meter, am Fußende des Totenbettes und rührte sich nicht, er starrte auf die bloßen Füße seines Sohnes, und während er sich darüber wunderte, daß Jakob sich über Maximilian beugte und seine linke Hand unter Maximilians Hinterkopf legte und seinen Kopf leicht anhob, als wolle er ihn küssen, sah er aus den Augenwinkeln, daß ein Briefumschlag zwischen den Seiten eines Gesetzbuchs steckte, das auf dem Schreibtisch lag, und ohne zu überlegen, griff er danach und steckte ihn in seine Hosentasche. Jakob bemerkte nichts. Später stellte er fest, daß der Brief nicht adressiert war. Der Tote war sein Sohn, und deshalb gehörte sein letztes Schreiben ihm.

Während er sich also darüber wunderte, was Jakob tat und wie er es tat, nahm er, der den Toten, seinen eigenen, einzigen Sohn, noch immer nicht berührt hatte, dieses Blatt Papier an sich, weil er ahnte, daß dessen Inhalt ihn und den Frieden seiner Familie bedrohte, es war nur eine Ahnung, aber sie war nicht schwächer als eine Gewißheit. Vielleicht bedrohte ihn das, was auf diesem Stück Papier stand, weit mehr als Maximilians Tod, was für ein abscheulicher Gedanke, er dachte an sich selbst, er ging durch einen Tunnel, er sah am Ende kein Licht, er wußte aber, daß er es eines Tages erreichen würde, nicht jetzt, nicht morgen, jeder, der hindurchgeht, erreicht am Ende das Licht, das Licht oder die Freiheit.

Klinger beobachtete seinen Liebhaber und betrachtete seinen Sohn, er beobachtete seinen Liebhaber dabei, wie er Maxis Augen mit Daumen und Mittelfinger zudrückte, er betrachtete eine Szene, in der ihm keine Rolle zugedacht war. Erst jetzt begriff Klinger, was geschehen war, was längst geschehen war, und ein unangebrachtes Gefühl bemächtigte sich seiner, er war eifersüchtig.

Er hatte nie etwas bemerkt. Er hatte diese Situation geschaffen, nicht Jakob, nicht sein Sohn. Was kann ein Toter? Ruft er uns etwas zu? Schickt er uns fort? War das nun die kathartische Kraft der dramatischen Zuspitzung? Statt seine Frau zu rufen, schwieg er, statt Jakob zu sagen: Hör auf, faß ihn nicht an, das ist mein Sohn, schwieg er. Er betrachtete den Schauplatz eines verlorenen Kampfes, das war alles, wozu er fähig war. Er war dazu verdammt, Berichterstatter und Schlachtenmaler zu sein. Er tat, was ein Erzähler tut, er blickte sich um, nahm Einzelheiten wahr und prägte sie sich instinktiv ein. Eines Tages würden sie ihm nützen, aber erst dann, wenn er das Interieur nach Belieben umstellen durfte. Das Bett nach links, den Schrank nach rechts – und Jakob aus dem Zimmer verbannt.

Die Deckenbeleuchtung erhellte den Raum mit einer Unerbittlichkeit, die dem Toten und den Dingen, die seinen Tod ermöglicht hatten, angemessen war. Auf dem Nachttisch standen eine leere Flasche Wasser und ein großes Wasserglas, auf dem Boden lag eine umgekippte Flasche Gin, die Flüssigkeit, die sich auf den Teppich ergossen hatte, war aufgesogen worden, davon zeugten ein dunkler Fleck und der fade Wacholdergeruch, der in der Luft hing. In dieser Flüssigkeit hatten sich einige Schlaftabletten, die zu Boden gefallen waren, aufgelöst und bildeten nun wattige weiße Punkte. Kleine wattige Punkte auf dem Teppich vor Maximilians Bett. Das waren die Tabletten, die nicht mehr nötig gewesen und seinen Händen entglitten waren. Nie würde irgend jemand wissen, was seine letzten Gedanken gewesen waren. Ansonsten peinliche Ordnung.

«Ein Arzt», flüsterte Klinger. «Zu spät», sagte Jakob ganz ruhig, «zu spät. Er ist tot.» – «Warum?» Jakob blickte ihn verwundert an. «Warum?»

Klinger hatte dem unbestimmten Gefühl, irgend jemand warte irgendwo im Hintergrund auf ein Zeichen, bis zu diesem Augenblick keine Beachtung geschenkt, denn seine ganze Aufmerksamkeit galt dem, was sich nicht regte, aber als er hinter sich ein Rascheln hörte, fast einen Luftzug spürte, wußte er, daß es seine Tochter war, die vielleicht schon seit einigen Sekunden hinter ihm stand. Sie hatte lange in ihrem Zimmer vor ihrer Patience gesessen und ins Leere gelauscht, schließlich aber hatte sie es nicht mehr ausgehalten. Sie wollte nicht warten, bis man sie rief. Außerstande, sich weiterhin auf ihr einsames Spiel zu konzentrieren, hatte sie nur noch auf die seltsamen Geräusche geachtet, die aus Maximilians Zimmer drangen, und nun stand sie plötzlich hinter ihrem Vater und schrie so laut, schrie Maximilians Namen so laut und gequält, daß Klinger sich unwillkürlich umdrehte und etwas tat, was er noch nie getan hatte, er schlug sie, er gab ihr eine Ohrfeige, er versetzte ihr einen Schlag, der so heftig war, daß sie zur Tür zurücktaumelte. Er bereute es sofort und fühlte sich zugleich erleichtert, aber er entschuldigte sich nicht. Contenance war der Situation nicht angemessen. Josefas Schreien alarmierte erwartungsgemäß Marianne Klinger.

Fünf Personen drängten sich in Maximilians Zimmer, als Frau Moser fünfzehn Minuten später die Wohnung betrat. Da sie den Toten hinter dem Gedränge zunächst gar nicht sehen konnte, dauerte es einige Augenblicke, bis sie die Situation erfaßte. Nur das Schweigen, das auf den Anwesenden lastete, gab ihr zu verstehen, daß etwas Entscheidendes geschehen war.


Während es draußen zunehmend dunkler wurde, erzählte Klinger mit tonloser Stimme, wie er noch in derselben Nacht in den zweifelhaften Genuß der «ganzen Wahrheit» gekommen war. Da im Zimmer kein Licht brannte, war Klinger nur noch als Silhouette zu erkennen, und dennoch stand Erneste nicht auf, um die Deckenlampe, eine gelbliche Alabasterschale, anzuzünden. Er brauchte die Dunkelheit, er wollte Klinger nicht sehen, doch wollte er hören, was damals geschehen war. Sein Mund war trocken, und er zitterte, Schweiß bedeckte seinen Rücken und seine Schenkel. Er hatte das Gefühl, sich seit Tagen nicht gewaschen zu haben. Es roch nach Blumen, in seiner Wohnung waren aber niemals Blumen, und Klinger war es nicht, der danach roch.

Nachdem der Arzt, ein Wiener Emigrant, den Totenschein ausgefüllt und, bevor er endlich ging, Marianne Klinger ein Beruhigungsmittel in die Hand gedrückt hatte, ließ Klinger die anderen allein und begab sich in sein Arbeitszimmer. Er schloß hinter sich ab. Dort, wo er seine Bücher schrieb, wo er seine Briefe und Aufrufe diktierte, setzte er sich an den Schreibtisch und riß den Umschlag auf, in welchem sich die schriftliche Hinterlassenschaft seines Sohnes befand, ein Stück Papier, auf dem die Worte von einem Rasenden hingeworfen worden waren. Klinger las den Brief immer wieder, immer wieder irrte sein Blick über die sich überstürzenden Worte.

«Ich habe diesen Brief in jener Nacht nicht einmal, nicht zweimal, sondern zwanzig-, dreißigmal gelesen, ich habe ihn überflogen und dann wieder Wort für Wort in mich hineingefressen und mich davon auffressen lassen, immer und immer wieder. Ich weiß nicht, was die anderen sich dabei dachten, daß ich nicht bei ihnen war, daß ich sie nicht tröstete, daß ich ihnen keine Stütze war. Vielleicht glaubten sie, daß ich ihnen meinen Schmerz ersparen wollte, und dabei wollte ich sie bloß nicht mit der Wahrheit konfrontieren. Ich unterschlug sie einfach, denn wäre sie bekannt geworden, hätte ich einen schlechten Stand gehabt. Nein, ich hatte nie die Absicht, die Wahrheit über mich und meinen Sohn zu enthüllen. Weder damals noch später.»

«Und warum jetzt?»

«Weil Sie mich angerufen haben. Weil jetzt auch Jakob tot ist. Ich hatte ihn beinahe vergessen. Vielleicht auch deshalb, weil mir der Tod inzwischen näher ist als irgend etwas anderes. Es gibt keine wirkliche Erklärung.»

«Ich lebe noch.»

«Ja, und Sie ertragen die Wahrheit. Sie sind, wie ich schon sagte, ein perfekter Kellner.»

«Ja, das wollte ich immer sein, und ich wollte, daß auch Jakob ein perfekter Kellner wird. Er hat es leider nicht ganz geschafft.»

«Wer weiß.»

Erneste wollte aufstehen, aber als er mit beiden Händen die Armlehne umklammerte, spürte er Klingers Blick auf sich und sank in den Sitz zurück. «Lassen Sie mich das noch erzählen.» Es war unmöglich, Klinger auszuweichen oder ihn zu unterbrechen.

«Der Abschiedsbrief war kurz und grob, er handelte von Maximilians Leben seit jenem Tag in Giessbach, als Jakob in unser Leben trat, jawohl, in mein Leben und, wie ich an diesem Abend aus seinem Abschiedsbrief erfuhr, in Maximilians Leben. Zwei, drei Tage zuvor war ihm, wie er glaubte, die ganze Wahrheit über sein falsches Leben aufgegangen, ein Leben, das auf einer Lüge beruhte, an der ich wesentlichen Anteil hatte. Als ihm zufällig, er schrieb nicht wie und wo und durch wen, die Augen darüber geöffnet wurden, was hinter seinem Rücken zwischen Jakob und mir vorging, sah er keinen anderen Ausweg als den Freitod. Ich weiß nicht, ob er uns belauscht hat. Es kann auch sein, daß andere über mich und Jakob getuschelt haben. Es sei dahingestellt, ob seine eigene Mutter in einem unbedachten Augenblick die Wahrheit ausgeplaudert hat. Damals hielt ich meine Frau für naiv, aber heute zweifle ich an ihrer Ahnungslosigkeit.»

Stumm hörte Erneste dem alten Mann zu. Es fehlten nur noch ein paar Worte, und auf Ernestes Leben fiele ein anderes Licht als bisher, ein glanzloses Licht, das alle Dinge ihrer Farben beraubte und die Sehnsucht nach Jakob in das unwürdige Winseln eines Hundes verwandelte, der sich vor den Schlägen seines Herrn ebenso fürchtete, wie er sie herbeisehnte. Er hätte aufstehen und mit dieser endgültigen Bewegung Klingers Erzählung beenden können, aus der Erstarrung zu sich kommen und Licht machen, doch er blieb sitzen und starrte auf den Schatten, der vor ihm saß und immer größer wurde, je leiser er sprach, je hastiger die Worte über seine Lippen kamen, denn nun sprach Klinger schneller. Der Schatten, der vor ihm saß, schien alles zu schlucken, was ihn umgab, und nicht zuletzt Ernestes Vergangenheit und jenen unversehrten Teil des Bildes, das er sich von ihr machte.

«Es war ihm wichtig, mich für den Selbstmord, den er unmittelbar nach der Niederschrift seines Briefs begehen würde, verantwortlich zu machen, aber verantwortlich, nein, schuldig hätte ich mich zweifellos auch dann gefühlt, wenn er mich nicht angeklagt hätte, denn im Gegensatz zu ihm waren wir frei, Jakob und ich waren frei. Und er war befangen. Ich wollte etwas von

Jakob und erhielt es, und Jakob wollte etwas von mir und erhielt es, wir waren trotz aller Abhängigkeiten in mancher Hinsicht ungebunden, mit einem Wort erwachsen. Mein Sohn aber glaubte an die Liebe und an die Ausschließlichkeit. Er glaubte Jakob.

Doppelleben und Lebenslüge, das waren die beiden Begriffe, die in seinem Abschiedsbrief immer wiederkehrten, unverkennbar ein Echo Ibsens, den er bereits als Jugendlicher verschlungen hatte. Er warf *mir* vor, ein Doppelleben zu führen, in dem er keinen Platz habe. Er warf es auch seiner Mutter vor, uns allen, er sah uns alle als Mitglieder und Nutznießer einer Verschwörung. Er schrieb, er könne nicht gehen und er könne nicht bleiben, er könne sich nicht mehr bewegen. Seit er die Lüge durchschaut habe, in die wir ihn ohne sein Wissen hineingezwungen hätten, sei er erledigt. Erdrückt. Erstickt. Er habe im verborgenen geliebt und sei überzeugt gewesen, im verborgenen ebenfalls geliebt worden zu sein, aber wie sollte er nun nachträglich diese Zeit bewerten? Er schrieb, er habe sich getäuscht, weil er getäuscht worden sei. Er stellte sich die Frage, was ich denn gegen Jakob in der Hand hätte, daß dieser mir bedingungslos gehorche, aber er hat diese Frage nicht *mir* gestellt. Er starb in der Überzeugung, es sei nötig gewesen, Druck auf Jakob auszuüben, Jakob habe sich mir gegen seinen Willen hingeben *müssen*. Wie sehr er ihn liebte, und wie wenig er ihn kannte! Es fehlte ihm der Mut, mit Jakob darüber zu sprechen, er war ein Feigling, wie ich einer war. Er konnte auch mit mir nicht darüber sprechen. Mit niemanden. Er muß in den wenigen Tagen, die seinem Selbstmord vorausgingen, entsetzlich verzweifelt gewesen sein. Hätte er versucht, mit mir zu sprechen, hätte ich ihn über die Wahrheit aufklären können. Aber vielleicht hätte er mir gar nicht geglaubt. Und wer weiß, ob ich nicht alles abgestritten hätte? War ich nicht eifersüchtig? Selbstsüchtig und eitel? Ein Feigling? Ich erfuhr aus seinem Brief, daß Jakob Maxi bereits in Giessbach verführt hatte. Er hatte sich mit siebzehn Jahren, arglos, aber nicht unschuldig, ohne Widerstreben verführen lassen, zur selben Zeit, in der Jakob auch mich verführte und an sich band, zur selben Zeit, als Sie und Jakob ein Zimmer miteinander teilten, ein Zimmer und ein Bett, ein Zimmer, vielleicht sogar ein Ideal der Liebe.»

Jakob bewegte sich wendig vom einen zum anderen, vom Vater zum Sohn, von diesem zu anderen, bezaubernd und alle verlockend.

«Als Maxi die unerträgliche Entdeckung machte, daß ihn sein eigener Vater mit dem Menschen betrog, den er am meisten liebte, mit dem Menschen, der ihn, wie er schrieb, *ans Leben fesselte*, brach seine Welt mit einem Schlag in sich zusammen. Er dachte, mir seien seine Neigungen bekannt. Er glaubte, ich hätte Jakob seinetwegen angestellt und mitgenommen. In was für einen Irrsinn hatten wir uns eingegraben? Und plötzlich stellte er fest, daß ich Jakob nicht angestellt hatte, um ihm ein unbeschwertes Leben zu ermöglichen, sondern aus eigenem Interesse, *wie schon immer*, wie er schrieb. Tatsächlich wäre ich niemals auf den Gedanken gekommen, daß mein Sohn zu Jakob eine andere Beziehung als die zu einem Angestellten unterhielt. Ich hatte ihm den Geliebten gestohlen. Er konnte damit nicht leben. Ja, ich verstehe ihn.»

Klinger schien am Ende seiner Erzählung angekommen zu sein, am Ende einer Erzählung, aus der Erneste ausgeschlossen gewesen war, bis auf eine einzige Ausnahme, jenes Ideal der Liebe, von dem Klinger gesprochen hatte, bei dem es sich in Wirklichkeit um den gescheiterten Versuch gehandelt hatte, geliebt zu werden. Erneste aber hatte sich nicht umgebracht. Er hatte nie daran gedacht.

Von Klingers Augen waren lediglich die weißen Augäpfel zu erkennen, die Iris, die Lider, die Wimpern verschmolzen mit dem Hintergrund, vor dem er saß, leicht gekrümmt und dennoch trotzig, als könnte er gleich aufspringen. Daß er ihn beobachtete, konnte Erneste nur vermuten. Daß er alles Wissenswerte, alles, was er im Lauf der Jahre immer und immer wieder überdacht hatte, erzählt und erklärt hatte, erleichterte ihn offenbar nicht. Im gegenüberliegenden Haus brannte noch Licht, die Nachbarin hatte es nicht gelöscht, es brannte wohl ständig. Erneste sah das Licht, obwohl er mit dem Rücken zum Fenster saß, aber hinter Klinger hing ein Spiegel, und darin spiegelte sich das Licht der gegenüberliegenden Wohnung.

Jakobs Liebe zu Erneste war nur ein kurzer Auftritt gewesen, aber das war vielleicht das beste, was man darüber sagen konnte, denn für die Dauer dieses Auftritts hatte er das, was er sagte, vermutlich ernst gemeint, *et alors voilà qu'un soir il est parti, le postillon de Lonjumeau.*

Unmittelbar vom Tod seines Sohnes betroffen, hatte Klinger durch den unerwarteten Einblick in Maximilians Leben einen Schlag erhalten, der nur durch einen

Gegenschlag pariert werden konnte. Dazu holte er noch am selben Tag aus, obwohl er wußte, daß er damit auch sich selbst traf. Die Gründe, die zu Maxis Tod geführt hatten, genügten, um Jakob aus dem Haus zu werfen. Er mußte ihn entfernen. Ob es ihm gelingen würde, ihn auch aus seinem Gedächtnis zu löschen, spielte in diesem Augenblick keine Rolle, es würde sich zeigen.

Jakob, den er noch vor dem Frühstück, noch bevor er sonst jemanden gesehen hatte, zu sich zitierte, sah elend aus und bestritt nichts und sah noch elender aus, nachdem Klinger die Kündigung ausgesprochen hatte. Er begehrte mit keinem Wort auf. Weder bestritt er seine Schuld an Maximilians Tod, noch versuchte er, Klinger umzustimmen, und dabei wäre das vielleicht weniger schwer gewesen, als es Klinger damals erschien. Klinger bildete sich ein, Jakob den Selbstmord seines Sohnes durch einen Akt schroffer Willkür vergelten zu können. Wenn er dem Tod seines Sohnes schon keinen Sinn zu geben vermochte, so konnte er zumindest eine Ungerechtigkeit durch eine andere Ungerechtigkeit ausgleichen. Später sah er ein, wie kleinlich und unangemessen er gehandelt hatte, aber jetzt war nicht später, jetzt, wo es nichts mehr auszurichten gab, wollte er etwas Wirkungsvolles tun. Und wenn ihm sonst nichts gelang, so gelang ihm doch eines, er konnte sich selbst bestrafen. Und dies getan zu haben, bereute er auch später nicht.

In den sehr hellen, sonnigen Wintermorgen fielen vereinzelte Schneeflocken. So fein und fest wie Staubkörnchen, schwebten sie langsam nach unten, dorthin, wo Menschen waren, die nichts vom Unglück jener wußten, die hoch über ihren Köpfen dem finsteren Tag entgegensahen, an dem nichts wiedergutzumachen war. Jakob stand vor Klinger, er wirkte leer und war blaß. Er ließ die Arme hängen und blickte zu Boden. Klinger aber sah an ihm vorbei durchs Fenster, hinaus durch die Luft zum nächsten Gebäude, wo sich ein junger Mann schwindelerregend weit aus einem Fenster lehnte und sich, ohne daß eine Fahne zu sehen war, an einer Fahnenstange zu schaffen machte.

Es beschäftigte ihn nicht, was die anderen sich dabei denken mochten, daß er Jakob, der so lange in seinen Diensten gewesen war, zu diesem scheinbar unpassenden Zeitpunkt entließ. Anders als Frau Moser war Jakob im Haushalt nicht unentbehrlich. Er würde einfach nicht mehr da sein, und erst viel später sollte Klinger Zeit und Muße haben, sich darüber zu wundern, daß niemand wissen wollte, warum er ihn fortgeschickt hatte. Weder Marianne noch seine Tochter erkundigten sich je nach dem Grund, was darauf schließen ließ, daß sie ihn kannten.

Klinger bat Jakob, seine Sachen sofort zu packen und noch am selben Tag zu gehen, je eher, desto besser. Dann überreichte er ihm einen Umschlag mit drei Monatsgehältern. Er würde schon durchkommen, er hatte Übung, und er kannte Leute. Um zwölf Uhr verließ Jakob die Wohnung. Niemand verabschiedete ihn an der Tür, er selbst legte keinen Wert darauf, irgend jemandem die Hand zu geben, man war zu sehr damit beschäftigt, die Dinge zu ordnen, die Maximilians Tod in Unordnung gebracht hatte, um an Jakob zu denken.

Am Abend allerdings erzählte Marianne Klinger ihrem Mann, daß Jakob die ganze Nacht bei ihrem Sohn gewacht habe. Als sie um halb acht Uhr morgens Maxis Zimmer betrat, saß Jakob aufrecht auf dem Stuhl, er wirkte hellwach, und solange er sich unbeobachtet glaubte, schien er mit dem Toten zu sprechen. «Ich hatte den Eindruck, als hätten sie ihre eigene Sprache.» Das war das letzte Mal, daß Jakobs Name in Klingers Gegenwart erwähnt wurde, bis zu dem Tag, an dem Erneste ihn anrief und um eine Unterredung bat.

Sein Koffer war klein, und er hatte keine Eile. Bis zur Abreise blieb ihm genug Zeit, seine wenigen Sachen zu packen, zwei Paar Hosen, zwei Paar Schuhe, zwei Jacketts, vier Hemden, Unterwäsche, Strümpfe, Toilettensachen, Schreibzeug, Papiere, Geld. Erneste saß mit angezogenen Knien auf dem Bett und beobachtete Jakob beim Aufräumen. Er wollte sich jede Bewegung einprägen, denn er wußte, daß er noch lange davon zehren würde. Der kleine Koffer lag aufgeklappt auf dem Bett, Erneste hätte ihn mit den Zehen leicht berühren können, aber er tat nichts dergleichen, stumm und reglos sah er Jakob zu, der, immer wieder zögernd, zwischen Bett und Schrank hin und her ging und einsammelte, was in den letzten Monaten zusammengekommen war, lauter Belege seiner Anwesenheit, die nun allesamt im Koffer verschwanden, bis nichts davon übrig bliebe, als hätte er nie existiert. Jakob trug nichts außer einer Unterhose, denn unter dem Dach war es schon jetzt sehr warm. Es war noch nicht acht Uhr, das Schiff nach Interlaken ging erst um elf. Die längste Reise seines Lebens stand ihm noch bevor.

Auf dem Stuhl neben dem Waschbecken lagen die Kleider, die er heute, am Tag seiner Abreise, tragen würde, eine leichte weiße Leinenhose, ein dünnes weißes Hemd, helle Strümpfe, braune Schuhe, alles Kleidungsstücke, die er neulich während eines Besuchs in Interlaken gekauft hatte, ebenso wie den eleganten Koffer, den er mit einer Umsicht packte, die Erneste überraschte. Das Geld für den Koffer und die neuen Kleider kamen von Klinger, der Jakob, ausgestattet mit einem Blankoscheck und der Anweisung, sich anständig einzukleiden, zu Schaufelbergers Warenhaus geschickt hatte. Da Klinger ihm bezüglich seiner Garderobe keinerlei Vorschriften gemacht hatte, trug er, was ihm gefiel.

Jakob hatte Erneste gebeten, ihn zum Einkaufen nach Interlaken zu begleiten, und obwohl sich Erneste keinerlei Illusionen darüber machte, zu welchem Zweck er Jakob begleitete, hatte er eingewilligt. Und so kam es, daß für die Dauer eines halben Tages die alte Unbekümmertheit, die so gut zu dem strahlenden Wetter paßte, wie eine vertraute Bekannte zurückkehrte.

Zwei junge Männer auf der Promenade. Zwei junge Männer im Café Schuh. Zwischen Erneste und Jakob fiel kein Wort über das, was auf sie zukam, kein Wort über die in drei Tagen bevorstehende Trennung, kein Wort über die Reise nach Marseille und die Überfahrt nach Amerika, kein Wort über Klinger und über das, was unwiederbringlich verlorenging. Für die Dauer ihres Bummels durch das kleine, weltläufige Interlaken existierte die nahe Zukunft nicht, einen nächsten und übernächsten Tag schien es nicht zu geben. Sie gingen so dicht nebeneinander die Promenade am See entlang und durch die Einkaufsstraßen Interlakens, daß sich ihre Schultern, ihre Arme, ihre Hände im Gehen erst zufällig, dann vielleicht sogar mit Absicht immer wieder berührten, und weder Erneste noch Jakob schreckte vor der Berührung zurück. Sie war so natürlich wie das Atemholen und wie das Gehen selbst. Erneste wäre jahrelang mit Jakob so weitergegangen, weiter durch Interlaken und andere Städte diesseits und jenseits der ihm bekannten Welt. Er schloß im Gehen die Augen, und im rötlichgesprenkelten Dunkel, das von den Blitzen des hellen Sonnenscheins durchzuckt wurde, die auf der Netzhaut reflektierten, gingen die Jahre an Jakobs Seite ungetrübt und ununterbrochen wie im Flug dahin. So wie sie jetzt nebeneinander durch die Stadt schlenderten, hätten auch die Jahre vergehen können.

Es war ein Traum, und es war Erneste gelungen, ihn bis zum Betreten des kleinen Dampfers, der sie am späten Nachmittag nach Giessbach zurückbrachte, aufrechtzuerhalten, immerhin so lange war es ihm gelungen, viel länger, als er sich zu Beginn ihrer kurzen Tagesreise in die Vergangenheit erhofft hatte. Bei der Fahrt über den Brienzersee aber überfiel ihn die schmerzliche Trauer mit einer Wucht, die alles ungeschehen machte, was er gerade noch empfunden hatte, den Spaziergang, die Einkäufe bei Schaufelberger, die Einkehr im Café Schuh, wo sie Schwarzwälder Kirschtorte und Kaffee und dann jeder ein *panaché* zu sich genommen hatten. Jetzt schien selbst Jakob nicht mehr zu existieren. Als wäre er mit einem Schlag aus Ernestes

Welt hinausgeschleudert worden, war er schon fort, obwohl er, wenn Erneste die Augen öffnete, immer noch neben ihm saß, in Gedanken versunken, zu denen Erneste keinen Zugang mehr hatte. Er mußte fürchten, daß Jakobs Gedanken bei Klinger waren, nicht mehr bei ihm. Dennoch hatte Jakob erreicht, was ihm wohl vorgeschwebt hatte, als er Erneste darum bat, ihn zu begleiten, er hatte so etwas wie eine Versöhnung bewirkt, nun sah es also aus, als nehme Erneste ihm seine Untreue nicht übel, als billige er sie als Teil seines Charakters, als notwendigen Schritt in die Zukunft.

Er hätte Jakob gern eine einfache Frage gestellt, aber er tat es nicht, längst war es zu spät für einfache Fragen wie die, die ihm seit Tagen durch den Kopf ging. Die Frage, die er nicht zu stellen wagte, weil er ein Nein fürchtete, hätte gelautet, ob er ihn nicht nach Amerika begleiten könne. Er, Erneste, an Jakobs Seite in Amerika. Dort mußte sich doch auch für ihn in Klingers Haushalt Verwendung finden, und wenn nicht bei Klinger, dann bei einer der zahlreichen anderen deutschen Familien, Emigranten, die Arbeit zu vergeben hatten, gab es genug.

Aber er fragte nicht, weder auf der Rückfahrt nach Giessbach noch in der folgenden Nacht, noch in der allerletzten Nacht, die sie gemeinsam verbrachten und in der sich, wortlos, keiner dem anderen entzog. Während zum letzten Mal jede Faser des Körpers des einen dem anderen gehorchte, verweigerten sich die Worte der inneren Stimme Ernestes, die ihn immer wieder aufforderte, Jakob zu fragen, ob er ihm nicht folgen könne, als Diener eines Dieners oder Sekretärs oder

Liebhabers oder in welcher Funktion oder unter welcher Tarnung auch immer Jakob Klinger folgte. Es ergab sich keine Gelegenheit, er konnte nicht darüber sprechen, die einfache Frage fraß sich in sein Inneres und fand dort jene schädliche Nahrung, von der er noch jahrzehntelang zehren sollte.

Als Jakob schließlich alles in seinem Koffer verstaut hatte, wandte er Erneste den Rücken zu und stellte sich vor das Waschbecken. Er bückte sich und wusch sich das Gesicht unter dem Wasserstrahl, er befeuchtete seine Haare und strich sie glatt. Er nahm den Waschlappen, seifte ihn ein und wusch damit Hals, Schultern, Achselhöhlen und Brust. Er seifte den Waschlappen wieder ein und wusch seinen Bauch und seinen Rücken, soweit er ihn erreichte. Er schob mit der Linken die Unterhose über die Oberschenkel, spreizte die Beine ein wenig, so daß die Unterhose nicht nach unten rutschte, und seifte mit der Rechten Hintern und Geschlecht ein. Dann wusch und wrang er den Waschlappen aus, hielt ihn erneut unters Wasser und begann, die Seife vom Körper zu entfernen. Sorgfältig trocknete er sich dann mit einem Handtuch ab. Als er sich zu Erneste umwandte, lächelte er. Dann begann er sich anzuziehen.

Wäre es nach Ernestes Willen gegangen, hätte er sich danach verkrochen, aber da es nicht nach seinem Willen ging, mußte er das tun, wozu er verpflichtet war. Er half Jakob beim Koffertragen. Gemeinsam mußten sie den Schrankkoffer sowie die übrigen Gepäckstücke von den vier Zimmern, die die Klingers und Frau Moser belegt hatten, nach unten zum Empfang und von dort mit Hilfe eines Gepäckwagens zur Standseilbahn schaffen.

Um elf Uhr drei fuhr der Dampfer ab. Während Klinger, seine Frau und die beiden Kinder zum Anlegeplatz blickten, als wollten sie sich die Stelle gut einprägen, an der sie sich in Europa vielleicht zum letzten Mal längere Zeit aufgehalten hatten, blickte Jakob nach vorne auf die spiegelnde Fläche des Sees. So wurde Erneste ein letzter Blick in Jakobs Augen erspart.

Fest eingehüllt in seinen dicken Mantel, blickte er hinaus auf den See, unmittelbar vor ihm zogen zwei Schwäne langsam ihre Kreise, tauchten unter und kamen wieder zum Vorschein, und wenn sie ihre Köpfe schüttelten, spritzte das Wasser von ihren weißen Hälsen, die aussahen, als wären sie nicht mit Federn, sondern mit Fell bedeckt. Es war kalt und windig, aber es schneite nicht mehr.

All die Jahre, in denen er in dieser Stadt schon lebte und arbeitete und fast täglich am See entlanggegangen war, hatte er nie innegehalten, jetzt aber blieb er stehen und blickte auf das Wasser, er setzte sich auf eine Bank und sah geradeaus, doch der Nebel verhinderte die Sicht auf das andere Ufer, es war nicht zu sehen, es war im Nebel verschwunden. In der Mitte des Sees, gerade noch erkennbar, fuhr ein kleiner weißer Dampfer, aus dessen schwarzem Schornstein weißer Rauch aufstieg.

Wie viele Stunden, Tage, Wochen waren seither vergangen? Er zählte nicht weiter, denn es war ja egal, wieviel Zeit seit jenem Sonntag im Oktober vergangen war, an dem Julius Klinger ihn aufgesucht hatte, um zu reden, um ihm von Jakob zu erzählen, dem Geliebten dreier Männer und vieler anderer Männer, deren Namen und Gesichter sie glücklicherweise nicht gekannt hatten, und der inzwischen in weiter Ferne, dort, wohin Erneste niemals reisen würde, gestorben war, dort, woher ihn die letzten Nachrichten erreicht hatten, Hilferufe, die schnell verhallt waren, denn sie waren ohne Stimme, ohne Körper, nur Schriftzüge auf dünnem Papier, der Nachhall aus dem Hohlraum eines unbestimmbaren Instruments.

Schließlich war Klinger aufgestanden und hatte sich ihm nähern wollen, als wollte er ihn küssen, da war Erneste ihm ausgewichen, nein, nein, es war zu lächerlich, von diesem alten Mann geküßt zu werden. Es war nicht Feindseligkeit, nur das Alter, vor dem er zurückwich. Feindseligkeit verspürte er nicht, denn das, was geschehen war, hatte sich in einer lange zurückliegenden Zeit zugetragen, in einer Zeit, die den Vorhang vor sich nunmehr geschlossen hatte. Sie war in diesem Augenblick so unsichtbar wie jenes Ufer dort, das er nicht sehen konnte, so fremd wie jenes Instrument, aus dem die Stimme Jakobs wie ein Flüstern erklang. Er mußte aber damit rechnen, daß der Nebel sich bald wieder lichtete und die Sicht von neuem freigab. Aber bis dahin wird wieder Zeit vergangen sein.

# Donald Antrim
*Die Beschießung des Botanischen Gartens*

«Ebenso aufregend wie Franzen oder Eugenides.»

«*Die Beschießung des Botanischen Gartens* von Donald Antrim ist ein kleines Buch von ausgesuchter Hinterhältigkeit, eine Satire auf das Kleinbürgertum, eine rasend komische und zugleich beklemmende Vision des Zivilisationszerfalls im Herzen Amerikas... Antrim zeigt in seinem perfekt konstruierten Roman, was der deutschen Literatur fehlt: eine Mischung aus Witz, Intelligenz und Bosheit.»
Richard Kämmerlings, *Frankfurter Allgemeine Zeitung*

Donald Antrim
*Die Beschießung des Botanischen Gartens*
Roman
Aus dem Englischen von Gottfried Röckelein
Hardcover, Fadenheftung, Lesebändchen
192 Seiten
€ 19.95, sFr. 36.–
ISBN 3-905513-14-5

# P. G. Wodehouse
*Onkel Dynamit*

»Wären für literarischen Erfolg ausschließlich Talent als Plot-Konstrukteur, das Zusammendenken des eigentlich Inkompatiblen, also Esprit, sowie sprachliches Können erforderlich, so müßte der Wahl-Amerikaner Sir Pelham Grenville Wodehouse eigentlich auch in deutschsprachigen Landen zu den meistgelesenen Schriftstellern gehören.«
Wolfgang Steuhl, *Frankfurter Allgemeine Zeitung*

P. G. Wodehouse
**Onkel Dynamit**

Roman
Edition Epoca

P. G. Wodehouse
*Onkel Dynamit*
Roman
Aus dem Englischen neu übersetzt
von Thomas Schlachter
Hardcover, Fadenheftung, Lesezeichen
303 Seiten
€ 19.95, sFr 36.–
ISBN 3-905513-26-9

# P. G. Wodehouse
## *Ohne mich, Jeeves!*

»Perfekte Schlamassel ... Daß Bertie und sein Schutzengel endlich so elegant auf Deutsch parlieren dürfen, ist ein echter Beitrag zur Völkerverständigung.«
Johannes Saltzwedel, *Der Spiegel*

P. G. Wodehouse
**Ohne mich, Jeeves!**

Roman
Edition Epoca

P. G. Wodehouse
*Ohne mich, Jeeves!*
Roman
Aus dem Englischen neu übersetzt
von Thomas Schlachter
Hardcover, Fadenheftung, Lesezeichen
301 Seiten
€ 19.95, sFr 36.–
ISBN 3-905513-29-3

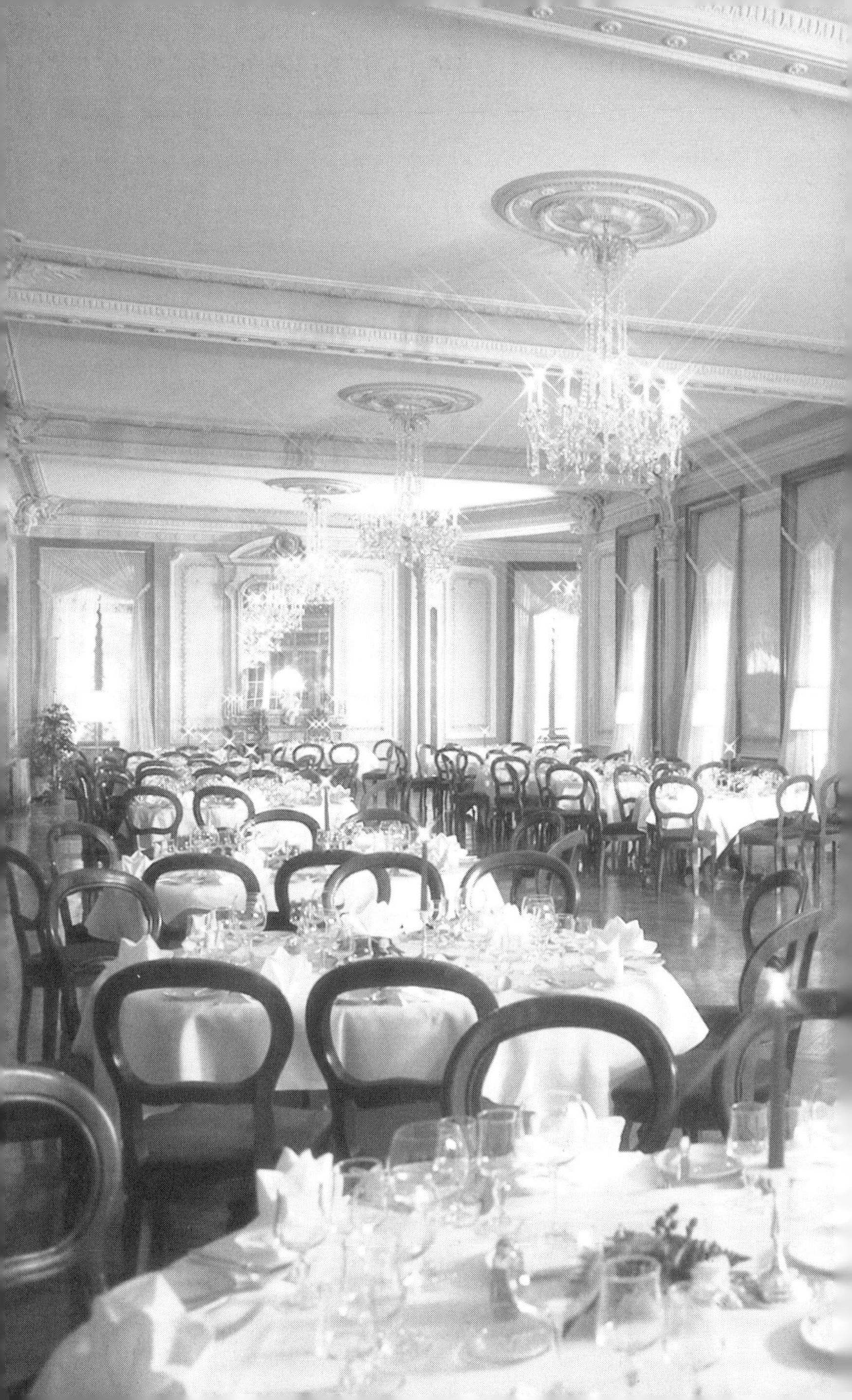